Henner Kotte

Bonnie & Clyde vom Sachsenplatz

Von Henner Kotte liegen bei Bild und Heimat außerdem vor:

Um Kopf und Kragen. *Unbekannte Fälle aus dem Kuriositätenkabinett der Kriminalistik* (2014)

Blutiges Erz. *Kriminalgeschichten aus dem Erzgebirge* (2016)

Raubsache Leipzig *und vier weitere Verbrechen* (Blutiger Osten, 2016)

Leipziger Heimsuchung *und vier weitere Verbrechen* (Blutiger Osten, 2016)

Stiefel für den Tod *und zwei weitere Verbrechen* (Blutiger Osten, 2017)

Ministermord unter der Augustusbrücke. *Der Tod von Gustav Neuring in Dresden* (2017)

Flucht über die Todeszelle *und fünf weitere Raubfälle* (Blutiger Osten, 2017)

Der Opfermord von Belmsdorf *und zwei weitere authentische Kriminalfälle aus der Oberlausitz* (2018)

Populäre Sächsische Irrtümer (2018)

Henner Kotte

Bonnie & Clyde vom Sachsenplatz

und zwei weitere Verbrechen

Bild und Heimat

ISBN 978-3-95958-177-6

1. Auflage dieser Ausgabe

Umschlaggestaltung: capa
Umschlagabbildung: Chris Keller / bobsairport
Druck und Bindung: CPI Moravia Books s. r. o.
In Kooperation mit der SUPERillu

SUPERillu

www.superillu-shop.de

Inhalt

Museumsknochen

Eine Weihnachtsgeschichte aus dem Jahre 1946

Die *Gesundheitsberichterstattung des Bundes* definiert: »Hygiene ist die vorbeugende Medizin, d. h. die Gesamtheit aller Bestrebungen und Maßnahmen zur Verhütung von Krankheiten und Gesundheitsschäden beim Einzelnen und bei der Allgemeinheit, besonders hinsichtlich der durch das Zusammenleben der Menschen und durch den Beruf entstehenden bzw. drohenden Erkrankungen. Teilgebiete der Hygiene sind die öffentliche Gesundheitspflege der staatlichen Organe, Seuchenhygiene, Schulhygiene, die Volksaufklärung über gesundheitliche Fragen.«

Auf Initiative und unter Mitwirkung des Mundwasser-*Odol*-Erfinders und Philanthropen Karl August Lingner wurde in Dresden bereits 1912 eine *Volksbildungsstätte für Gesundheitspflege,* aus der später das *Deutsche Hygiene-Museum* hervorging, gegründet. Seit je war das eine »Stätte der Belehrung für die ganze Bevölkerung, in der jedermann sich durch Anschauung Kenntnisse erwerben kann, die ihn zu einer vernünftigen und gesundheitsfördernden Lebensführung befähigen«. Augenmerk legte man besonders auf die Anatomie des Menschen, zeigte Präparate, fertigte Modelle und Moulagen, die Körper und Funktion und deren Krankheiten verdeutlichten. Anlässlich der *II. Internationalen Hygiene-Ausstellung* architektierte Wilhelm Kreis der Sammlung einen Museumsneubau am Lingner Platz 1. 1930 eröffnet, war des

Hauses größte Attraktion wohl der *Gläserne Mensch.* Bis heute hat das lebensgroße dreidimensionale Modell seine Faszination nicht eingebüßt.

1949 berichtete der *Defa-Augenzeuge* von Konzeption und Aufbau des neuen Museumsrundgangs. Man sah die Phasen der Geburt, das Modell einer Poliklinik, die Röntgenaufnahme einer Rippe, erklärte den Zusammenhang zwischen Schmerz und Körper. Die Kamera schwenkte über die 223 Knochen eines menschlichen Skeletts. Mit Gummizügen war es an einer Pappwand befestigt. Es waren die konservierten Gebeine eines Menschen, nach den neuesten Kenntnissen der Wissenschaft gefertigt. Bis 1990 sah man diese Knochen im Deutschen Hygiene-Museum. Seitdem sind sie verschwunden, und sie blieben es bis heute.

Jedes Museum besitzt ein Geheimnis

Die alten Dresdner wussten damals (und wissen es heute immer noch): Die Knochen, die dort im Museum hingen, waren die Knochen einer Doppelmörderin. Sie war der Stadt monatelang Gespräch gewesen. Brutal ihre Tat. Die Tatsachen unvorstellbarer als die Gerüchte. Der Prozess Spektakel. Die Gerichtssäle am Münchner Platz, sie reichten nicht aus. Man verlegte das Prozedere in den öffentlichen Raum mit den meisten Plätzen. »Das große Interesse, das der grausige Doppelmord in der Talstraße in der Dresdner Bevölkerung hervorgerufen hat, kam auch in den ungewöhnlich starken Andrang des Publikums zu der Schwurgerichtsverhandlung zum Ausdruck, die am Freitag im Saal des Hygiene-Museums gegen die Täterin, die 1912 in Schlesien geborene Arbeiterin Frieda Lehmann, geb. Weigelt, geführt wurde.« Der Richter sprach nach Verhandlung und Gesetz das Todesurteil. Es wurde vollstreckt. Großeltern erzählten ihren Enkelkindern von der grausigen Menschenschlachtung in der Dresdner Neustadt, von den Leichenteilen, die herumlagen, von den Krähen, die sie freilegten. Sie erzählten von der grünen Tinte, die die Mörderin verriet, sie erzählten vom Fallbeil am Münchner Platz, sie erzählten von den Knochen Frieda Lehmanns in der Ausstellung für die »Aufklärung über gesundheitliche Fragen«.

Mitarbeiter des Hygiene-Museums bestreiten heute die Existenz dieses Skeletts. Offiziell kann man weder Auskunft über den Verbleib der Knochen, noch über deren Identität erhalten. Aber könnte dieses Schweigen nicht beredter Beweis sein, dass die Knochen die eines Menschen waren? Vielleicht von Frieda Lehmann? Ein Aktenvermerk legt die Wahrheit der Gerüchte nah: »Es wird gebeten, Tag und Ort der Urteilsvollstreckung so rechtzeitig bekannt zu geben, damit das Anatomische Institut der *Universität Leipzig*, dem die Leiche zu Unterrichts- und Forschungszwecken überlassen werden soll, die entsprechenden Vorbereitungen treffen kann.« Augenscheinlich hatte man die Vorbereitungen getroffen. Das Skelett wurde für Unterrichts- und Forschungszwecke präpariert und ausgestellt. Die Knochen der *Schlächterin von der Talstraße* sind in Dresden Legende.

O, du fröhliche, o, du seelige, gnadenbringende Weihnachtszeit. Trotz Trümmern, Nachkrieg, materiellen und menschlichem Verlust, auch 1946 feiert man das Weihnachtsfest. Christbäume werden aufgestellt. Lametta auf den Tannenzweigen. Kerzen brennen in den Zimmern. Geschenke werden eingekauft. Vorfreude in Kinderaugen. *Süßer die Glocken nie klingen / als zu der Weihnachtszeit: / S'ist als ob Engelein singen / wieder von Frieden und Freud'.*

Das Stadtzentrum der Elbmetropole haben die anglo-amerikanischen Bomben des 13. Februar 1945 gänzlich zerstört. Erich Kästner sieht erschüttert auf seine Heimatstadt: »Das, was man früher unter Dresden verstand, existiert nicht mehr. Man geht hindurch, als liefe man im Traum durch Sodom und Gomorrha. Durch den Traum fahren mitunter klingelnde Straßenbahnen. In dieser Steinwüste hat kein Mensch etwas zu suchen, er muss sie höchstens durchqueren. Von einem Ufer des Lebens zum andern. Vom Nürnberger Platz weit hinter dem Hauptbahnhof bis zum Albertplatz in der Neustadt steht kein Haus mehr. Das ist ein Fußmarsch von etwa vierzig Minuten. Rechtwinklig zu dieser Strecke, parallel zur Elbe, dauert die Wüstenwanderung fast das Doppelte. Fünfzehn Quadratkilometer Stadt sind abgemäht und fortgeweht. Eine verstaubte Ziegellandschaft. Gleich vereinzelten, in der Steppe verstreuten Bäumen stechen hier und dort bizarre Hausecken und dünne Kamine in die Luft. Wie von einem Zyklon an Land geschleuderte Wracks riesenhafter Dampfer liegen zerborstene Kirchen umher. Was sonst ganze geologische Zeitalter braucht, nämlich Gestein zu verwandeln – das hat hier eine einzige Nacht zuwege gebracht.« Menschen in ihr sind entwurzelt: Ausgebombte, Flüchtlinge, Soldaten, Waisenkinder. Die Bewohner versuchen, Weiterleben zu gestalten. *Fort mit den Trümmern, und was Neues hingebaut!* In der Neustadt waren manche Häuser vom Bombenhagel verschont geblieben. Straßenzüge sind trümmerfrei. Dazwischen Ruinen, Schutthalden, Müllplätze. Vorm nördlichen Elbhang der Alaunplatz. An dessen Rand stehen Wagen, in denen Wohnungslose für kurze Nächte Obdach finden. Einst übten auf der freien Fläche die sächsischen Truppen das Marschieren. Von ihrer Exerzierhalle stehen noch Mauern. Davor Schutt und Gerümpel, in dem man Verwertbares sucht.

»Auf Grund telef. Meldung begab sich die Mordkommission am 17.12.1946 an den Tatort, wo sie gegen 14.15 Uhr eintraf. Der Fundort ist der Alaunplatz in unmittelbarer Nähe der ehemaligen, jetzt ausgebrannten Exerzierhalle. Das Gelände vor diesem Gebäude ist teils durch Bombentrichter, teils durch angefahrene Asche uneben geworden. Die Kuhle, in welcher die Beine liegen, ist c. 40 m von dem Bischofsweg und zugleich 10 m von dem vorher erwähnten Gebäude entfernt. Der Boden der Kuhle ist ungefähr in der gleichen Höhe des Alaunplatzes. Durch, wie schon erwähnt, aufgeworfene Asche- und Hausratreste sind um die eigentliche Fundstelle bis zu 2 m hohe Hügel entstanden. Der mit anwesende Schtzm. Braun vom 18. Pol.-Revier erklärt, daß eine Frau Walther, Görlitzer Str. 32 III wohnhaft, beim Suchen eines Ofenknies durch Krähen auf diese Stelle aufmerksam gemacht worden ist. Sie zog zwei Männer mit an die Fundstelle heran, welche auf dem 18. Pol.-Revier Meldung erstatteten.

Der Schnee ist im weiten Umkreis durch Fußabdrücke der Krähen zerwühlt. Die Beine selbst sind zum Teil noch mit Zeitungspapier umwickelt. Das Papier ist nur an ganz wenig Stellen mit Blut durchtränkt. Die Zeitung *Tägliche Rundschau* hat als Datum den 9.8.1946, außerdem wird noch auf einem anderen Stück der 20.9.1946 festgestellt. An Hand der Zeitungsfetzen, welche um die Gebeine liegen, ist ersichtlich, daß dieselben vollständig in Papier eingewickelt waren, welches die Krähen jedoch durch ihr Hacken entfernt haben.« Auffällig ist neben dem Blut auf Zeitungszeiten grüne Tinte oder eine andre Flüssigkeit der Farbe. Vielleicht eine Spur, wenn die Körperteile keinen Hinweis zur Identifizierung bieten.

»Allem Anschein nach handelt es sich um Frauenbeine. Beim Heben der Beine wird festgestellt, daß sich unter demselben kein Schnee befindet. Demzufolge ist anzunehmen, daß, indem es am Freitag, den 13.12.1946 das erste Mal schneite, sie nach hier schon vorher gebracht worden sind. Die Füße liegen in sich aneinandergelegt, d.h. die Fußspitzen dort, wo die Füße von den Gelenken abgetrennt worden sind. Längs dieser beiden Beine liegen je ein Oberschenkelknochen. Die Beine selbst sind dann von normaler Form und scheinen von einer mittelgroßen Person zu stammen. Die Länge des Fußes vom Absatz bis zur Schnittstelle beträgt beim linken Bein bis zur Kniekehle 41 cm, und von dem Fersenansatz bis zur Knieschnittstelle 47 cm rechten Bein des desgleichen bis auf 1 cm Unterschied. Die Fußlänge von der Ferse bis zur großen Zehenspitze 23,5 cm. Auffallend ist, daß die Füße, nachdem sie vom Unterschenkel abgetrennt worden sind, wahrscheinlich abgewaschen wurden, indem an beiden Beinen sehr wenig Blut zu sehen ist. Die Beine haben ein beigefarbenes Aussehen und sind wahrscheinlich durch die Kälte, dort, wo der Knochen der Haut nahe liegt, blaß-blau unterlaufen. Auf den Zehen sind auf der 2. auf dem 1. Glied und auf der 4. und 5. Zehe auf dem 2. Glied je ein Hühnerauge zu sehen. Sonst sind an den Füßen weiter keine Merkmale festzustellen. Bemerkenswert ist, daß die beiden Unterschenkelknochen fachgerecht von den Kniegelenken abgetrennt worden sind. Ob die Beine abgehackt oder abgeschnitten worden sind, ist infolge des Krähenfraßes nicht mehr festzustellen. Die Beschreibung der beiden Oberschenkelknochen ist folgende:

Rein äußerlich gesehen scheinen diese Knochen von einer Person mittleren Alter zu stammen. Die Gebeine sind an beiden Enden mit den Kugelgelenken, welche vollständig unversehrt sind, begrenzt. Das Zeitungspapier, welches sich noch zum Teil daran befindet, ist infolge von Blut und Kälte fest an die Knochen angebacken. Beide Oberschenkelknochen sind durch Schnabelhiebe von Vögeln zerhackt. Vor allem ist zu erwähnen, daß das Fleisch von beiden Oberschenkeln abgeschnitten worden ist und die wenigen Fleischreste von den Vögeln zerhackt wurden. Bei genauerer Besichtigung mit der Lupe werden an den Kugelenden vereinzelte aschblonde Haare, welche sichergestellt werden, festgestellt. Die Länge dieser beiden Schenkelknochen beträgt 45 cm.

Trotz eifrigen Absuchens des Geländes können keine Anhaltspunkte, welche mit den Beinen in Zusammenhang zu bringen sind, wahrgenommen werden. Die Beine werden dem pathologischen Institut Dresden-Friedrichstadt übergeben.

Wie aus der vorhergehenden Niederschrift hervorgeht, müssen diese Beine mit dem Oberschenkelknochen bereits vor dem 1. Schneefall an die Fundstelle gebracht worden sein. Durch einen Krähenschwarm ist eine Frau auf diese Stelle aufmerksam gemacht worden. Das Zeitungspapier, in welches die Beine eingewickelt waren, sowie die Haare wurden sichergestellt. Trotz genauer Tatortbesichtigung konnte nichts festgestellt werden, was mit dem Fund identisch sein könnte. Es ist mit Wahrscheinlichkeit anzunehmen, daß das Fleisch der Toten auf den Markt gebracht wird. Aus diesem Grunde sind alle Polizeireviere in Dresden, sowie die Kriminalämter im Land Sachsen diesbezüglich verständigt worden. Es sei hier gleichzeitig mit erwähnt, daß dies bereits der 2. Fund innerhalb eines halben Jahres in Dresden ist. Bei dem 1. Fund waren die Beine vollständig mit Schuhen und Strümpfen bekleidet, eingewickelt in einen Teppich an dem Elbufer gefunden worden. Auffallend ist, daß diese damals gefundenen Beine genauso fachgerecht an den Gelenken abgetrennt bzw. abgeschnitten worden sind, wie auf dem Alaunplatz. Es ist erwähnenswert, daß die Beine, welche auf dem Elbufer gefunden wurden, genauso, wie die am Alaunplatz, der Länge lang verpackt lagen und die jeweiligen Fußspannen an den Schnittstellen anlagen. Es ist von unbedingter Notwendigkeit, daß die Mordkommission Dresden insofern verständigt wird, ob parallel laufende Fälle in den anderen Kriminalämtern, bzw. in der russischen Zone aufgetreten sind. Diese Ausführungen sind dahingehend zurückzuführen, da vor ca. einem halben Jahr das Gerücht auftauchte, daß in Berlin Menschenfleisch im Handel sei. In letzter Zeit ist bei dem Kriminalamt Dresden nur eine Vermißtmeldung über eine weibliche Person eingegangen. Da an der Fundstelle keinerlei Anhaltspunkte gefunden werden konnten, wird versucht, die Ermittlungen in dieser Richtung anzusetzen. Die Angehörigen der Johanne Sperling, welche seit dem 8.12.1946 vermißt wird, wurden vorgeladen. Die Ermittlungen verzögerten sich, indem die Angehörigen der Vermißten z. Zt. abwesend waren. Die Ermittlungen werden aufs Intensivste von der Mordkommission fortgeführt. Über die weiteren Erörterungen wird nachberichtet.«

Von Kannibalismus und unsagbaren Verbrechen wird in Nachkriegszeiten oft erzählt. Und sie haben stattgefunden. Menschen wirren durcheinander. Viele fliehen, siedeln um. Manche finden vor Ort neue Heimstatt, kommen bei Verwandten unter. Andere bleiben verschwunden – Opfer

Unter Trümmern und Neuschnee: Frauenbeine

von Krieg oder marodierenden Banden und anderen Verbrechern. In Berlin wütet Frauenmörder Willi Kimmritz. In Frauenstein wirft man die Leiche eines unbekannten Soldaten in eine Fäkaliengrube. In Riesa liegt Roswitha, kaum 17 Jahre, gefesselt und missbraucht im Wald. Mangel an allem. Schwarzmarkt. Razzien. Schiebergeschäfte. Hunger peinigt. Lebensmittel sind knapp, Hamsterfahrten üblich.

Fakt: Kannibalen existierten. Noch ist im Ohr der Gassenhauer: *Warte, warte nur ein Weilchen, / bald kommt Haarmann auch zu dir, / mit dem kleinen Hackebeilchen, / macht er Schabefleisch aus dir. / Aus den Augen macht er Sülze, / aus dem Hintern macht er Speck, / aus den Därmen macht er Würste / und den Rest, den schmeißt er weg.* Abwegig ist der Gedanke, dass ein Mörder zum Verkauf Menschen schlachtet, keineswegs. Neben Fritz Haarmann in Hannover bewegen die Massenmörder *Papa Denke* aus Breslau und der Berliner Würstelmacher Karl Großmann die Gemüter. Jetzt fand man zum zweiten Male verpackte Leichenteile in Dresden. Und zunächst die Frage: Zu wem gehören diese Beine? Welche Frau wird in der Stadt vermisst?

Alaunplatz: heute Ort der Naherholung

Die Suche beginnt sofort am Ort des Fundes: »Heute Morgen 10 Uhr wurden sämtliche Wohnwagen, die auf dem Alaunplatz stehen, kontrolliert und die einzelnen Personalien der Besitzer und Arbeiter festgehalten. In den Wagen konnte nichts Verdächtiges gefunden werden, was auf ein Verbrechen hätte schließen lassen können. Es wurde ebenfalls nichts besonderes festgestellt, daß Personen aus den Wagen verschwunden sind. Der größte Teil der Wohnwagenbesitzer bewohnen nicht mehr nachts ihre Wohnwagen, sondern möblierte Zimmer.« Man fragt in der Szene, sucht in der zwielichtig bekannten Kneipe der Neustadt, dem *Sybillenort*. Doch die ersten Ermittlungen zeitigen kein Ergebnis.

Ohne an einen Zusammenhang mit den Körperteilen vom Alaunplatz zu denken, vermisst Bertha Hallwachs, geboren am 14.5.1913 in Dresden, ihre drei Jahre jüngere Schwester Käthe, verehelichte Stiehler, und deren Sohn, den kleinen Heinz. Am 10. Dezember 1946 »besuchte mich Käthe letztmalig in meiner Wohnung«. Bertha Hallwachs macht sich Sorgen und hat bereits bei Bekannten nachgefragt. Am 11. Dezember war Käthe Stiehler noch in ihrem Wohnhaus, Großenhainer Straße 106, gesehen worden. Danach fehlt von ihr und dem kleinen Heinz jede Spur. Routinemäßig hatte Bertha Hallwachs mit dem Reserveschlüssel die Wohnung ihrer Schwester aufgeschlossen, als niemand auf ihr Klingeln öffnete. Das war schon öfter so gewesen. Nicht ungewöhnlich. Keineswegs. Bertha Hallwachs bringt Schwester und Neffen allwöchentlich die Einkäufe, da sie im Handel arbeitet. Es sah nicht aus, als hätten Heinz und Käthe ihre Zimmer verlassen, um auf Weihnachtsurlaub oder kurz mal weg zu fahren. Tagelang waren Mutter und Heinz von niemand mehr gesehen worden. »Ich habe keinen Anhaltspunkt, wo sich meine Schwester und ihr Sohn hinbegeben haben. Nachdem ich die Wohnung meiner Schwester gesehen habe, möchte ich behaupten, daß sie nicht verreist sein kann, da die Tür nicht verschlossen, sondern nur zugeklemmt war. Da meine Schwester arbeitete, und ich in einem Lebensmittelgeschäft tätig bin, besorgte ich ihr diese, außer Brot und Fleisch, was sie sich selbst kaufte. Die Einkäufe wurden im Konsum, Trachenberger Platz, getätigt.« Seitdem ist mehr als eine Woche vergangen. Bertha Hallwachs beschleichen schlimme Ahnungen.

Gründe dafür gibt es, weil ein Nachbar am 12.12.1946 in den Abendstunden Schritte in der Wohnung der Käthe Stiehler gehört haben will. Und so schaut Bertha Hallwachs mit dem Zeugen genauer in die Zimmer. »In der Wohnung war alles, wie es meine Schwester hinterlassen hat. Zunächst stellten wir auch nichts Auffälliges fest. Bei genauerer Durchsuchung der Behältnisse wurde mir gewiß, daß hier ein Dieb mittels Nachschlüssels in die Wohnung gekommen sein muß. Es könnte auch der reguläre Schlüsselbund meiner Schwester gewesen sein.« Denn Spuren von Gewalt sind am Schloss nicht zu finden. Jetzt berichtet Bertha Hallwachs von ihren Vermutungen und Ängsten auf dem Revier der Volkspolizei. Diese teilen die Ermittler und befragen zunächst die Nachbarn im einzeln stehenden Mehrfamilienhaus an der Ausfallstraße Richtung Norden zur Autobahn A4 und Schloss Moritzburg, Großenhainer Straße 106.

Die Prokop, Erna, geborene Tappert, ist Nachbarin und fast im gleichen Alter wie die Stiehler, Jahrgang 1911. Man versteht sich, man unterhält sich, man hilft einander. »Die Käthe Stiehler ist eine grundsolide Frau. Gepflegt.« Sie achtet auf ihr Äußeres. Sieht gut aus, und sie hofft, sie hofft so sehr auf die Heimkehr ihres Mannes aus der Kriegsgefangenschaft. »Ihr Manfred soll in Italien sein«. Nun wird es wohl auch dieses Weihnachtsfest mit dem Wiedersehen nichts werden. Aber zumindest hat diese Frau Gewissheit: Ihr Mann lebt. Wieviele Frauen, die noch keine Gewissheit über den Verbleib ihrer Männer haben, wohnen in der Stadt?

Zur Sache befragt, sagt Erna Prokop: »Die Frau Stiehler habe ich letztmalig am Tage vor ihrem Verschwinden, also am 10.12.1946 im Hofe des Grundstücks Großenhainer Straße 106 gesehen. Dabei hatte ich beobachtet, daß sie einen großen Reisekorb auf einen Rollfix geladen hat. Zu welchem Zweck ist mir nicht bekannt. Ich habe sie auch mit diesem Korbe nicht wieder zurückkommen sehen. Am Freitag, den 13.12.1946 erschienen bei mir zwei Arbeitskolleginnen der Stiehler, die bei der Firma Fleischhacker, Großenhainer Straße Nr. 7, beschäftigt sind und übergaben mir einen Christbaum für die Stiehler. Am Montag, den 16.12.1946, ich möchte mich aber nicht festlegen, erschienen in meiner Abwesenheit wiederum zwei Frauen, den Baum abzuholen, um ihn, wie sie sagen, anderweitig zu verkaufen. Wahrscheinlich handelt es sich dabei um dieselben Personen, die den Baum gebracht haben.« Und die Polizei fügt noch dazu: »Die Tochter Christa der Familie Petzold hat gesehen, daß eine der beiden Abholenden ein Augenleiden hatte«. Der Christbaum steht noch immer in der Wohnung. Ein weiteres Indiz, dass die Umstände des Verschwindens merkwürdig sind.

Der Nachbar sagt, »Frauenschritte sind's gewesen«, die er hörte und er fügt hinzu, »die Frau Stiehler war allzu zu vertrauensselig zu den Leuten«. Aber jemanden gesehen, der fremd im Hause und an der Tür der Stiehler schloss, hat niemand. Bertha Hallwachs listet auf, was offensichtlich ihrer Schwester gestohlen wurde, allzuviel materiellen Wert hat's nicht gehabt. Aber wenn's ums Überleben geht, verschieben sich Wertigkeiten: »Erst das Fressen, dann die Moral.« Überlebenswichtiges ist teuer. Zu Geld lässt sich in Nachkriegszeiten alles machen. Sicherlich auch das:

»1 blau-weiß geblümtes Kleid mit weißen Röschen, 1 schwarz-weiß reinseidenes Kleid, ca. 20 cm am unteren Teil mit Falten versehen und am Halsausschnitt schwarz-weißes Schnürchen umrandet und bestickt,

1 rostrotes Seidenkleid, auch Rockkleid oder Kasack genannt,

2–3 Sportblusen, welche ich jedoch nicht genau beschreiben kann,

1 Maulwurfcape,

1 goldener Siegelring mit großem blauem Stein, ca. 1,5 cm im Quadrat gest. 585, ohne Monogramm,

1 goldenes Armband mit einem in sich verflochtenem Ornament,

1 goldener Damenring mit rostrotem Stein, rechteckige Form, 0,5 cm im Quadrat,

1 goldener Uhranhänger, ca. 8 cm lang und 2 cm breit. Der Uhranhänger war in Längs- und Seitengliedern gefertigt und am Ende befand sich ein spitzauslaufendes Dreieck.«

Und so, meint die Schwester, fehlt aus dem Stubenbuffet Silberzeug, Besteck und noch so einiges, was sie nicht genau beschreiben kann. Die Polizei sichert eine Teilfingerspur und entscheidet sich für eine öffentliche Fahndung. Alle Dresdner Zeitungen melden am 21. Dezember: »Seit dem 11.12.1946 wird die Frau Stiehler, Käthe, und ihr 7-jähriger Sohn Heinz vermißt. Frau Stiehler hat mit ihrem Sohn am 11.12.1946 gegen 16 Uhr ihre Wohnung auf der Großenhainer Straße 106 verlassen. Wer kann Angaben machen, wo Frau Stiehler nach 16 Uhr gesehen worden ist. Um zweckdienliche Angaben bittet das Kriminalamt Dresden, Fachabteilung I.« Darunter ein Foto der Mutter, die eng neben ihrem Heinz sitzt. Beide lächeln in die Kamera. Käthe Stiehlers Haare sind zurückgekämmt und offen. Heinz trägt die modische *Sprungdeckelfrisur* der Jungen. Ein Bild der Lieben von zuhause, das den Vater sicher durch den Krieg begleitet hat. Manfred Stiehler sieht Frau und Kind nie wieder. Als er aus der Gefangenschaft entlassen wird, kehrt er gerade rechtzeitig zum Prozessbeginn nach Dresden heim.

Das Schöffengericht hat den Vater zu 2 Jahren Gefängnis und 3 Jahren Ehrverlust, den Sohn zu 2 Jahren 6 Monaten Gefängnis und 3 Jahren Ehrverlust und die Tochter (wegen Hehlerei) zu drei Monaten Gefängnis verurteilt.

Mutter und Sohn vermißt

Vom Polizeipräsidium wird uns geschrieben: Seit dem 11. Dezember wird Frau Käthe Stiehler und ihr 7jähriger Sohn Heinz vermißt. Beide verließen an diesem Tag gegen 16 Uhr ihre Wohnung auf der Großenhainer Str. 106 und sind seitdem nicht mehr gesehen worden. Wer Angaben über den Verbleib dieser Personen machen kann, teile dies dem Kriminalamt Dresden, Landhausstr. 17, Fachabteilung I, Zimmer 22, mit.

Vermisstenanzeige vom 28.12.1946

Folgerichtig gleichen die Ermittler mögliche Zusammenhänge der vermissten Käthe Stiehler mit den gefundenen Körperteilen vom Alaunplatz ab. Sie zeigen Bertha Hallwachs Fotos der abgetrennten Beine, Füße und der Oberschenkelknochen. Die Situation ist für die Zeugin sehr belastend. Wer erkennt auf Fotografien diverser Körperteile seine Verwandtschaft?

»Wenn mir ein Bild vorgelegt wurde, so kann ich nicht mit Bestimmtheit angeben, ob dieses der Fuß meiner Schwester ist. Meine Schwester hat schlanke, kleine Füße, Schuhgröße 38. Ich kann mich entsinnen, daß meine Schwester vor ca. ½ Jahr den Arzt aufgesucht hatte, weil sie an der Ferse, rechts oder links kann ich nicht angeben, eine Verletzung hatte. Wie groß die Verletzung war, kann ich auch nicht genau angeben. Später hatte meine Schwester Verletzungen auf dem Schienenbein. Hier kann ich ebenfalls keine Größe angeben. Die Haare, die mir vorgelegt wurden, könnten meiner Schwester sein, was ich aber nicht mit Bestimmtheit angeben kann. Daß meine Schwester Hühneraugen auf den Zehen hatte, ist mir bekannt. Ich kann aber nicht angeben, wo dieselben waren. Weitere Angaben kann ich nicht machen. Ich verpflichte mich, sobald mir irgendetwas bekannt wird über den Aufenthalt meiner Schwester, dieses der Kriminalpolizei zu melden.« Bertha Hallwachs wird mit schweren Gedanken das Polizeipräsidium, Schießgasse 7, verlassen haben.

Auch die Ermittler stehen unter Druck. »Nach der Kapitulation des nationalsozialistischen Regimes am 8. Mai 1945 lagen nicht nur das Land, sondern auch alle staatlichen Organe, insbesondere die Sicherheitseinrichtungen, darnieder. Aus diesem Grund erteilten schon wenige Wochen später führende Funktionäre der Kommunistischen Partei Deutschlands mit Zustimmung der Sowjetischen Militäradministration für Deutschland erste Anweisungen für den Aufbau von Polizeikräften in der Sowjetischen Besatzungszone, die dann ab 1. Juli 1945 offiziell als *Deutsche Volkspolizei* (DVP) zusammengefasst wurden. Für die Einstellung von neuen Sicherheitskräften war vorgegeben, dass keine alten Polizeibeamten mehr zu verwenden seien. Daher wurden vor allem Antifaschisten in leitende Funktionen in den Polizeidienststellen eingesetzt. Beim Wiederaufbau der Polizeibehörden griff man auf Strukturen der Weimarer Republik zurück. Dadurch entstanden auf örtlicher Ebene Einzel- und Gruppenposten, Reviere sowie Orts- und Kreisbehörden. Im Zuge der Länderbildung entstanden dann auch Landespolizeibehörden. Auf sowjetische Weisung bildete man im Jahre 1946 die *Deutsche Verwaltung des Inneren,* die sich im Laufe der Zeit gegenüber den Polizeibehörden der fünf Länder zum zentralen länderübergreifenden Führungsorgan entwickelte und zum DDR-Ministerium des Innern wurde.

Bei diesen Antifaschisten in der Volkspolizei hatten »berufserfahrene Experten aus der faschistischen Polizei, Gestapo, Feldgendarmerie, Wehrmacht und SS keine Möglichkeiten, der Polizei des Volkes beizutreten. In den westlichen Besatzungszonen dagegen standen ihnen, wie neueste Eingeständnisse von BND und Verfassungsschutz belegen, Tür und Tor offen. Es war deshalb eine gigantische Leistung, die Polizei eines neuen Staates aus berufsfremden Personen aufzubauen und zu einem wir-

Das Polizeipräsidium in der Schießgasse 7

kungsvollen Organ der öffentlichen Sicherheit zu entwickeln. Eingestellt wurden vor allem junge Arbeiter und Bauern. Das Volk schickte seine Söhne und Töchter zur Volkspolizei und unterstützte aktiv deren Arbeit. 1949 kamen 83 % aller Volkspolizisten aus der Arbeiterklasse. Die ersten zehn Jahre waren für alle Dienstzweige der DVP die schwersten. Es mangelte ja nicht nur an berufserfahrenem Personal, sondern auch an Ausrüstung und einer kriminalpolizeilich wissenschaftlichen Basis.«

Die entlassenen Altkader staatlicher Ermittlungsorgane legten großes Augenmerk auf die, die nunmehr ihre Dienstpflichten in der DVP versahen. Kritik ob Dilettantismus und Unerfahrenheit gab es nicht nur am Stammtisch, sie wurde auch öffentlich geäußert. Die abgetrennten Beine vom Alaunplatz boten nicht nur Anlass für Gerüchte von Menschenfresserei und Serienmord, sie forderten die schnelle Erklärung für den Leichenteilfund.

Die Kriminalisten standen unter enormen Erfolgszwang und in der medialen Aufmerksamkeit. Bislang hatte sich kein erfolgversprechender Ermittlungsansatz ergeben.

Die Volkspolizisten recherchieren an der Arbeitsstelle der Vermissten: *Fleischhacker Lampen-Compagnie.* »Die Firma wurde 1893 in Pasing bei München gegründet und siedelte 1894 nach Dresden über. Die Firma produzierte v. a. Kohlefadenlampen, ab 1940 auch wieder Metalldrahtlampen verschiedener Typen. Die *Fleischhacker Lampen-Compagnie* unterhielt zeitweise Filialen in New York, London und Rotterdam. Eine Zweigniederlassung bestand in Berlin. Während des ersten und zweiten Weltkrieges übernahm die Firma kleinere Aufträge für die Rüstungsindustrie. Durch den Volksentscheid in Sachsen am 30.06.1946 wurde die Firma enteignet und in Volkseigentum überführt. Das Unternehmen firmierte nach der Enteignung als *VEB Glühlampe Dresden.* 1953 ging das Glühlampenwerk im *VEB Funkwerk Dresden* auf.«

Am 27.12.1946 wurden die Ermittlungen in der Firma *Fleischhacker Lampen-Co.* fortgesetzt. »Hier bereits wurde der Verdacht in verstärktem Maße auf die Frieda Lehmann konzentriert. Weiterhin wurde festgestellt, daß in diesem Betrieb mit grüner Tusche gearbeitet wird, die wir auf dem Zeitungspapier, in dem die gefundenen Beine verpackt waren, ebenfalls schon festgestellt hatten. Nach weiteren Ermittlungen bei den Hausbewohnern wurde festgestellt, daß diese Frieda Lehmann ihre Arbeitskollegin Stiehler oft besucht hatte und sogar einmal bei ihr genächtigt hatte. Daraufhin wurde bei der in Dresden-N., auf der Talstraße 9, 2. Hinterhaus I., wohnenden Frieda Lehmann eine Haussuchung vorgenommen.«

Weihnachtlich geschmückt sind die Zimmer Frieda Lehmanns. Kerzen, Tannengrün, Engelsfiguren. Ausdruck von Sehnsucht, Hoffnung, kaputten Familienleben. Vom Gatten hat sie keine Nachricht, er wird im Osten kriegsvermisst. *Macht hoch die Tür', die Tor' macht weit! / Es kommt der Herr der Herrlichkeit, / ein König aller Königreich', / ein Heiland aller Welt zugleich, / der Heil und Leben mit sich bringt, / derhalben jauchzt, mit Freuden singt.*

Es »wurden die Lehmann schwer belastende Gegenstände vorgefunden und sichergestellt. So fand man in ihrer Wohnung grüne Tinte (wahrscheinlich verdünnte Tusche) aus der Firma. Obwohl nun die Lehmann angab, vor ungefähr einem ¾ Jahr diese Tinte letztmalig benutzt zu haben, wurden Zeitungen neueren Datums mit grünen Tintenflecken vorgefunden. Desgleichen ein Almanach, auf dem derartige Flecke ebenfalls zu sehen waren. Darüber hinaus hatte die Lehmann unterm 11.12.1946 mit grüner Tinte ein »S« auf den Almanach geschrieben, was auf den Namen Stiehler deuten könnte. Bei weiterem Suchen wurde eine braune Lederhandtasche mit ein paar schwarz-weiß gemusterten wollenen Stulpenhandschuhen gefunden. Nach Beschreibung der Hausbewohner konnte es sich hierbei um die noch am letzten Tage bei der Stiehler gesehene Handtasche handeln. Die Lehmann wurde daraufhin vorläufig festgenommen und dem Polizeigefängnis Dresden zugeführt.

Eine Befragung der Prokop, Elsa, und anderer Hausbewohner auf der Großenhainer Straße ergab, daß diese Tasche wahrscheinlich der Stiehler gehöre. Da sich aber die Hausbewohner nicht festlegen konnten, wurde die Schwester der Stiehler, Frau Bertha Hallwachs, nochmals aufgesucht und von ihr wurde einwandfrei bestätigt, daß es sich bei den vorgefundenen Handschuhen um die ihrigen handelt, die sie ihrer Schwester, der Frau Stiehler, vor einiger Zeit geschenkt hatte. Desgleichen erkannte Frau Hallwachs die Handtasche als die ihrer Schwester gehörige.« Und Bertha Hallwachs kennt die Handschuhe »aus dem Grunde so gut, weil sie eigentlich mein Eigentum sind. Ich habe sie fertig gekauft und trug sie ziemlich 8 bis 9 Jahre. Ich habe diese Handschuhe meiner Schwester vor drei Jahren, als ihr Kind gestorben war, geschenkt und weiß daher genau, daß sie dieselben bis zuletzt getragen hat.«

Der Verdacht lastet schwer auf Kollegin Frieda Lehmann: grüne Tinte an der Arbeitsstätte, grüne Tinte auf den Zeitungsseiten um die abgehackten Beine, grüne Tinte bei ihr zu Hause. Handtasche und die Handschuhe von Käthe Stiehler fand man in Frieda Lehmanns Besitz. Aber ist sie die Täterin?

Frieda Lehmann wird am selben Tag offiziell verhaftet und kann die Verdachtsmomente nicht entkräften. Sie erzählt: »Mitte November 1946 habe ich einen gewissen Krüger erstmalig in der Wohnung der Frau Stiehler gesehen«. Der sagte, dass er mit Käthe Stiehlers Mann im Kriege war. »Ende November habe ich diese Person einmal in meine Wohnung eingeladen. Der Grund zu dieser Einladung war, daß ich dem Krüger etwas zu essen geben wollte, da er selbst nicht im Besitze von Lebensmitteln war. Ich habe die Arbeiterkarte und erhielt vor Weihnachten von meiner Schwester, Elsbeth Sarnow, wh. in Albersried/Oberpfalz, ein Paket. Ich habe ihm das Essen nur aus Mitleid gegeben. Außerdem hat mich Krüger noch dreimal in meiner Wohnung aufgesucht. Etwa am 7.12.1946 hat mir Krüger auf dem Trachenberger Platze erzählt, daß er die Frau Stiehler ermorden will, weil sie ihm keine Kleidungsstücke, die er sich von ihr ausgebeten hatte, aushändigte. Dies war am 7.12.1946 gegen 16.15 Uhr. Ich konnte ihm daraufhin zunächst gar keine Antwort geben, da ich ganz benommen war. Ich wüßte nicht mehr, was ich ihm daraufhin gesagt habe, weil ich, wie schon gesagt, ganz benommen war. Auf Vorhalt gebe ich an, daß ich eine Anzeige bei der Polizei nicht erstattet habe, weil ich Angst hatte. Am 21.12.1946 erschien dann der Krüger wieder in meiner Wohnung und erklärte mir, daß er die Tat vollbracht hätte. Er erzählte, daß er sich nun warme Sachen verschafft hätte und das ausgeführt hätte, wovon er mir schon vorher erzählt hatte. Er sagte mir, ich habe die Frau Stiehler umgebracht. Am gleichen Tage erhielt ich von dem Krüger auch die Handtasche und ein Paar Handschuhe. Er sagte mir, daß er diese Sachen von der Frau Stiehler mitgebracht hätte. Ich wollte diese Tasche erst gar nicht annehmen, da mir ja bekannt war, daß es das Eigentum der ermordeten Frau Stiehler war. Krüger sagte mir auch noch, daß er die Stiehler fortgeschafft hätte. Ich habe den Krüger gefragt, wo er denn die Frau Stiehler ermordet hätte. Daraufhin gab er mir keine

Antwort. Er äußerte dann nur noch: ›Die findet schon keiner.‹ « Fakten, die die Polizei zur Kenntnis nimmt und auf ihren Wahrheitsgehalt hin untersucht. Kaum etwas, was sie bestätigt findet:

Frage: »Alle Leute, die sich bei Frau Stiehler vorstellten, daß sie von ihrem Manne kommen würden, sind uns bekannt. Frau Stiehler hat ihren Hausbewohnern in jedem Falle gesagt, wer bei ihr gewesen ist. Ein Krüger ist vollständig unbekannt. Sie behaupten, daß Krüger in der Wohnung der Frau Stiehler gewesen ist, wo sie ihn selbst getroffen haben.«

Antwort: »Ich kann auf diese Frage keine Antwort geben.«

Frage: »Warum können Sie diese Frage nicht beantworten?«

Antwort: »Ich kann mir nicht erklären, aus welchem Grunde die Frau Stiehler von einem Besuch des Krüger bei ihr im Hause nichts erzählt hat.«

Frage: »Der angebliche Krüger hat Ihnen etwa am 7.12.1946 erklärt, daß er Frau Stiehler ermorden will. Warum haben Sie Frau Stiehler nicht gewarnt oder der Polizei gemeldet?«

Antwort: »Ich glaubte doch nicht, daß er diese Tat ausführen wird.«

Frage: »Am 21.12.1946 erklärte Ihnen Krüger, daß er Frau Stiehler ermordet hat. Warum meldeten Sie dieses nicht der Polizei?«

Antwort: »Weil ich doch Angst hatte und in dem Glauben war, daß mich die Polizei als Mörderin ansehen würde.«

Frage: »Warum nahmen Sie trotzdem, daß Ihnen bekannt war, daß Krüger Frau Stiehler ermordet hatte, ihre Tasche sowie die Handschuhe von Krüger an?«

Antwort: »Da habe ich ganz unbewußt gehandelt. Die Tasche wollte ich nicht nehmen.«

Frage: »Warum leugneten Sie heute erst uns und dann der Schwester der Frau Stiehler gegenüber, die die Handschuhe als ihr Eigentum erkannte, ab und erwiderten, Sie wären schon jahrelang im Besitz derselben?«

Antwort: »Das war Angst heute nur.«

Frage: »Sie können doch keine Angst haben, weil Sie angeblich mit dem Mord nichts gemein hatten.«

Antwort: »Ich habe dies nur wegen der Tasche nicht gesagt, damit ich nicht in den Verdacht kam.«

Frage: »Wo hat Ihnen der Krüger erstmalig von seinem Vorhaben wegen der Ermordung der Frau Stiehler erzählt?«

Antwort: »Davon hat er mir zum ersten Male in meiner Wohnung beim Essen erzählt.«

Frage: »Frau Lehmann, sagen Sie doch die Wahrheit!«

Antwort: »Ich will jetzt die volle Wahrheit sagen. Ich gebe zu, daß ich die Beine der Frau Stiehler nach dem Alaunplatz gebracht habe. Dazu hat mich der Krüger gezwungen. Er drohte mir mit Anzeige bei der Polizei für den Fall, daß ich diese, seine Anweisung, nicht befolgen sollte. Vor dem 21.12.1946, einen genauen Tag kann ich nicht angeben, machte ich mit dem Krüger aus, daß ich an einem bestimmten Tag auf dem Martin-Luther-Platz sein sollte. Am 13.12.1946 gegen 16.30 bis 17 Uhr habe ich mich dann mit dem Krüger auf dem Martin-Luther-Platz getroffen.«

Aussagen voller Widersprüche. Und immer wieder eine neue »volle Wahrheit«. Die Ermittler sind sich sicher, die Täterin vor sich sitzen zu haben. »Nachdem die Lehmann vom 27.12.1946 13 Uhr bis zum 28.12.1946 früh 7.30 Uhr vernommen wurde, legte sie ein Geständnis ab. In diesem Geständnis gibt sie zu, daß ihr Bruder die Stiehler mit ihrem Jungen in ihrer Wohnung ermordet hat.«

Hinsichtlich ihres Bruders macht Frau Frieda Lehmann nun folgende Angaben: »Mitte November ds. Jhrs., auf einen bestimmten Tag möchte ich mich nicht festlegen, aber soweit mir erinnerlich ist, war es donnerstags, kam mein Bruder überraschender Weise zu mir. Er erklärte mir, daß er aus französischer Gefangenschaft komme und die Absicht gehabt habe, unsere Eltern in unserer Heimat Schlesien aufzusuchen. Dort habe er erfahren, daß unsere Heimat von den Polen besetzt sei, und so habe er sich auf den Weg zu mir gemacht. Ich habe meinen Bruder ohne Weiteres Glauben geschenkt. Seine Entlassungspapiere habe ich nie gesehen. Gesprächsweise hat er mir auch seinen Entlassungsort sowie seine Reiseroute erwähnt. Es ist mir im Augenblick nicht möglich, mich so genau zu konzentrieren, daß ich eine klare Schilderung unserer Gespräche geben könnte. Das Einzige, worauf ich mich noch besinnen kann, ist, daß er über Duisburg nach Deutschland entlassen worden ist. Bei seinem Erscheinen bei mir trug mein Bruder eine graue Militäruniform, die sehr schmutzig und schäbig aussah. Demzufolge hat er sich wohl die meiste Zeit in meiner Wohnung aufgehalten, hat sich also auf der Straße nicht groß sehen lassen. Daher ist anzunehmen, daß er irgendwelche Bekanntschaften während seines Aufenthaltes bei mir nicht gemacht hat. Ich glaube auch nicht, daß sich mein Bruder, bevor er zu mir kam, anderweitig in Dresden oder in der Umgebung aufgehalten hat. Er befand sich in einem so fragwürdigen Zustand, daß er es dann wahrscheinlich vorgezogen hat, zu mir zu kommen.

Wenn ich nach den charakterlichen Eigenschaften meines Bruders gefragt werde, so kann ich nur sagen, daß er ein sehr ruhiger Mensch war, der sich verhältnismäßig schwer an irgendjemand anderes anschloß. Im Allgemeinen war er schon von Kindheit an ziemlich egoistisch eingestellt. Dies wirkte sich auch bei seinem letzten Besuch ziemlich krass aus. Er lag mir ununterbrochen in den Ohren mit dem Ansinnen, ihm andere Kleidung zu beschaffen. Er stellte diese Forderung sogar in ziemlich aggressiver Form, indem er sie nicht als Bitte, sondern tatsächlich als Forderung aussprach. Diese Eigenschaft meines Bruders habe ich mir dann bei der Planung und Verübung des Mordes an Frau Stiehler und ihrem Sohn zu nutze gemacht.

Auf Vorhalt: Auf die Frage, ob mein Bruder schon vor dem Mord an der Frau Stiehler Derartiges gemacht habe, kann ich nur erwidern, mit mir gemeinsam hat er ein derartiges Verbrechen bestimmt noch nicht begangen. Ob er in Gemeinschaft mit anderen sich schon Derartiges zu schulden kommen ließ, entzieht sich meiner Kenntnis. Aber, obwohl er bei diesem Verbrechen ohne zu zögern einwilligte, traue ich ihm dennoch nicht zu, schon einmal ein solches scheußliches Verbrechen begangen zu haben.

Eine eingehendere Schilderung des Charakters meines Bruders ist mir infolge unserer langjährigen Trennung, – ich bin schon von zu Hause weg, als mein Bruder noch ein Kind war und habe ihn in der Folgezeit immer nur kurzfristig gesehen –, nicht möglich.«

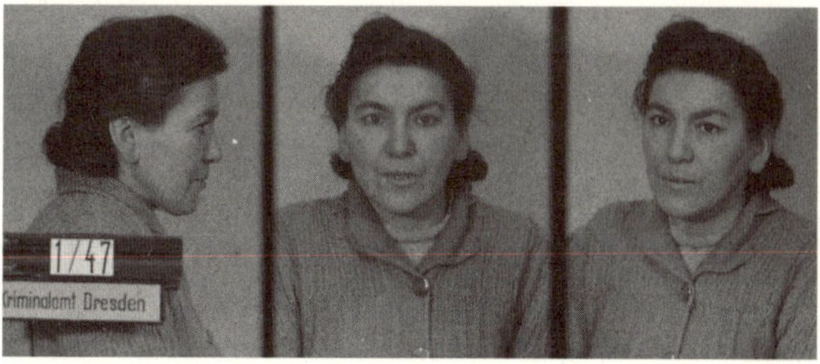

Hausfrau, Arbeiterin, Mörderin: Frieda Lehmann

Die Fotos der Frieda Lehmann zeigen eine unscheinbare Frau. Strickjacke über der Brust geknöpft. Haare mit Kämmen gehalten. »Ich bin am 16.4.1912 in Paschkerwitz/Schlesien (heute: Pasikurowice/Polen, ein Dorf nordöstlich von Wrocław) als 2. Kind meiner Eltern geboren. Aus der Ehe meiner Eltern gingen 8 Kinder, 5 Mädels und 3 Jungens, hervor. Meine älteste Schwester ist 37, ich 34, ein Bruder 28 (gefallen), der nächste Bruder 26, eine Schwester 22, eine 21 und ein Bruder 19 Jahre alt. Meine sämtlichen Geschwister arbeiten außer mir in der Landwirtschaft. Mein Vater war früher in Schlesien Tagelöhner auf dem Rittergut in Paschkerwitz. Meine Mutter war ebenfalls gezwungen, um ihre Kinder ernähren zu können, auf dem Rittergut zu arbeiten.

Auf Grund der sozialen Verhältnisse in unserer Familie war jedes einzelne meiner Geschwister schon von frühester Jugend auf sich selbst angewiesen. Meine Eltern hielten uns schon meistens während der Schulzeit zum arbeiten bzw. zum Geldverdienen an. Mit meinem 8. Lebensjahr mußte ich zum ersten Mal Feldarbeit auf dem Rittergut verrichten. Mir selbst fiel die Arbeit sehr schwer, da ich sehr schwächlich und oft krank war. Ich hatte alle Kinderkrankheiten wie Masern, Ziegenpeter, Scharlach und Grippe durchgemacht. Diese Krankheiten machten fast alle meiner Geschwister mit durch. Das kam wahrscheinlich daher, indem wir bei Wind und Wetter, trotz schlechter Kleidung im Freien arbeiten mußten.

Mit meinem 6. Lebensjahr besuchte ich die Volksschule bis zu meinem 14. Lebensjahr, mir selbst fiel das Lernen in der Schule sehr schwer. Ich war fast regelmäßig in den Klassen eine der letzten Schülerinnen. Ich selbst fehlte sehr oft zum Unterricht, und zwar, weil mich der Gutsinspektor zu den Feldarbeiten holte. Ich selbst bin damals lieber in die Schule gegangen als die schwere Feldarbeit zu verrichten. Als ich die Schule verließ, ging ich auf das Rittergut als Landarbeiterin. Ich verdiente damals wöchentlich 4 bis 6 RM. Wenn ich hier gefragt werde, ob ich oft bei Tierschlachtungen dabei war, so erwidere ich, daß wir als Kinder oft zugesehen haben, als Tiere getötet und zerlegt wurden. Später, als ich 16 oder 17 Jahre alt war, habe ich mich weniger dafür interessiert.

Mit dem 21. Lebensjahr verließ ich Schlesien und ging nach Dresden in Stellung. Ich arbeitete zunächst als Küchenmädchen 6 Monate auf der Maxstraße in der Gaststätte Schulze. Ich selbst blieb nur 6 Monate dort, weil die

Wirtin mich sehr schlecht behandelte. Ich war immer das 5. Rad am Wagen, durfte alle Schmutzarbeiten verrichten und bekam eine sehr schlechte Verpflegung sowie einen schlechten Arbeitslohn. Nach dieser Stellung ging ich in die Gaststätte *Onkel Toms Hütte* im Ostragehege. Daselbst blieb ich ebenfalls als Küchenmädchen ein Jahr. Bei diesen Wirtsleuten hatte ich außer der Küchenarbeit noch die Tochter – im Alter von 9 Jahren – zu warten. Dieses Mädchen benahm sich sehr schlecht mir gegenüber. Ich konnte ihr nie etwas recht machen, so daß die Mutter im Laufe der Zeit immer garstiger mit mir wurde. Ich kündigte nun auch diese Stellung und ging nach Langebrück, ebenfalls wieder als Küchenmädchen ins Hotel *Zur Post*. In diesem Hotel gefiel es mir an und für sich ganz gut, nur, weil ich wenig Freizeit hatte, kündigte ich nach fast zwei Jahren auch dort wieder meine Stellung.

Mit meinem 22. Lebensjahr hatte ich das erste Mal mit einem Jugendfreund aus meiner Heimat Geschlechtsverkehr. Zwischen uns beiden wurde kein festes Verhältnis aufrechterhalten, weil er allem Anschein nach kein richtiges Interesse an mir hatte. Bis zu meinem 24. Lebensjahr habe ich mich nicht wieder mit Männern abgegeben.

Nachdem ich bei der *Post* gekündigt hatte, suchte ich eine neue Stellung. Ich bekam ein Angebot beim Fleischer Hirschfeld in Leubnitz-Neuostra. Hier gefiel es mir sehr gut, so daß ich bis 1937 blieb. Ich verdiente bei Hirschfeld monatlich 30,– RM bei voller Verpflegung. Das Essen war sehr gut, und ich konnte so viel essen, wie ich wollte. Der Fleischermeister war mit meiner Arbeit immer sehr zufrieden, und nur wegen Krankheit mußte ich diesen

Dienst quittieren. Im Jahre 1937, kurz nachdem ich die zuletzt erwähnte Stellung aufgegeben hatte, lernte ich meinen Ehemann Johannes Lehmann kennen.

Erstmalig habe ich meinen Ehemann im Kino gesehen. Er war zu diesem Zeitpunkt in den *Hillewerken* (Gasmotorenwerk, Otto-Mohr-Str. 15, Dresden-Reick) als Feinmechaniker beschäftigt und lud mich anläßlich einer Betriebsfeier einmal ein. Von diesem Tage an stand ich in einem festen Verhältnis, bis ich im November 1942 die Ehe einging. Im Jahre 1937 wurde mein Mann zur Ableistung seiner aktiven Dienstzeit zu einer Heeresluftnachrichtenabteilung eingezogen. Ein eigentliches Eheleben habe ich nicht führen können, da mein Mann immer kurzfristig auf Urlaub bei mir war. Bei Ausbruch des Krieges nahm er zunächst am Polen- und dann am Westfeldzug teil. Von 1941 ab war er auf Kriegsschauplätzen in Rußland. In den Kriegsjahren war mein Mann nur jährlich einmal auf Urlaub zu Hause, und seit Juni 1944 ist mein Ehemann vermißt, und ich habe seit diesem Zeitpunkt keinerlei Nachricht mehr von ihm erhalten. Eine eigene Wohnung besaßen wir nie, mein Mann wohnte vielmehr bei seinen Eltern in Dresden-N. 23, Hubertusstraße 16, während ich bis zu unserer Verheiratung auf Untermiete auf der Rudolphstraße 30 bei Hertz wohnhaft war. Nach der Eheschließung zog ich dann in meine jetzige Wohnung, Talstraße 9, ein. Während der ganzen Kriegsjahre erhielt ich für meinen Mann monatlich 83,– RM Unterstützung, und außerdem war ich selbst berufstätig. Und arbeitete bei der Firma *Fleischhacker Lampenkompanie.* Während der ganzen Zeit meiner Tätigkeit bei der erwähnten Firma habe ich immer sehr viel verdient und kam täglich auf 8 bis 11 RM.

1945 im Monat August habe ich mir in meiner jetzigen Arbeitsstelle erstmalig einen Diebstahl zuschulden kommen lassen, und zwar habe ich einen Gasherd aus einem Arbeitsraum gestohlen. Diesen Diebstahl führte ich zusammen mit einem ›Unbekannten‹ aus. Dieser ›Unbekannte‹ brachte den Herd in meine Wohnung, er hatte die Absicht, ihn später wieder bei mir abzuholen und umzusetzen. Dazu ist es jedoch nicht gekommen, da meine Straftat entdeckt wurde, und ich war daher gezwungen, das Diebesgut wieder in die Firma zurückzubringen. Außer diesem Diebstahl habe ich mir noch weitere strafbare Handlungen zuschulden kommen lassen. So stahl ich beispielsweise mehrmals Glühlampen, laufend Briketts, die ich jeweils in meiner Handtasche mit nach Hause nahm, des Weiteren entwendete ich auch einmal 2 Stühle, die ich aber ebenfalls zurückbringen mußte, da ich der Täterschaft überführt worden bin. Als Motiv für diese Straftaten führe ich an, daß mir der ›Unbekannte‹ für den Ofen Butter und Kartoffeln erwerben wollte. Die Stühle habe ich entwendet, weil ich zur damaligen Zeit keine in meinem Besitz hatte. Die Glühbirnen habe ich entwendet mit der Absicht, sie bei passender Gelegenheit in Lebensmittel umzusetzen.«

Das Interesse am Kriminalfall war enorm. Die Schicksale der Käthe Stiehler und der Frieda Lehmann glichen vielen Frauenbiografien der Zeit. »Die Männer waren im Krieg geblieben oder in der Gefangenschaft, der Frauenüberschuss war groß, 1945 kamen in der Sowjetischen Besatzungszone in der Altersgruppe der 18–30jährigen nur 100 Männer auf 297 Frauen gleichen Alters«. Die Frauen räumten die Trümmer weg und warteten auf die Rückkehr ihrer Partner aus der Kriegsgefangenschaft, sofern diese denn nicht »für Führer, Volk und Vaterland« gefallen waren. Oft kannten sich die Eheleute kaum. Während des 2. Weltkriegs waren »im *Deutschen Reich* Sonderregelungen im Eherecht geschaffen worden. So gab es die Möglichkeit einer Ferntrauung, einer Totenscheidung und einer postumen Eheschließung, die sogenannte *Leichentrauung*«. Im November des ersten Kriegsjahrs 1939 hatte man das Ehestandsgesetz den Gegebenheiten angepasst. Nach dem *Zusammenbruch* war die Hoffnung auf ein privates Leben mit Gatten, Kindern, eigenem Haushalt groß. Die Realitäten ließen dies doch meist nicht zu. Man hauste auf engen Quadratmetern, um Ausgebombten oder Flüchtlingen Wohnraum zu geben. Man kämpfte mit letzten Mitteln um Essen, Heizung, eine Zigarette. »Die Rolle der *Kriegerwitwe,* die von uns Frauen verlangt wurde, enthielt Anforderungen, die eigentlich gar nicht zu bewältigen und vor allem durch nichts gerechtfertigt waren. Eine Kriegerwitwe hatte nur noch für ihre Kinder da zu sein. Ging bei der Entwicklung der Kinder etwas daneben, war das einzig und allein ihr Versagen. Sie hatte mit der sehr bescheidenen Rente auszukommen und war oft genug zur Berufstätigkeit gezwungen. Doch gerade diese wurde ihr besonders übel genommen: Eine berufstätige Frau nahm ihre Mutterpflichten nicht ernst, kümmerte sich nicht genug um die Kinder, hatte keine rechte

Verantwortung. Eine Kriegerwitwe hatte vor allem auf jede männliche Hilfe zu verzichten. Bewußt wurde mir dies«, sagt eine der Betroffenen Jahrzehnte später, »als ein Bekannter, der auf dem Sozialamt arbeitete, mir seine Hilfe anbot und sie zugleich zurückzog mit der Bemerkung, er könne sich nicht sonderlich um mich kümmern, denn sobald er mich öfter aufsuchen würde, würde *geredet. Ins Gerede kommen* – das passierte schnell, wenn man allein dastand.« Still mussten die *Kriegerwitwen* dieses Schicksal meistern. Die Stiehler wie die Frieda Lehmann waren Frauen, in denen viele Dresdnerinnen ihr eigenes Schicksal im Brennglas sahen und sich die Frage stellten: Wieweit würden sie für das Stückchen eigene Glück gehen?

Frieda Lehmann hatte sich ins neue System politisch nicht einbinden lassen. Käthe Stiehler war bei der *Fleischhacker Lampen-Compagnie* Kassiererin der SED-Parteigruppe. Trotzdem kamen sich die beiden Frauen näher. Und es nahte die Weihnacht: Fest der Familie. Kerzenschein. Geborgenheit. Beider Gatten waren aus dem Krieg noch nicht zurückgekehrt. »Am 7.12.1946 hatte mich und noch zwei Arbeitskolleginnen die Frau Stiehler eingeladen. Abends gegen 7 Uhr ging ich in die Wohnung zu ihr. Die Zeit rückte immer weiter vor, und gegen 20 Uhr sagte sie zu mir, daß die beiden anderen Kolleginnen nicht kommen, und wir nun endlich anfangen sollten mit dem Abendbrot. Ich selbst hatte mir mein Abendbrot mitgebracht. Meine Schwester Elsbeth Sarnow aus der Oberpfalz, Albersrieth, schickte mir in letzter Zeit 12 Päckchen mit Lebensmitteln. Die Stiehler selbst stand wirtschaftlich ebenfalls gut da.« Vielleicht stießen sie mit einem Schluck Wein an. Sohn Heinz wird mit ihnen am Tisch gesessen und gelächelt haben. Später wird Frieda Lehmann zu Heinz und seiner Mutter sagen: Ich habe ein Geschenk für den Jungen. Holt es bei mir ab. Ein Abend der Gemeinsamkeit. Heimelige Atmosphäre. Vorweihnacht. Ein bisschen Glück. *Kling, Glöckchen, klingelingeling, kling, Glöckchen, kling!*

»An dem vorher erwähnten Abend habe ich bei der Stiehler über Nacht geschlafen. Wir führten zunächst erst ein Gespräch über unsere Arbeit. Erwähnten dabei verschiedene Kolleginnen. Auch über unsere Männer tauschten wir uns gesprächsweise aus. Im Laufe dieses Gesprächs mußte ich immer wieder feststellen, daß die Stiehler sich sehr auf die Heimkehr ihres Mannes freute. Sie glaubte, daß ihr Mann bestimmt in nächster Zeit aus der Gefangenschaft entlassen werden würde. Indem mein Mann in russischer und der Mann der Stiehler in italienischer Kriegsgefangenschaft ist, ist es zwar wahrscheinlich, daß der Mann der Stiehler eher als mein Mann nach Hause kommt. Aufgrund dieser Wahrnehmung war ich jedoch nie neidisch auf sie. In den fortgeschrittenen Abendstunden zeigte sie mir dann einen braunen Kasack, welchen sie für die kommende Betriebs-Weihnachtsfeier, welche am 14.12.1946 stattfinden sollte, machen ließ. Besonders der braune Kasack fiel mir ins Auge. Irgendwelchen Schmuck oder Silbersachen hat sie mir nicht gezeigt, hat aber davon gesprochen. Auf besonderen Vorhalt gebe ich an, daß mir, als die Stiehler ihre Kleider und Sachen zeigte, der Gedanke kam, meinen Schwestern etwas davon zukommen zu lassen. Die Schwestern hatten mich brieflich mehrmals darum gebeten, ihnen Stoff oder fertige Kleidungsstücke zu besorgen und ihnen zu schicken. Meine Schwestern sind aus Schlesien evakuiert und haben somit sehr wenig Kleidung und Wäsche. Ich selbst habe nichts eingebüßt, und so glaubten sie, von mir etwas bekommen zu können. Als mir die Stiehler ihre Kleider zeigte, erinnerte ich mich immer wieder an meine Schwestern, welche nichts mehr besaßen. Ich befaßte mich sofort mit dem Gedanken, das Zeug der Stiehler zu stehlen. Beim näheren Überlegen, es war immer noch im Beisein der Stiehler, wurde es mir jedoch klar, daß dies jedoch ganz unmöglich ist.

Auf besonderen Vorhalt gebe ich an, daß ich plötzlich auf den Gedanken kam, die Stiehler ermorden zu lassen, um in den Besitz der Kleider zu kommen. Da ich glaubte, die Tat nicht allein ausführen zu können, dachte ich sofort an meinen Bruder Ernst, welcher z. Zt. bei mir wohnte. Kurz vorher hatte ich mich mit der Stiehler für den 11.12.1946 verabredet. Ich bat sie, zu mir in die Wohnung zu kommen und das versprochene Spielzeug für den Jungen bei mir abzuholen. Diese Verabredung zog ich sofort mit in Erwägung und dachte mir, daß es die beste Gelegenheit wäre, die Stiehler zu ermorden.

Im Laufe dieser Gedankengänge malte ich mir den Mord im Geiste wie folgt aus: Wenn die Stiehler am 11.12.1946 in meine Wohnung kommt, so werde ich sie zunächst von meinem Bruder betäuben lassen. Auf die Gegenfrage, wie das Betäuben vor sich gehen sollte, so dachte ich mir, daß sie, wenn sie mit dem Messer gestochen werden würde, vor Schmerz besinnungslos werde. Da ich aber gleichfalls glaubte, daß diese Tat mein Bruder nicht ganz allein ausführen könnte, nahm ich mir vor, ihm dabei zu helfen. Ich wollte die Stiehler unter allen Umständen am Schreien hindern und an einer evtl. Gegenwehr. Wenn ich also die Stiehler festhalten würde, könnte sie mein Bruder besser mit dem Messer erstechen. Auf die Frage, ob ich dasselbe mit dem 7-jährigen Jungen vorhatte, so erwidere ich, ja. Sollte der Junge, und das war wahrscheinlich, mitkommen, so wollte ich ihn auf dieselbe Art und Weise erledigen lassen.

Auf die Frage, bei welcher Gelegenheit ich diesen Mord plante, erwidere ich: Bei den vorerwähnten Gedankengängen, es war unmittelbar nach dem Essen, der Junge spielte zu meinen Füßen, da habe ich der Stiehler dabei voll ins Gesicht gesehen, und ich machte dabei meine Betrachtungen, indem die Stiehler groß und stark war, daß dieser Mord nicht so einfach werden würde.« Der Mordplan nahm Gestalt an. Frieda Lehmann war bereit, ihn auszuführen. Bruder Ernst Weigelt sollte die Bluttat begehen. Ein Küchenmesser schien für diesen Mord genügend. Es schneidet Brot, ist handelsüblich geschwungen und von der Firma *F. L. Huy Nachf.*, Dresden. Frieda Lehmann entwendet es bei ihrem ehemaligen Arbeitgeber, dem Fleischermeister Hirschfeld in Neuostra. Der hat den Diebstahl erst bei Nachfrage der Polizei entdeckt.

Dann weiter zum Tattag: »Gegen 18 Uhr klingelte die Stiehler an unserer Wohnungstür. In Begleitung ihres Sohnes betrat sie das Wohnzimmer und setzte sich, ohne den Mantel abzulegen, auf einen Stuhl. Der Junge saß ebenfalls bei ihr. Ich zeigte ihr zunächst das Spielzeug, welches ich ihr verkaufen wollte. Sie freute sich an dem bunten Adventskranz, welcher mit lauter kleinen Figuren versehen war. Ich begab mich nunmehr in die Küche, um die Stiehler von ihrem Jungen weg, dahin zu locken. Mein Bruder kam nach 5 Minuten in die Küche nach. Das bereits erwähnte Küchenmesser hatte mein Bruder schon vorher an sich genommen und hatte es in die rechte Hosentasche gesteckt.

Auf besonderen Vorhalt und nochmals eingehend zur Wahrheit ermahnt und bei klarem Bewußtsein gebe ich an: Nachdem ich mit der Stiehler in der Küche gesprochen hatte, erschien mein Bruder in der Tür. Er sprach auf die Stiehler ein, was er gesprochen hat, kann ich heute nicht mehr sagen.«

Von hier aus verschleppte sie die Leichenteile: Talstraße 9.

Es bleibt den Ermittlern unklar, wie die Tat vonstatten ging. Man fährt zum Lokaltermin, Hinterhaus Talstraße 9, 1. Etage. »Um die Sache genau bis ins Kleinste auseinander zu posamentieren, wird eine Rekonstruktion mit der Lehmann vorgenommen. Der eine Kriminalangestellte stellt die Stiehler und der andere den Bruder der Lehmann da.

Die Küche ist ca. 3 ½ m lang und 2 ½ m breit. Unmittelbar links an der Tür steht ein elektrischer Kocher und der Küchenherd. Anschließend auf derselben Seite die Ofenbank. An der Stirnwand der Küche, gegenüber der Küchentür, befindet sich noch der Aufwaschtisch. An der rechten Wand der Küche in der Ecke ist das Fenster und an derselben Wand zur Küchentür zu, ein kleines Schränkchen und über demselben ein eingebauter Schrank.« Dann die Zeugin weiter: »Ich machte mich zunächst hinter der Frau Stiehler an dem elektr. Kocher zu schaffen. Mein Bruder öffnete die Tür, wonach ich ihm voll ins Gesicht schaute. Irgendein Zeichen haben wir uns nicht gegeben. Ich begab mich nunmehr seitlich rechts neben die, mit dem Rücken zur Tür, auf dem Stuhl sitzende Stiehler. Mein Bruder stellte sich unmittelbar hinter die Stiehler und unterhielt sich mit ihr. Die Stiehler drehte sich nur einmal nach ihm um. Ich sah jetzt genau, wie mein Bruder Ernst das Messer aus der rechten Hosentasche heraus in die rechte Hand nahm. Blitzschnell stieß er mit dem Messer in die rechte Halsseite und fasste mit der linken Hand die Kopfhaare der Stiehler, so daß sie nicht sofort umfällt. Ich konnte nunmehr genau beobachten, wie unmittelbar nach dem Stich das Blut an der Stichstelle der rechten Halsseite herausspritzte. Ich sah, wie mein Bruder das Messer im Hals der Stiehler stecken ließ, und er über und über mit dem Blut der Stiehler an Gesicht, Händen und Kleidern besudelt wurde. Unmittelbar nach dem Stich seufzte die Stiehler noch einmal kurz auf, als sie mit dem Messer in der rechten Halsseite halbrechts seitlich in sich zusammensackte. Der Stuhl, auf welchem die Stiehler saß, kippte nach rechts um, und die Stiehler fiel auf die rechte Körperseite. Der Hinterkopf der Stiehler lag auf dem Fußboden auf. Der rechte Arm war im rechten Winkel auf dem Fußboden. Der linke Arm lag leicht angewinkelt am Körper lang, die Hand in der Höhe des Gesäßes. Mein Bruder stand hinter der Stiehler und bückte sich im selben Augenblick, als sie auf dem Fußboden lag. Er drehte sie voll auf den Rücken und zog das Messer, welches immer noch in dem Halse der Stiehler stecke, heraus. Das Messer behielt er in der Hand. Ich berichtige, die Stiehler fiel mit dem Kopf, als der Stuhl umkippe, an die Tür. Nachdem sie mein Bruder auf den Rücken gewendet hatte, stieg ich über den rechten Arm der Stiehler hinweg zur Tür und begab mich in das Wohnzimmer, in welchem das Kind der Stiehler wartete. Als ich mich jetzt nochmals herumdrehte, sah ich, wie mein Bruder das Messer aus der Wunde herauszog. Die Tür hatte ich hinter mir geschlossen, und ich befaßte mich nun mit dem Jungen. Der Junge selbst war wahrscheinlich schon sehr unruhig geworden und war schon vom Stuhl aufgestanden. Als er mich erblickte, verlangte er sofort nach seiner Mutti. Ich ging auf den Jungen zu mit den Worten:

›In der Küche ist Deine Mutti.‹ Ich legte meinen rechten Arm um die Schultern des Jungen und führte ihn zu der Küchentür. Die Tür war einen Spalt breit offen geblieben, und sie wurde von dem Jungen selbst aufgestoßen. Das Kind rief sofort ängstlich: ›Mutti, was ist denn?‹ Er stürzte sich sofort zu dem Kopf seiner Mutter und nahm den Kopf der Mutter in beide Hände. Er rüttelte seine Mutter, um sie wahrscheinlich aufzuwecken. Mein Bruder stand mit dem Rücken zur Ofenbank, zu seinen Füßen lag die ermordete Stiehler. Der Junge rief immer nur: ›Mutti, was ist. Mutti, was ist.‹ Ich war in der Tür stehen geblieben. Mein Bruder faßte den Kopf des Kindes mit der linken Hand und drückte ihn mit dem ganzen Körper, so daß der Kopf des Kindes auf dem Leib der Mutter lag, herunter. Das Kind stieß noch einen unartlichen Laut von sich, als mein Bruder mit demselben Messer, welches er wieder in der rechten Hand hielt, dem Kind ca. 4 cm unter dem rechten Ohr in die rechte Halsseite stieß. Ich konnte nicht sehen, ob mein Bruder das Messer in der Stichwunde drehte. Ich konnte nochmals sehen, genauso wie bei der Mutter, wie das Blut sofort aus der Wunde herausgespritzt kam. Mein Bruder ließ das Kind auf dem Körper der Mutter so liegen, wie es lag. Mein Bruder reinigte an der Wasserleitung das Messer, sein Gesicht, Hände und Stiefel von dem Blute. Wenn ich gefragt werde, ob ich diese Tat so ohne Weiteres mit ansehen konnte, so erwidere ich: als ich den Blutstrahl aus dem Hals der Frau Stiehler fließen sah, wurde es mir für einen Moment lang übel. Ich riß mich aber sofort wieder zusammen, weil ich immer wieder die Kleider der Frau Stiehler vor Augen sah. Wenn ich hier gefragt werde, ob dieses das einzige Motiv zur Tat war, so erwidere ich, daß ich nur immer meine ganzen Gedanken auf die Kleider der Stiehler gerichtet hatte. Wenn sich doch in mir ab und zu eine kleine menschliche Regung errichten wollte, so zerschlug ich meine Bedenken immer wieder sogleich. Als die Tat vollbracht war, bekam ich es eine kurze Zeit mit der Angst zu tun und fragte mich manchmal selbst, ob ich noch klar bei Verstand bin. Wenn ich hier gefragt werde, ob mein Bruder irgendwelche seelischen Erregungen sich anmerken ließ, so erkläre ich, daß dies nicht der Fall war. Von Anfang an hat Ernst den Mord mit einer solchen Kaltblütigkeit durchgeführt, ohne jede Hast oder gar Unruhe, daß ich manchmal selbst darüber erstaunt war. Wenn ich hier gefragt werde, ob ich, als ich die beiden in ihrem Blute liegen sah, irgendwelche Hemmungen oder seelische Erschütterungen spürte, so erwidere ich, daß dies nicht der Fall war, ich lediglich, wie bereits schon erwähnt, nur ab und zu ängstlich wurde.

Als mein Bruder sich sauber gemacht hatte, erklärte ich ihm sofort, daß wir jetzt schnell das Blut wegwischen müßten und daß es auf dem Fußboden nicht anklebt und späterhin sichtbar ist. Der Fußboden meiner Küche neigt sich nach der Mitte zu, d.h., daß mitten in der Küche sich eine große Delle befindet. Die Leichen lagen alle beide in der Mitte der Küche und somit hatte sich um sie herum ein großer Blutbezirk gebildet. Die beiden Ermordeten lagen somit alle beide in einem ca. 4 cm hohen Blutsee. Als mein Bruder die Frau und den kleinen Stiehler gezogen hatte, konnte ich beobachten, wie nach jedem Herzschlag eine Blutwelle aus der Wunde herausquoll. Ich hatte vorher schon in der Küche 2 gebrauchte Scheuerhader zurechtgelegt. Mittels derselben wischte mein Bruder und ich nun das Blut auf und wechselten uns gegenseitig an der Gosse beim Auswinden des Haders ab. Mein Bruder sowie auch ich, wir hatten beide die Ärmel bis über die Ellenbogen hochgeschoben, um uns nicht so sehr mit Blut zu besudeln. Ich ließ Wasser in einen Eimer, um das Blut sauber vom Fußboden aufzuwischen.«

Frieda Lehmanns Erzählung scheint mit den Tatsachen im Einklang. »Die Küche selbst befand sich beim Eintreffen der Mordkommission in einem verhältnismäßig sauberen Zustand. Auf der Kommode werden 2 Schalen mit Birnenkompott und unter der Kommode 1 Teller mit Kuchen vorgefunden. Nach diesen Feststellungen wird der Fußboden einer genauesten Durchsicht unterzogen. Zu diesem Zwecke wird das Linoleum an seinen Kanten hochgehoben; dabei kann festgestellt werden, daß sich etwa 10 cm von der hinteren Wand und etwa 80 cm von der Fensterwand aus gerechnet, verkrustete Blutspuren befinden. Diese werden gesichert und mit Nr. 1 bezeichnet. Besonders auffällig ist, daß der Estrich an den Randstellen sehr feucht ist. Es kann daraus ohne weiteres die Schlußfolgerung gezogen werden, daß die Täter den Versuch machten, die Blutspuren mittels Wasser aufzuwischen. Aus diesem Grunde können größere Blutbestände nicht festgestellt werden, dagegen nur vereinzelte Blutverkrustungen, die beim Aufwischen offenbar übersehen worden sind.

132 cm von der Fensterwand und 150 cm von der hin-

teren Küchenwand gerechnet, werden auf dem Linoleum von dem Eßtisch mehrere kleine Blutspritzer festgestellt, die infolge ihrer geringen Ausdehnung nicht gesichert werden können. Weitere Blutspritzerchen werden unterhalb des Abflußrohres der Gosse sowie an der hölzernen Tür des in die Wand eingelassenen Schränkchens, welches sich an der Fensterwand neben der Gosse befindet, festgestellt. In der Feuerung des Küchenherdes werden ca. eine Handvoll Knochen unbekannter Herkunft festgestellt und vorläufig sichergestellt. Dieser Fund wird mit Nr. 2 bezeichnet.«

Und doch, wie geschildert können die Ereignisse nicht abgelaufen sein. Frieda Lehmann widerspricht und korrigiert sich und will stets wieder *endlich die volle Wahrheit* sagen. Die Indizien ihrer Tatbeteiligung sind erdrückend. Doch vom Mittäter, ihrem Bruder Ernst, gibt es keine Spur. Fraglich, ob er überhaupt in Dresden weilte. Man fragt bei der Flüchtlingsfamilie Weigelt nach. Laut Aussage hat es einen von Frieda Lehmanns Brüdern aus Schlesien nach Hildesheim verschlagen. Er sei mit seiner Familie nunmehr in Alfeld/Leine. Die sächsische Polizei erbittet Auskunft und erhält aus Hildesheim die Nachricht: »Wir haben heute am 29.12.1946, gegen Abend den Schmied Conrad Weigelt, geb. 11.9.1927 in Paschkerwitz, festgenommen. Festgenommener will seit einem Jahr bei einem Schmiedemeister Klemm in Großörner bei Hettstedt gewohnt haben und beschäftigt worden sein. Er ist dort nicht gemeldet gewesen, besitzt seit über einem Jahr keinerlei Ausweise. Seine Schwester in Dresden soll

Frieda heißen und etwa 38 Jahre alt sein. Waffen wurden nicht gefunden. Er hat einen Bruder, den Landarbeiter Ernst Weigelt, geb. 11.5. vermutlich 1925 geboren, von diesem fehlt seit Frühjahr 1945 jede Spur.« Wahrscheinlich wieder eine *volle Wahrheit*, die nicht stimmt.

Doch Frieda Lehmann bleibt dabei: Der Ernst, der ist dabei gewesen. Andererseits mache sie sich Vorwürfe, könne nachts kaum schlafen. Nein, sie hätte dies nicht tun dürfen. Schrecklich ihre Tat. Schrecklich die Folgen. Sie habe Selbstmordgedanken, teilt Frieda Lehmann den Ermittlern mit. Die Beobachtung ihrer Zelle wird intensiviert. Täglich wird die Mörderin aus ihrer Zelle zum Verhör geholt. Täglich neue Berichte vom Ablauf des Geschehens. Sie bittet, ihr die Fesseln abzunehmen und ganz auf ihren Gebrauch zu verzichten. Sie wolle *endlich reinen Tisch machen*, die *volle Wahrheit* sagen. Frieda Lehmann gesteht von Neuem. Vom Bruder Ernst ist keine Rede mehr.

Also, die Stiehler sei ihr in die Küche gefolgt, während Heinz im Zimmer weiter spielte. »Das Messer, mit welchem ich den Mord ausführte, hatte ich mit Bedacht links auf den Küchentisch gelegt, und zwar so, daß es durch einen Topf, welcher ebenfalls da stand, verdeckt wurde. Ich hatte mir vorher genau ausgemalt, denn nur durch die Lage des Messers war mir ein schnelles Handeln ermöglicht. Unmittelbar vor der Tat hielt mich die Stiehler noch an, das Teewasser, vielmehr den Tee etwas schneller zu kochen, da sie wieder nach Hause müsse. Ich nahm das Messer vom Küchentisch auf, legte den Griff des Messers in meine hohle Hand, so daß die Klinge an der Innenseite meines Unterarmes lang lag. Damit wollte und habe ich auch verhindert, daß die Stiehler das Messer in meiner Hand sieht. Ich legte das Messer noch einmal auf den Ofen und sah durch die vorstehende Rede veranlaßt nochmals nach dem Tee. Kurz darauf drehte ich mich blitzschnell herum, raffte das Messer in meine rechte Hand und zwar so, daß die Klinge am Daumen herausragte. Ich hatte vorher alles auf das Genaueste und Kleinste mir ausgerechnet. Ich setzte das Messer an der rechten Halsseite der Stiehler vorn an der Gurgel an und zog es mit einem starken Ruck in die Richtung des Halswirbels.

Ich konnte genau beobachten, daß das Messer an seiner tiefsten Stelle ca. 6 cm eindrang. Der Schnitt selbst war von der Gurgel bis zum Halswirbel. Als ich den Schnitt ausführte, stieß ich am Ende auf einen Widerstand, von dem ich annahm, daß es der Halswirbel war. Im selben Augenblick spritzte aus der Schnittwunde ein großer Blutstrahl. Ich selbst wurde von dem Blutstrahl betroffen, so daß ich an der Brust und von da an abwärts, sowie an den Händen blutbesudelt war.

In dem Augenblick, als ich die Stiehler erstochen hatte, schnellte sie hoch, und ich versuchte, sie am rechten Arm festzuhalten. Das Letztere jedoch mißlang mir, und ich ließ das Messer in der Küche fallen. Ich sah die Stiehler die Küchentür aufreißen und rechts in die Ecke der Korridortür zueilen. Ich setzte ihr sofort nach. Auf die Frage, warum ich ihr nachrannte, erwidere ich, indem ich glaubte, daß die Stiehler mit dieser Wunde die Treppe hinunterrennen würde. Von der Küchentür aus konnte ich es beobachten, daß sich die Stiehler nochmals zu mir herumdrehte und mir einen bösen Blick zuwarf. Daraufhin sackte sie zusammen und fiel rechtsseitlich auf den Fußboden hin. Der Kopf kam ca. 15 – 20 cm vor der Tür zu liegen. Als die Stiehler auf dem Fußboden zu liegen kam, gab es ein sehr lautes Geräusch. Im selben Moment hörte ich die unter mir wohnende Frau Apel im Haus auf der Treppe rufen: ›Frau Lehmann, was ist denn bei Ihnen los?‹ Ohne anzuklopfen machte sie die Türe auf und schaute herein. Die Apel sagte wörtlich: ›Oh weh, was ist denn hier los?‹ Worauf ich erwiderte: ›Es ist schon gut, es ist schon gut.‹, und schob sie mit der rechten Hand wieder zur Tür hinaus und schloß die Tür hinter ihr zu. Da die Apel am nächsten Tag in Bezug des Vorfalles an dem Mordabend nichts mehr erwähnte, war ich in der festen Annahme, daß sie nichts bemerkt hat. Demnach hat meine Stimme weder befangen noch belebt geklungen. Ich möchte hier noch betonen, daß ich mich in dem Augenblick, als ich die Apel zur Türe hinausschob, fest zusammennahm oder vielmehr den Gipfel der Kaltblütigkeit erreichte, da davon alles abhing.

Der Junge, welcher immer noch mit angstverzerrtem Gesicht auf dem Stuhl mit dem Rücken zur Küchentür saß, kam nunmehr auf seine Mutter angestürmt und schrie laut: ›Mutti, was ist? Mutti, was ist?‹ Er kniete sich der Mutter zur Seite und rief laut: ›Oh, meine Mutti ist tot!‹ Als er diese zuletzt genannten Worte ausrief, hatte er sich an der Seite seiner Mutter niedergekniet und betastete mit beiden Händen die Körperstelle an dem Schenkelansatz seiner Mutter. Ich selbst stand ca. einen Meter von dem Jungen entfernt, stürzte auf ihn zu und würgte ihn mit beiden Händen, die Daumen an der Gurgel anliegend. Ich kniete mich an die linke Seite des Jungen und drückte den Kopf des Jungen auf den Leib der Mutter. Meine Hände ließen ihn nicht los. Ich bemerkte, wie sich der Körper des Kindes gegen diesen Würgegriff aufbäumte und zusammenkrümmte.

Ich preßte meine beiden Hände ca. 2 – 3 Minuten um den Hals des Kindes. Ich konnte genau verfolgen, wie das Leben langsam aus dem Kinde wich. Als es leblos in meiner Umklammerung hing, ließ ich den Körper auf den Leib der Mutter liegen. Ich richtete mich auf und sah nun die Frau Stiehler und ihren siebenjährigen Sohn vor mir von mir ermordet liegen. Durch die Kerzenbeleuchtung war eine schauerliche Stimmung in meinem Wohnzimmer. Trotzdem hatte ich keine Hemmungen oder gar Reue in mir gespürt. Ich faßte sofort den Entschluß, den Jungen aus meiner Wohnung zu bringen. Auf die Frage, ob ich mich vorher damit beschäftigt habe, wie ich die beiden Ermordeten von hier fortbringe, erwidere ich, daß ich mich schon bereits vorher mit dem Gedanken befaßte, den Jungen im Ganzen und die Frau stückweise in die Elbe zu werfen.« Das wird die Ermittlungen beschleunigen, denn bislang hat man keine weiteren Leichenteile aufgefunden. Was die Polizisten nun hören, läßt sie schaudern.

»Unmittelbar nach der Tat habe ich den Jungen von der Mutter weggelegt und die Stiehler selbst an den Schultern angefaßt und sie so durch mein Wohnzimmer in die Küche geschleift. Im Wohnzimmer selbst, da wo die Leichen lagen, hatte sich eine große Blutlache gesammelt. Die

Blutlache kann meiner Schätzung nach ca. einen cm hoch gewesen sein. Der Bezirk erstreckte sich unmittelbar um den Kopf der Stiehler in einem ca. eineinhalb qm großen Umkreis. Da sich die Diele nach der Flurtür senkt, hat sich demnach das Blut an der Schwelle der Tür angesammelt und war ca. 3 cm hoch. Durch das Schleifen war der Teppich und die Diele im Wohnzimmer und in der Küche blutverkrustet. Eine alte braune Decke nahm ich von der Chaiselongue und legte sie auf den Fußboden.

Ich faßte mit der einen Hand beide Hände des Kindes und mit der anderen die Füße. Ich legte das Kind auf den Leib. Da die Beine für ein Paket zu lang waren, knickte ich sie ein, und indem sie zu weit vom Körper abstanden, drückte ich sie mit Gewalt an den Körper. Als ich ein knacksendes Geräusch vernahm, und die Beine gefügig sich an das Gesäß anlegen ließen, nahm ich an, daß die Beine in den Gelenken gebrochen worden waren. Beide Hände legte ich am Körper lang. Die Ecken der Decke knüpfte ich nunmehr über der Kindesleiche zusammen und verschnürte das Paket mittels eines Bindfadens. Ich zog mir schnell einen Mantel über und band mir einen Schal über den Kopf. Das Paket, inliegend das tote Kind, faßte ich an seinem Verschnürungsende und trug es die Treppe hinunter aus dem Hause hinaus. Auf die Frage, ob ich mich durch das Haus geschlichen habe, erwidere ich, daß ich genau wie sonst gelaufen bin.

Als ich das tote Kind in dem Paket zur Elbe trug, lief ich wie folgt: die Talstraße herunter, die Prießnitzstr. hoch, an Pfunds-Molkerei vorbei, über die Bautzner Str. hinweg und gegenüber der Prießnitzstr. betrat ich das Elbwiesengelände. Am Wasser angelangt, schaute ich mich noch einmal um, ob mich auch niemand gesehen hat. Der Abend war ziemlich warm, ich watete ca. 2 m bis in die Höhe meiner Knie in das Wasser. Ich nahm das Paket in beide Hände, wippte es mehrmals hin und her und warf es in einem hohen Bogen ca. 3 m von mir fort. Von meinem Standpunkt aus konnte ich sehen, daß das Paket fortgetrieben wurde. Als ich zum Ufer zurückgekehrt war, drehte ich mich nochmals um, um mich zu vergewissern. Das Paket schwamm langsam nach der Strommitte zu. Soweit ich beobachten konnte, ging das Paket nicht unter. Ich begab mich eilig wieder in meine Wohnung.«

Ab ins Wasser und weg?

Daheim trank Frieda Lehmann zunächst ein Tässchen Tee, dann säuberte sie ihre Kleider und die Wohnung weiter. Traumlos und friedlich habe sie geschlafen. 5.15 Uhr ging sie zur Arbeit aus dem Haus. In der *Lampen-Com-*

pagnie war alles wie gewöhnlich, angemerkt habe ihr die Untat keiner. »Etwa gegen 16.45 Uhr war ich zu Hause. Ich richtete mir zunächst erst mein Abendbrot, bestehend aus Pellkartoffeln, Butter und Salz, her. Nachdem ich es verzehrt hatte, es war in der Stube, begab ich mich zur Arbeit. Ich streifte meine Ärmel hoch, nahm das Messer, mit welchem ich die beiden ermordet hatte, und kniete mich bei der Stiehler nieder. Einen Eimer Wasser und einen Scheuerhader hatte ich ebenfalls wieder in Reichweite. Ich berichtige, bevor ich mich niederkniete, habe ich erst die Leiche in die Mitte des Zimmers gezogen, um ein besseres Hantieren zu haben. Ich möchte gleichzeitig mit einflechten, daß ich den Mantel der Stiehler bereits am Vorabend, als ich sie vom Wohnzimmer in die Küche zog, ausgezogen hatte. Das Ausziehen des Mantels kostete mir viel Mühe. Ich mußte die Ermordete mehrmals wenden. Mit dem Mantel habe ich dann den Körper und den Kopf der Stiehler zugedeckt.« Doch hat Frieda Lehmann Käthe Stiehlers Körper nicht im Ganzen aus dem Haus getragen.

»Auf die Frage, wie ich die Stiehler zertrennt habe, erwidere ich Folgendes: Ich streifte zunächst das Kleid der Stiehler in Brusthöhe hoch. Da das Kleid am Gesäße klemmte, faßte ich die S. links und rechts mit beiden Händen in Hüfthöhe und hob sie hoch. Anschließend zog ich der Ermordeten die Schuhe und die Strümpfe aus. Ich kniete mich nieder und trennte ihr als erstes den linken Unterschenkel ab. Ich schnitt zunächst mit dem Messer die Sehnen an den Kniekehlen durch und führte den Schnitt so tief, daß ich bis auf den Knochen kam.

Dann schnitt ich rings um das Knie bis auf den Knochen das Fleisch auf. Wenn mir hier vorgehalten wird, daß die Art des Abtrennens sehr fachgerecht ausgeführt wurde, und ich gefragt werde, ob ich darin Übung habe, so erwidere ich, daß ich blindlings drauflos geschnitten habe. Allem Anschein nach habe ich wahrscheinlich gerade die Spangen getroffen, wonach ich das Bein nach einer Aufwärtsdrehung aus den Gelenken herausgebrochen habe. Daraufhin ging ich an das Werk, um den anderen Unterschenkel auf dieselbe Art und Weise abzuschneiden. Beide Unterschenkel legte ich an die Wand auf der Fensterseite. Jetzt begann ich den linken Unterarm vom Oberarm abzuschneiden. Ich vollführte zunächst wieder einen tiefen Schnitt da, wo die Sehnen, also in der Ellenbeuge, sind. Anschließend führte ich das Messer rund um den Arm herum, zwar immer so tief, daß es auf dem Knochen auftraf. Diesen, genauso wie den rechten Arm, habe ich dann nach hinten weg aus den Gelenken herausgebrochen. Bei jedem Herausbrechen gab es ein knacksendes Geräusch. Als beide Arme und Beine vom Körper getrennt waren, habe ich der Leiche zunächst die Schlüpfer und dann den Strumpfhalter ausgezogen. Ich führte jetzt am linken Oberschenkel von der vorher erhaltenen Schnittstelle einen tiefen Schnitt ebenfalls wieder bis auf die Knochen hoch bis zum Schenkelansatz. Am Schenkelansatz führte ich wieder einen Schnitt rings um den Schenkel herum. Dann habe ich mit der linken Hand das Fleisch auseinandergeklafft, um mit dem Messer besser an den Knochen heranzukönnen, Nunmehr habe ich das Fleisch mit Hilfe des Messers vom Knochen stückweise abgetrennt.

Das geschah wie folgt: Das Fleisch habe ich an der vorher erwähnten Längsschnittstelle stückweise abgesäbelt. Als ich den Knochen ¾ vom Fleisch freigelegt hatte, habe ich das letzte Stück am Knochen abgeschabt oder besser abgetrennt. Mit dem rechten Oberschenkel verfuhr ich genauso wie mit dem linken. Nachdem ich die Glieder von dem Rumpf der Leiche abgetrennt hatte, es mag ungefähr eine Stunde gewesen sein, machte ich Feuer im Stubenofen. In diesen Ofen habe ich dann stückweise Fleischbrocken hineingeworfen. Wenn das Fleisch mit dem Feuer in Berührung kam, kreischte es und entfachte eine große Flamme. Die große Flamme ist auf den großen Fettgehalt zurückzuführen. Ich möchte noch erwähnen, daß, wenn so ein Fleischbrocken vom Feuer erfaßt wurde, eine helle Stichflamme zum Ofenrohr hinausloderte. Nachdem ich das Fleisch eines Oberschenkels verbrannt hatte, steckte ich einen Unterarm mit der daran befindlichen Hand in den Ofen. Derselbe verschwand voll und ganz darin. Als ich den Arm hineinsteckte, kreischte es längere Zeit, und die Stichflamme loderte ebenfalls länger auf. Indem ich die Fleischbrocken stückchenweise in den Ofen warf, konnte ich sehen, daß das im Feuer befindliche Fleisch verschmorte und zusammenschrumpfte. Auf die Frage, ob das Fleisch einen Geruch hinterließ, erwidere ich, daß ich einen scharfen, widerlichen Geruch längere Zeit in meiner Wohnung hatte. Auf dem Ofen, in welchem ich die Leichenteile verbrannte, hatte ich einen großen Topf mit Wasser stehen, welches ich später zum Abwaschen benutzte. Die Beine schob ich uneingepackt an die Wand in die Höhe der Gosse. Das restliche Fleisch und ein Unterarm verblieben bis zum nächsten Abend noch in meiner Wohnung und zwar in einer Schüssel des Spültischs. Ich berichtige, nicht im Spültisch, sondern in einer Aufwaschschüssel, welche auf einem Hocker stehen blieb. Nachdem ich mit dem Auseinandertrennen und Verstauen des Fleisches soweit fertig war, habe ich die Küche gründlich sauber geputzt. Etwa gegen 22.30 Uhr las ich dann die Zeitung *Nachtexpress,* um mich anschließend in das Bett zu begeben.«

Am nächsten Tag versah Frieda Lehmann wie immer ihre Arbeitsaufgaben im Betrieb der *Lampen-Compagnie.* Da Käthe Stiehler nicht erschien, fragten sich Kolleginnen und Kollegen, wo sie blieb. Frieda Lehmann konnte keine Auskunft geben: »Ich möchte selbst gern wissen, wo sie ist«, habe sie gesagt. Nach Arbeitsschluss ging sie nach Hause, dahin, wo Käthe Stiehlers Leichenteile lagen.

»Als ich am 13.12.1946 nach Hause kam, habe ich sofort als Erstes die Beine in Zeitungspapier, und zwar in die *Tägliche Rundschau,* eingewickelt. Das Paket nahm ich und wollte es zur Elbe schaffen. Vor dem Haus überlegte ich mir, daß der Weg sehr weit und übrigens überflüssig sei, und zwar aus dem Grunde, weil ich mit Bestimmtheit annahm, daß doch niemand auf den Gedanken kommen könnte, daß es die Beine der Frau Stiehler sind. Ich lief die Schönefelder Straße hoch bis zur Kamenzer Straße und von da aus zum Alaunplatz, unmittelbar an der Exerzierhalle warf ich die Beine in eine Mulde. Von da aus begab ich mich wieder in meine Wohnung. Dieser Weg kann höchstens 20 Minuten gedauert haben. Ich brannte sofort wieder den Stubenofen an, nachdem ich den Aschekasten in der Aschegrube entleerte. In der Asche befanden sich kleine weiße Knochenreste, teils von der Hand und teils vom Unterarm. Auf die Frage, ob der Unterarmknochen ebenfalls mit verbrannt ist, erkläre ich, daß derselbe in große, weiße, hohle Stücke zersetzt war. Als ich nun glaubte, daß wieder genügend Feuer im Ofen sei, habe ich wieder in einer kurzen Zeitspanne das Fleisch und den anderen Arm im Ofen verbrannt. Ich nahm dieselbe Wahrnehmung an, wie es am Vorabend war. Ich hatte mittlerweile Hunger bekommen und habe mir Kartoffeln gekocht, welche ich unmittelbar bei der Leiche der Stiehler aß.

Nachdem ich mit dem Verbrennen des Schenkelfleisches und dem Unterarme fertig war, es mochte gegen 18.45 Uhr gewesen sein, habe ich den Rumpf der Stiehler eingewickelt. Ich hatte mir zu diesem Zweck einen Sack aus dem Schuppen geholt. Diesen Sack trennte ich an einer Seite auf, um die Tote besser darin verstauen zu können. Ich legte den Sack unmittelbar neben die Leiche. Daraufhin faßte ich sie mit beiden Händen an und rollte sie in die Umhüllung. In denselben Sack steckte ich den Mantel. Den Mantel brachte ich aus diesem Grunde weg, weil er erstens über und über blutverkrustet war, und zweitens weil ich ihn nicht tragen konnte, weil man in ihm den Mantel der Stiehler erkennen konnte. Nunmehr schlug ich den Sack über dem Leichnam zusammen und schnürte ihn mit einem fingerdicken Bindfaden zusammen. Um die Leiche recht fest zu verschnüren, kniete ich mit einem Bein darauf. Nachdem die Verschnürung fertig war, zog ich mich an und schleppte dieses zirka

30 cm hohe und 80 cm im Quadrat große Paket außer Haus. Auf den Vorhalt, daß es doch ziemlich zeitig am Abend war, erwidere ich, daß es mir gerade recht war, zu dieser Zeit fiel doch ein solch großes Paket im Gegensatz zu späteren Stunden nicht auf. Das Paket oder der Rumpf der Stiehler war meines Erachtens nach 30 bis 40 Pfd. schwer. Aus diesem Grunde mußte ich es alle drei bis vier Schritte absetzen und die Hände auswechseln. Ich wählte denselben Weg wie bereits mit der Kindesleiche. An der Elbe angelangt, bin ich wiederum bis an die Knöchel in das Wasser gelaufen. An diesem Abend war es bedeutend kälter. Es hatte sich bereits am Rande des Wassers eine dünne Schicht Eis gebildet. Ich nahm das Paket wiederum in beide Hände und warf es ca. 2 m weit von mir weg in das Wasser. Ich begab mich aus dem Wasser wieder heraus und stellte fest, daß das Paket leise wippend an der Wasseroberfläche schwamm. Ich konnte genau beobachten, wie das Paket langsam, aber sicher absackte. Demzufolge ist wahrscheinlich, daß die Leiche der Stiehler heute noch gefunden werden kann. Nachdem ich mich dieser Last entledigt hatte, ging ich in meine Wohnung, um meine Strümpfe und Schuhe zu wechseln. An diesem Abend hatte ich vor, in die Wohnung der Stiehler zu gehen. Indem es jedoch zu spät geworden war, habe ich mir es für den Freitag aufgehoben. An diesem Abend verbrannte ich das restliche Fleisch nach derselben Art, wie an dem Vortag. Ich hatte mir an dem Abend Brot mit Fett zurechtgemacht, welches ich verzehrte. Nach dem Abendbrot habe ich wiederum bis 24 Uhr die Zeitung gelesen, um mich dann in das Bett zu begeben. Ich möchte

hier gleich einflechten, daß ich jede Nacht nach der Tat fest und traumlos geschlafen habe.«

Dann schreibt Frieda Lehmann Briefe an ihre Familie. Sie waren immer in Kontakt geblieben, unterstützten einander auch in schweren Zeiten. Es waren ihre Geschwister, die warme Sachen brauchten und sie gebeten hatten, solche zu besorgen. Käthe Stiehler hatte, mehr davon als sie benötigte, in ihrem Schrank. Mutter, Vater, nunmehr wissen alle um die Mordtat, die Polizei hat sie befragt. Nur bat Frieda Lehmann, den Kindern und Ihrer Lieblingsnichte Resl nichts zu sagen. *Am Weihnachtsbaum die Lichter brennen, / wie glänzt er festlich, lieb und mild, / als spräch' er: »Wollt in mir erkennen / getreuer Hoffnung stilles Bild!«.*

Erst am 27. Dezember kann Frieda Lehmann aus dem Gefängnis Antwort auf den letzten Brief der Lieben geben. Der deutschen Rechtschreibung ist sie kaum mächtig. »Euren Brief 15.12.1946 danken erhalten und freue mich ihmer wehn ahle Päckchen bei euch gut ankom. Ich habe Mutter mahl Hafferflocken und Mehl geschiekt hat auch sie es erhalten jest habe ich schon wieder euch Socken und Hemd geschiekt sagt Mutter das ich Ihr werde eine Tischdecke schieken aber mit der Tabak Pfeife muß ich erst sehen ob der im Laden wieder welche bekomen hat den jest zu Weihnachten wahren sie ahle ausferkauf sobald welche sind schieke ich welche brauck aber kein Geld zu schieken aber einß ferste ich nicht das Meta von mir keine Post noch nicht hat ich habe Ihr schon 3 mahl geschrieben heute wieder das da sol Post solange bieß dort hin gehen.« Es liest sich, als wäre die Mordtat nie geschehen, und Frieda Lehmann säße noch am Weihnachtstisch. *Fröhlich soll mein Herze springen / dieser Zeit, da vor Freud' alle Engel singen. / Hört, hört, wie mit vollen Chören / alle Luft laute ruft: Christus ist geboren.*

Am 30. Dezember meldet stolz die Presse: »Furchtbares Verbrechen aufgedeckt! Der neuen Mordkommission des Kriminalamtes Dresden, die sich aus früheren Handwerkern zusammensetzt, gelang es durch intensivste Ermittlung eine schwere Bluttat aufzudecken. Am 17.12.1946 wurden in Dresden-Neustadt auf dem Alaunplatz 2 Frauenbeine, die in Zeitung eingewickelt waren, aufgefunden. Durch die Erhebungen der Mordkommission konnte festgestellt werden, daß es sich um die Beine der seit dem 11.12.1946 vermißten Frau Stiehler, abgebildet in der *Sächsischen Zeitung* vom 28.12.1946 handelt. Frau Stiehler wurde mit ihrem 7 Jahre alten Sohn am Abend des 11.12.1946 in der Wohnung der Frieda Lehmann, 34 Jahre alt, von derselben mittels eines Messers erstochen und das Kind mit den Händen erwürgt. Die Leiche der Frau Stiehler ist angeblich zum Teil in dem Stubenofen der Lehmann verbrannt worden und zum Teil mit der Leiche des Kindes in die Elbe geworfen worden. Nach dem bisherigen Ermittlungsergebnis kann als Motiv zur Tat Raubmord angenommen werden. Um den Transport besser ausführen zu können, trennte die Lehmann von der Leiche der Frau Stiehler die Beine ab.«

Den Vorwürfen von Inkompetenz und Unfähigkeit setzen die neuen Polizeigenossen die schnelle Aufklärung des Verbrechens entgegen: »Durch die Aufdeckung der furchtbaren Bluttat hat die junge demokratische Polizei erwiesen, daß sie in der Lage ist, den Schutz der Dresdner Bevölkerung zu übernehmen. Es ist in letzter Zeit wiederholt erwiesen worden, daß die sogenannten alten Berufsbeamten in jeder Beziehung voll ersetzt wurden.«

Nach dem behaupteten Mordgehilfen der Lehmann wird weiter gefahndet. Man schreibt der Polizei in Niedersachsen: »Gesucht wird wegen Mord, begangen an Frau Stiehler und Sohn, der Ernst Heinrich Weigelt, geboren am 11.5.1922 in Paschkerwitz in Schlesien, z. Zt. aufhältig bei seinen Eltern in Koppengrave Nr. 46, Alfeld an der Leine. Der Mord ist von Weigelt und dessen Schwester in Dresden am 13.12.1946 verübt worden. Geständnis der Schwester liegt vor. Es wird um sofortige Festnahme und Rückantwort gebeten. Dem Weigelt muß jegliche Gelegenheit eines Selbstmordes genommen werden. Da wahrscheinlich noch mehrere Verbrechen von Weigelt begangen, die ihrer Aufklärung bedürfen.«

Noch während die Dresdner dieses in der Zeitung lesen, brechen die Lügengebäude der Frieda Lehmann erneut zusammen. Man findet die Leichenteile beider Opfer mitnichten in der Elbe, sondern verteilt in der Dresdner Neustadt. Am Damm der Eisenbahngleise nach Leipzig ist »die Bahnunterführung, unter der die beiden Köpfe in einem Geröllhaufen in einem Sack verpackt gefunden wurden. Zur Bahnunterführung gelangt man vom Riesaer Platz aus durch die Schrebergärten in Richtg. Neustädter Bahnhof.« Die Säcke sind von Ratten angefressen und durchlöchert. Am Silvestertage protokollieren die Gerichtsmediziner:

Es ist zunächst »der Kopf und die oberen Abschnitte des Halses einer Frau. Der Hals ist zwischen 3. und 4. Halswirbel durchtrennt. Die obere Spitze des re. oberen Gelenkfortsatzes des 4. Halswirbels hängt scharf durchschnitten der unteren Gelenkfläche des 3. Halswirbels an. Das Rückenmark ist quer durchtrennt, ebenso die gemeinsame Kopfschlagader bds. Die Wundränder der Abtrennungsstelle sind teils glatt, teils fetzig mit unregelmäßigen Einschnitten. Re. findet sich auf das Ohrläppchen hin ein 3 cm langer Einschnitt. Die Weichteile des Halses sind quer durchtrennt, in der Höhe des unteren Abschnitts des Kehlkopfes. Auf dem Kopf findet sich bis zu 13 cm langes braunes, leicht grau meliertes Haar. In den Haaren li. eine kleine schmale Haarklemme mit künstlichem Schildplattmuster. Die Haare sind auf der re. Seite mit wenig Haut bedeckt. Die Haut des behaarten Kopfes ist unversehrt. Auf der Haut der re. Stirnseite und der re. Nasenseite wenig Blut. Das re. Ohrläppchen quer abgeschnitten. An der li. Wange findet sich ein 2 x 1 cm großer ovaler Defekt mit leicht buchtig und 3 mm breiten braunrot eingetrockneten Rändern. Der ovale Defekt ist waagerecht gestellt und zeigt nach vorn anschließend einen 2,5 cm langen, nach hinten einen 1,3 cm langen braun-rot eingetrockneten oberflächigen glattrandigen Einschnitt der Haut. Der ovale Defekt erstreckt sich 6 cm tief bis in das Unterhautfettgewebe. 1,2 cm unterhalb dieses Defektes ein weiterer 1,5 x 0,6 cm großer, ebenfalls bis in das Unterhautfettgewebe reichender Hautdefekt mit braunrot eingetrockneten Rändern. In der li. Wange oben ein 1,4 cm langer schräg von hinten oben nach vorn verlaufender oberflächiger braun-rot eingetrockneter Einschnitt der Haut. Das li. Ohrläppchen ist ebenfalls quer abgeschnitten, die Wunde braun-rot eingetrocknet. In den vorderen Abschnitten der re. Wange eine etwa senkrecht gestellte 3 cm lange und bis 4 mm breite braun-rote Hauteintrocknung. In der Haut an der Grenze von Kinn bis Hals ein 1 x 0,8 cm großer flacher Hautdefekt und davor 3 weizenkorngroße braun-rote Eintrocknungen. Das Augenweiß weiß, Hornhäute trüb, leicht eingetrocknet. Die Haut des ganzen Gesichtes mit wenig grau-bräunlichen Schmutz bedeckt, im übrigen äußere Gehöröffnungen, Mund und Nase trocken. Das Gebiß zeigt am Unterkiefer li. einen alten Defekt des 2. Backenzahnes, eine Goldkrone des 1. Mahlzahnes und eine Metallplombe des 2. Mahlzahnes, re. unten einen alten Defekt beider Mahlzähne. An der re. Oberkieferseite ist der 1. Backenzahn nahe der Wurzel schräg durchbrochen, der Wurzelkanal ist erweitert mit schmutzig bräunlich verfärbter Wandung, der 2. Backenzahn fehlt mit altem Verschluß der Alveolen. Die beiden Backenzähne re. oben zeigen Goldplomben. Der li. 2. Schneidezahn ist an der Wurzelgrenze abgebrochen, die Bruchstelle ist schmutzig grau-bräunlich verfärbt. Der li. 2. Backenzahn zeigt eine Goldkrone, der li. 1. Mahlzahn 2 silberfarbene kleine Plomben. Der li. 2. Mahlzahn fehlt. Die Zunge ist unversehrt, ebenso die Schleimhaut des Gaumens.«

Und weiter: »Der Kopf des Knaben mit anschließenden oberen Halsabschnitten quer durchtrennt in Höhe zwischen 3. Und 4. Halswirbel unter Durchtrennung der Muskulatur und der Haut. Der Hautschnitt ist besonders im Nacken buchtig braun-rot eingetrocknet. Die oberen Teile des Kehlkopfes sind sichtbar mit den glatt durchschnittenen unteren Abschnitten des Schildknorpels. Auf dem Kopf findet sich bis 3,3 cm langes blondes Haar. Die Haut des behaarten Kopfes re. und die re. Ohrmuschel unregelmäßig mit eingetrocknetem Blut bedeckt. Die Haut des Gesichtes und die darunter liegenden Weichteile bis fast auf die Knochen fehlen durch offensichtlichen Rattenfraß. In den re. 2/3 des Gesichts im unmittelbaren Anschluß an die Abtrennungsstelle des Kopfes vom Hals, 2,5 cm vor der li. Ohrmuschel beginnend 3,5 cm unterhalb der Haargrenze beginnend, und 7 cm vor der li. Ohrmuschel beginnend. Die Weichteile der Nase fehlen vollständig, ebenso die vorderen 2 mm der knorpeligen Nasenscheidewand. Der große Haut- und Weichteildefekt zeigt unregelmäßig feinbuchtig, meist braun-rot eingetrocknete Ränder und einen leicht flachwulstigen Wundgrund. Das Augenlied fehlt re., der Augapfel ist erhalten mit eingetrockneter Hornhaut. Der Ober- und Unterkiefer zeigen ein Milchgebiß, wobei die mittleren Schneidezähne des Oberkiefers und der li. 2. Schneidezahn des Unterkiefers nur wenig aus den Alveolen herausragen. Die Zunge ist erhalten und in der Spitze leicht braun-rot eingetrocknet. Das Augenweiß weiß, li. Hornhaut ebenfalls eingetrocknet, trüb.«

Und mehr Teile des Leichenpuzzles finden sich. Der Kindertorso liegt nicht weit der Fundstelle von Käthe Stiehlers Beinen an der Exerzierhalle, Alaunplatz. Wie eine Grabplatte verdeckt ihn ein großes Trümmerstück. Die »Fundstelle des Frauentorsos ist vom Küchenfenster der Lehmann aus zu sehen. Er ist mit Asche bedeckt, sowie zwei verrosteten Eimern und einer verrosteten Schreibmaschine. Er wurde mit glühender Asche verschmiert, die Haut weist Brandstellen auf.« Und letztlich werden am 9. Januar 1947 die letzten fehlenden Körperteile entdeckt. Paul Marbach, knapp 63 Jahre, gibt zu Protokoll:

»Seit ca. 1 Jahr bin ich im russischen Magazin Dresden-N., Fischhausstr., als Wachmann angestellt. Ich habe dort nur Nachtdienst und bin von 17 Uhr bis 7 Uhr beschäftigt. Jeden Tag, wenn ich meinen Dienst beendet habe, laufe ich in die Charlottenstraße in Richtung Radeberger Straße, biege dann in die Stollestraße ein, um von da an der Straßenbahnhaltestelle Stolle-, Ecke Forststraße mit der Linie 2 nach Hause zu fahren. Seit einiger Zeit gehe ich jedoch nach dem Grundstück Forststr. 2, um mich bei einer Frau Frömmsdorf zu melden, die mir versprochen hat, ein Zimmer in ihrer Wohnung abzutreten, was aber bis jetzt noch nicht geklappt hat. In all dieser Zeit ist mir nichts besonderes auf meinem Weg nach dort aufgefallen. Heute Morgen gegen 10 Uhr ging ich abermals von meiner Arbeitsstätte aus nach dort, und als ich die Ecke Stollestraße – Forststraße erreicht hatte, sah ich in den Trümmern des ehemaligen Forstes, welches mit einem Zaun umgrenzt ist, ein Paket liegen. Es handelte sich um ein aus Zeitungspapier bestehendes Paket. Da dieses Zeitungspapier, den Inhalt, der darin eingepackt war, nicht ganz verdeckte, und es mir vorkam, als ob es Fleisch wäre, was darin verpackt war, betrat ich dieses Grundstück, um mir diesen Fund näher zu betrachten.

Ich nahm dieses Paket auf, um den Inhalt näher zu untersuchen, und sah, daß es sich um einen Knochen von ca. 40 cm Länge, der zur Hälfte noch im Fleisch lag und das ganze Aussehen eines Unterarms hatte. Da ich in der Zeitung von dem Mord in der Talstraße gelesen hatte, wo die Opfer zerstückelt worden waren, nahm ich an, daß es sich um ein Stück aus dieser Mordsache handelte. Ich begab mich deshalb sofort zum Polizeirevier und habe den Vorfall da gemeldet. Das Paket habe ich mitgenommen.« Nun liegt es auf dem Tisch der Wache.

Die Staatsanwaltschaft hat genügend Fakten, die die Schuld der Frieda Lehmann beweisen. Sie bereitet die Anklage vor, obwohl die Zweifel bleiben. Kaum glaublich ist vielen, dass diese schmächtige Frau die grausamen Morde allein verübt haben soll. Andererseits lässt sich der professionelle Umgang beim Zerlegen der toten Körper durch Frieda Lehmanns Tätigkeit beim Fleischermeister Hirschfeld in Neuostra gut erklären. Am 7. Februar 1947 wird vor dem Dresdner Schwurgericht der Mordprozess beendet. Man stritt handgreiflich um die Plätze im Gerichtssaal. Die Medien berichten spektakulär.

»Das große Interesse, das der grausige Doppelmord in der Talstraße in der Dresdner Bevölkerung hervorgerufen hat, kam auch in den ungewöhnlich starken Andrang des Publikums zu der Schwurgerichtsverhandlung zum Ausdruck, die am Freitag im Saal des Hygiene-Museums gegen die Täterin, die 1912 in Schlesien geborene Arbeiterin Frieda Lehmann geb. Weigelt geführt wurde. Schon in den frühen Morgenstunden war dieses improvisierte Gerichtsgebäude von einer dichten Menschenmenge belagert. Die Polizei hatte alle Hände voll zu tun, um Ruhe und Ordnung einigermaßen aufrechtzuerhalten und Richter, Geschworenen und sonst am Prozeß Beteiligten den Zugang zu ermöglichen.

Nach Eröffnung der Verhandlung durch den Vorsitzenden Landgerichtspräsidenten Dr. Fischer, wird zunächst die Angeklagte, eine kleine Frau mit einem stumpfen Gesichtsausdruck, aber keineswegs ein Verbrechertyp, zur Person vernommen. Sie gibt an, verheiratet zu sein, daß ihr Mann aber noch vermißt werde. Nach Verlesung der Anklage, die Frau Lehmann beschuldigt, am 11. Dezember in ihrer Wohnung, Dresden-N., Talstraße 9, ihre Arbeitskollegin Frau Käthe Stiehler und deren siebenjährigen Sohn Heinz aus Habgier heimtückisch und grausam getötet zu haben, wird die Angeklagte zur Tat selbst vernommen.

Seit 1939 war sie in einer Lampenfabrik auf der Großenhainer Straße beschäftigt, in der auch Frau Stiehler arbeitete, mit der sie übrigens gut verkehrte. Als ihr der Vorsitzende ein Bild der Ermordeten zeigt, sagt die Angeklagte: ›Sie ist zu Tode gekommen!‹, und fügt dann auf die Frage: ›Durch wen?‹ mit kaum vernehmbarer Stimme hinzu: ›Durch mich. Sie war eine gute Frau, sie ist immer freundlich zu mir gewesen.‹

Die Angeklagte erzählte weiter, daß sie die Ermordete wiederholt in deren Wohnung, Großenhainer Straße 106, besucht und bald großes Interesse an deren schöner Einrichtung, Kleidung und Wäsche nahm. Nach längerer Überlegung habe sie sich gesagt, diese Sachen könne sie nur in ihren Besitz bringen, wenn sie die Frau beseitige. Mit diesem Gedanken habe sie sich bis zum Montag, dem 9. Dezember, geschleppt, dann habe sie den festen Entschluss gefasst, Frau Stiehler mit einem Messer zu ermorden. Tags darauf sei sie zu dem Fleischermeister Hirschfeld nach Leubnitz-Neuostra gefahren, bei dem sie früher als Hausmädchen gearbeitet hatte, und habe dort ein Fleischermesser gestohlen. Unter dem Vorwand, für ihren Jungen Spielzeug besorgt zu haben, habe sie Frau Stiehler für den nächsten Tag (Mittwoch) in ihre Wohnung gelockt, fest entschlossen, ihr dann mit dem Messer den Hals zu durchschneiden. Daß Frau Stiehler ihren Jungen mitbringen würde, dieser Gedanke ist ihr angeblich nicht gekommen.

Frau Stiehler sei vereinbarungsgemäß am Mittwoch (11. Dezember) in der 6. Abendstunde mit ihrem Sohn erschienen und habe auf einem Stuhl neben dem Küchenherd Platz genommen. Da habe sie, die Angeklagte, blitzschnell das auf dem Herd griffbereit, aber versteckt liegende Messer ergriffen, den Kopf ihres Opfers angefaßt und mit dem Messer in den Hals geschnitten. Frau Stiehler sei stark blutend aufgesprungen, aber gleich darauf ohne einen Laut von sich zu geben zusammengebrochen. Als der Junge seine Mutter liegen sah und weinend sagte, seine Mutti sei tot, habe sie bemerkt: ›Deine Mutti schläft bloß!‹, dann das am Boden liegende Messer ergriffen, den kleinen an die Hand genommen, mit dem Kopf an ihre Brust gedrückt und auch dem sich wehrenden Jungen die Kehle durchschnitten. Die Einzelheiten dieser furchtbaren Tat schilderte die Angeklagte ruhig und ohne jede wahrnehmbare Spur innerer Erregung. Nach der Tat hat sie das Blut zusammengeschöpft und in die Gosse geschüttet. Auf den Gedanken, die Leichen zu zerstückeln, will sie erst gekommen sein, als sie sich um die Fortschaffung der Leichen kümmern mußte. Die Angeklagte hat nach der Tat zweimal aus der Wohnung der Ermordeten Kleider, Wäsche, Schuhe usw. geholt, das erste Mal in Begleitung einer Frau Weinert, der sie etwas vorgeschwindelt haben will. Auf die Frage, wie sie heute über ihre Tat denke, sagte sie, sie könne nicht mehr denken, es sei grauenhaft, deshalb wolle sie nicht mehr sein, sie bereue auch, was sie dem Gatten der Ermordeten, der der Verhandlung beiwohnte, angetan habe.

Auf die Frage eines Geschworenen erklärt die Angeklagte, daß sie die Ohrringe der Frau Stiehler nicht herausgelöst, sondern mit dem Ohrläppchen der Leiche glatt abgeschnitten habe. Die weitere Vernehmung der Angeklagten spitzte sich sodann auf die Frage zu, ob die Angeklagte die Tat alleine ausgeführt oder, was nach Lage der Verletzung als sehr wahrscheinlich angenommen werden muß, Mithelfer gehabt hat. Die Angeklagte bestreitet die Mitbeteiligung einer dritten Person, doch kamen ihre diesbezüglichen Antworten nur sehr zögernd heraus und wirkten keineswegs überzeugend.

Der Kriminalinspektor befragt, antwortete, daß die Angeklagte bei ihrem ersten polizeilichen Verhör geleugnet und sich sehr verstockt gezeigt habe, schließlich aber ein umfassendes Geständnis als Alleintäterin abgelegt hat. Frau Weinert, die unvereidigt bleibt, gab an, daß die Angeklagte einen Teil der aus der Wohnung der Stiehler abgeholten Sachen ihren Verwandten schicken wollte.

Fleischermeister Hirschfeld vermochte nicht zu glauben, daß die Angeklagte fähig sein sollte, eine Leiche kunstgerecht zu zerlegen. Für die Geistesverfassung der Angeklagten nach der Tat ist das Zeugnis des Werkmeisters bezeichnend, wonach die Lehmann am Nachmittag des 12. Dezember, also am Tag nach der Mordtat, an der Betriebssingestunde teilgenommen und auch bei der Weihnachtsfeier bis früh 6 Uhr gesungen und getanzt hat, ohne daß etwas Auffälliges an ihr wahrzunehmen gewesen wäre. Nach dem Sachverständigengutachten des Oberarztes Dr. Scheitauer vom Friedrichstädter Krankenhaus waren die Halsschnitte sowohl bei der Frau Stiehler als auch bei dem Jungen derart, daß sie unbedingt tödlich wirken mußten. Die Loslösung der Arme und Oberschenkel aus den Gelenken in der erfolgten Weise setze anatomische Kenntnisse und eine Sachkunde voraus, daß die Alleintäterschaft der Angeklagten als sehr unwahrscheinlich gelten müsse. Demgegenüber bleibt die Angeklagte auch jetzt noch dabei, die Tat allein ausgeführt zu haben. Der zweite Sachverständige, Dr. Bremermann, macht die Angeklagte für ihre Handlungsweise voll verantwortlich.

In seinem Plädoyer betonte der Oberstaatsanwalt, daß man es hier mit einem Prozeß von ganz besonderem Format zu tun habe. In der Geschichte sei es noch nie vorgekommen, daß die Schreie eines Kindes einer bereits dem Tode geweihten Mutter nicht ein Menschenerbarmen ausgelöst hätten; die Angeklagte habe jedoch nicht gezögert, ein kriminelles Ungeheuer zu werden. Nachdem der Vertreter der Anklagebehörde in diesem Zusammenhange noch anerkennende Worte der jungen aber tüchtigen Kriminalpolizei gewidmet hatte, stellte er fest, daß, wenn man nicht gerade die allgemeine Sittenverwilderung in den zwölf Jahren der Nazizeit in Betracht ziehen wolle, nichts zugunsten der Angeklagten spräche. Er beantrage deshalb wegen Doppelmordes die Todesstrafe und den Verlust der Ehrenrechte auf Lebenszeit. Auch die Verteidigung sagte, es sei kaum möglich, eine menschliche Seite hervorzuheben, die beim Gericht Würdigung finden könne. Sie erklärte, es sei ihr unmöglich, in der Sache selbst einen Antrag zu stellen.

Ein letzter Appell des Vorsitzenden an die Angeklagte, zu ihrer Rechtfertigung und zugleich der Erleichterung ihres Gewissens die Wahrheit zu bekennen und anzugeben, ob und wer ihr bei der Zerteilung der Leichen geholfen hat, verhallte ungehört. Nach längerem Schweigen brachte die Angeklagte nur ein leises ›Nein‹ heraus.

Die Angeklagte wurde wegen Mordes in zwei Fällen zum Tode und zum Verlust der Ehrenrechte auf Lebenszeit verurteilt. Begründend wurde ausgeführt, daß die Angeklagte kaltblütig gehandelt habe und ihre Taten eine Gemeinheit darstellen, die an Kannibalismus grenze. Auf die Frage ob sie auf Rechtsmittel verzichte, weigerte sich die Angeklagte, eine Erklärung abzugeben.«

Auch die Parteigenossen in Berlin interessiert der grausame Doppelmord von Dresden. Und so teilt der Staatsanwalt seinen Vorgesetzten in der Hauptstadt »in Ergänzung des Vorberichts vom 18.1.1947 mit, daß am 7.1.1947 die Angeklagte Lehmann vom Schwurgericht Dresden antragsgemäß wegen Mordes in zwei Fällen zum Tode

Mordprozeß Lehmann vor dem Dresdner Schwurgericht

Sühne für den grausigen Dresdner Doppelmord

Die Frage der Mittäterschaft blieb ungeklärt – Die Mörderin zum Tode verurteilt

Dresden (SZ). Das große Aufsehen, das der grausige Doppelmord in der Talstraße in der Dresdner Bevölkerung hervorgerufen hat, kam auch in dem ungewöhnlich starken Andrang des Publikums zu der Schwurgerichtsverhandlung zum Ausdruck, die am Freitag im Saal des Hygiene-Museums gegen die Täterin, die 1912 in Schlesien geborene Arbeiterin Frieda Lehmann geb. Weigelt geführt wurde.

Schon in den frühen Morgenstunden war dieses improvisierte Gerichtsgebäude von einer dichten Menschenmenge belagert. Die Polizei hatte alle Hände voll zu tun, um Ruhe und Ordnung einigermaßen aufrechtzuerhalten und Richtern, Geschworenen verkehrte. Als ihr der Vorsitzende ein Bild der Ermordeten zeigt, sagt die Angeklagte: „Sie ist zu Tode gekommen!", und fügt dann auf die Frage: „Durch wen?" mit kaum vernehmbarer Stimme hinzu:

„Durch mich. Sie war eine gute Frau, sie ist immer freundlich zu mir gewesen."

Die Angeklagte erzählte weiter, daß sie die Ermordete wiederholt in deren Wohnung, Großenhainer Straße 106, besucht und bald großes Interesse an deren schönen Einrichtung, Kleidung und Wäsche nahm. Nach längerer Ueberlegung habe sie sich gesagt, diese Sachen könne sie nur in ihren Besitz bringen, wenn sie die Frau beseitige. Mit diesem Gedanken habe sie sich bis zum Montag, dem 9. Dezember, geschleppt, dann habe sie den festen Entschluß gefaßt

Die weitere Vernehmung der Angeklagten spitzte sich sodann auf die Frage zu, ob die Angeklagte die Tat allein ausgeführt oder, was nach Lage der Verhältnisse als sehr wahrscheinlich angesehen werden muß, Mithelfer gehabt hat. Die Angeklagte bestreitet die Mitbeteiligung einer dritten Person, doch kommen ihre diesbezüglichen Antworten nur sehr zögernd heraus und wirken keineswegs überzeugend.

Die Zeugenvernehmung

Kriminalinspektor Philipp bekundete, daß die Angeklagte bei ihrem ersten polizeilichen Verhör hartnäckig geleugnet und sich sehr verstockt gezeigt habe, schließlich aber ein umfassendes Geständnis als Alleintäter abgelegt hat. Frau Wytscha, die unvereidigt bleibt, gab an, daß die Angeklagte einen Teil der aus der Wohnung der Stiehler abgeholten Sachen ihren Verwandten schicken wollte. Fleischermeister Hirschfeld vermochte nicht zu glauben, daß die Angeklagte fähig sein sollte, eine Leiche kunstgerecht zu zerlegen. Für die Geistesverfassung der Angeklagten nach der Tat ist das Zeugnis des Werkmeisters Wallrat bezeichnend, wonach die Lehmann am Nachmittag des 12. Dezember, also am Tage nach der Mordtat, an der Betriebssingestunde teilgenommen und auch bei der Weihnachtsfeier bis früh 6 Uhr gesungen und getanzt hat, ohne daß etwas Auffälliges an ihr wahrzunehmen gewesen wäre. Nach dem

Sachverständigengutachten

des Oberarztes Dr. Scheit vom Friedrichstädter Krankenhause waren die Halsschnitte sowohl bei der Frau Stiehler als auch bei dem Jungen derart, daß sie unbedingt tödlich wirken mußten. Die

Grausame Schlagzeilen gab es auch im Sozialismus

und dauernder Aberkennung der Ehrenrechte – bei Einziehung des Mordmessers – verurteilt wurde. Nach dem Spruch hat die Angeklagte, die geständig ist, am 11.12.1946 in Dresden die Frau Stiehler und deren 7-jährigen Sohn Heinz aus Habgier heimtückisch und grausam getötet. Sie ist für ihre Tat voll verantwortlich zu machen, denn bei ihr ist Geisteskrankheit und Geistesschwäche – wie der Psychiater als Sachverständiger glaubhaft bekundete – auszuschließen. Der Mord kennzeichnet sich durch Folgerichtigkeit und unerhörte Brutalität in Plan und Ausführung. Es muß die verwilderte Wirkung des Krieges und der verflossenen 12 Jahre zum Verständnis, aber keineswegs zur Milderung oder gar Entschuldigung, herangezogen werden.

Der Aufsehen erregende Prozess fand im Hygiene-Museum unter stärkster Anteilnahme des Publikums, der Behörden und eines Vertreters der SED statt. Der Vorsitzende des Schwurgerichts war Landesgerichtspräsident Dr. Fischer. Anklagevertreter der unterzeichnende Oberstaatsanwalt Richter, während die Verteidigung Rechtsanwalt Fritz Zabel, der sich der Antragstellung enthielt, übernommen hatte. Zur Zeit liegen Presseäußerungen, von der Rundfunkmeldung abgesehen, noch nicht vor. Zweifellos bedarf dieser Doppelmord auch nach Ansicht breiter Öffentlichkeit der im Urteil verhängten Sühne. Das ergibt sich auch daraus, daß das Plädoyer des Anklägers mit spontanem, stürmischem Beifall – wie es in einem Gerichtssaal nicht üblich und auch noch nicht erfolgt ist – aufgenommen wurde. Ob die Angeklagte Hilfe bei diesem Mord gehabt hat, ist keinesfalls ausgeschlossen, war aber trotz eingehender Ermittlung nicht nachweisbar.«

Während des Prozesses und auch hier steht das Wort der Menschenfresserei wieder im Raum: Kannibalismus. Bereits das erste Protokoll vermerkte: »Es ist mit Wahrscheinlichkeit anzunehmen, daß das Fleisch der Toten auf den Markt gebracht wird.« Von Käthe Stiehlers Oberschenkel fand man nur die Knochen. Unklar, ob die Lehmann das Fleisch im Ofen mitverbrannte. Die Vorstellung bekam keiner im Publikum aus dem Kopf, und man bekam diesbezüglich weiter Nahrung. Drei Tage nach der Urteilsverkündung gab Frieda Lehmann ihre nächste *volle Wahrheit* zu Protokoll. Diesmal tauchte der bereits erwähnte geheimnisvolle Mittäter, der Herr Krüger wieder auf, und Frieda Lehmann belastet diesen Krüger schwer. So habe der zu ihr gesagt: »Die Stiehler habe gute Schinken.« Und eben jener Krüger, dem sie aus Mitleid zu Essen gab, habe nach der Zerlegung »Fleisch vom Oberarme und Gesäße mitgenommen, sie habe die Reststücke wie folgt abgegeben:

Frau Apel	5 Pf.
Frau Weinert	ca. 2 Pf.
Frau Ullmann	ca. 2 Pf.
Schwiegereltern	ca. ¼ Pf.«

Die benannte Nachbarin Frau Apel gibt auch an, »5 Pfd. Fleisch von der Lehmann erhalten zu haben, obwohl es offensichtlich ist, daß die Lehmann die ganze Schüssel Fleisch – nach Angaben der Lehmann 14 Pfd. – der Apel übermittelt hat. Auch hier sind Widersprüche, die schlußfolgern, daß die Apel nicht die Wahrheit gesagt hat. Die Apel hat Kartoffelstückchen mit diesem Fleisch gekocht, aber nicht selbst von dem Fleisch gegessen, sondern weitergegeben. Die Apel hat nach ihren Angaben, Teile des Fleisches eingekocht, auch dieses eingekochte Fleisch hat sie weitergegeben. Sie hat von dem Fleisch immer das Fett abgetrennt. Es ist möglich, daß sie das aus rein haushaltsmäßigen Gründen getan hat, aber da nach den Aussagen ihres Mannes ihm das Fleisch doch ein wenig zu verdächtig erschien, sind hier Zusammenhänge zu kombinieren. Die Apel hat nach eigener Aussage, noch ein Stück Lende und eine Bratwurst erhalten. Sie spricht davon, daß die Bratwurst gut geschmeckt hat, aber von der Lende selbst spricht sie nicht mehr. Ungeklärt bleibt die Herkunft der Bratwurst. Auffällig ist, daß die Lehmann so aus dem Handgelenk eine Bratwurst verschenkte. In der heutigen Zeit geht man mit solchen Mangelwaren nicht so um.« Man befragt nicht nur in der Dresdner Neustadt alle Fleischer. Keiner von ihnen will Menschenfleisch entgegengenommen oder verkauft haben.

Doch die Gerüchte um erfolgte Menschenfresserei verstummen nicht. Solch *Urban Legends* werden heute noch erzählt. Erst recht in Umbruchzeiten seien sie geschehen: »Berlin nach dem Krieg, Lebensmittel sind knapp, nur auf dem Schwarzmarkt sind die notwendigsten Dinge zu erwerben. Eine junge Frau ging durch die zerbombte Stadt, auf der Suche nach einem Händler bei dem sie Nahrung für ihre Familie kaufen könnte. Unterwegs trifft sie in einer Menschenmenge einen blinden Mann, der recht hilflos versucht, seinen Weg durch die Trümmer zu finden. Sie beschließt dem armen Mann zu helfen, nimmt ihn am Arm und führt in ein Stück des Wegs. Die beiden unterhalten sich und der Blinde fragt sie ob sie vielleicht einen Brief für ihn abliefern könnte. Da die Adresse auf ihrem Heimweg liegt stimmt sie zu und nimmt den Brief des Mannes. Sie hat sich grade auf den Weg gemacht, da fällt ihr ein, daß sie den Mann ja eigentlich auch noch nach Hause bringen könnte, da der Weg durch Berlin für einen Blinden nicht ungefährlich ist. Als sie sich umdreht, bemerkt sie, wie der Mann, der mittlerweile seine Brille abgenommen hat und den Stock unterm Arm trägt, hastig um eine Gebäudeecke verschwindet. Unsicher, was sie von der Situation halten soll, gibt sie den Brief einer britischen Patrouille und erklärt dem Captain die Geschichte. Die Soldaten gehen zur auf dem Brief vermerkten Adresse und finden eine stillgelegte Schlachterei. Doch in einem Vorratsraum des Schlachthofs finden sie einen Berg von zum Teil schon ausgeweideten Leichen. Und in dem Brief steht: ›Das ist die letzte, die ich euch heute schicke.‹ « Auch soll eine Kassiererin der Kinokasse in Stettin, wenn ein Besucher gut im Fleisch stand, dem Fleischer ums Eck Meldung gemacht haben, welcher dann zur Schlachtung schritt. Selbst der Gassenhauer *Trizonesien* verweist darauf: *Wir sind zwar keine Menschenfresser, doch wir küssen um so besser. / Wir sind die Eingeborenen von Trizonesien, / Hei-di-tschimmela-tschimmela-tschimmela-tschimmela-bumm!*

Ein Mittäter am brutalen Doppelmord wird der Tat nie überführt. Doch lässt die Polizei ihre Ermittlungen nicht ruhen. So wird am 6. Juni 1947 gemeldet, dass man in Hamburg einen Mann in Gewahrsam genommen habe, der sich *Krüger* nennt. Der verhaftete Raubmörder heißt Georg Adler. Aus seinen Aussagen jedoch geht »einwandfrei hervor, daß Adler für den hiesigen Doppelmord als Täter nicht in Frage kommt«. Auch die Zeugen in der Dresdner Neustadt erkennen ihn auf einem Lichtbild nicht wieder.

»Frieda Meta Lehmann, geb. 16.4.1912, Paschkerwitz/Trenitz/Schlesien, Vater: Heinrich Weigelt, Mutter: Anna, heute wohnhaft Alfeld/Leine«, wird in Dresden, Münchner Platz guillotiniert. Offizielle Stellen bitten, »Tag und Ort der Urteilsvollstreckung so rechtzeitig bekannt zu geben, damit das Anatomische Institut der *Universität Leipzig,* dem die Leiche zu Unterrichts- und Forschungszwecken überlassen werden soll, die entsprechenden Vorbereitungen treffen kann.«

Letzte Aussicht: der Gefängnishof

Nicht nur im Nachkriegs-Dresden kursierte das Gerücht, dass die menschlichen Gebeine in der Dauerausstellung im Deutschen Hygiene-Museum die der Frieda Lehmann waren. »Den Körper des Menschen gliedert man äußerlich in Kopf, Rumpf und Gliedmaßen. Menschen zählen biologisch zu den Wirbeltieren. Wie die Wirbeltiere besitzt auch der Mensch ein innen liegendes Stützsystem aus Knochen, das in seiner Gesamtheit als Skelett bezeichnet wird. Das menschliche Skelett wird aus etwa 220 Knochen gebildet. Bei den Knochen unterscheidet man zwischen platten, kurzen und langen Knochen. Zu den kurzen Knochen gehören beispielsweise Hand- und Fußwurzelknochen/Fußwurzelknochen sowie Wirbel. Die langen Knochen nennt man auch Röhrenknochen. Im Inneren haben sie einen Leerraum, in dem sich Knochenmark befindet. Einige der Knochen sind miteinander verwachsen. So besteht beispielsweise auch der Schädel aus mehreren Knochen. In Anlehnung an die Technik nennt man das Skelett auch unser *Knochengerüst.* Tatsächlich sind die über 200 Knochen des menschlichen Skeletts die Hauptstütze unseres Körpers. Die Knochen bilden aber kein starres Gerüst; denn viele Knochen sind durch Gelenke beweglich miteinander verbunden. Außerdem haben sie eine sehr unterschiedliche Form und Größe. Das hängt mit ihrer Lage im Körper und mit ihrer jeweiligen Aufgabe zusammen. Die langgestreckten, stabförmigen Röhrenknochen beispielsweise funktionieren als bewegliche Stützpfeiler, insbesondere für die Arme und Beine. Dagegen sind die Plattenknochen durch Nähte fest miteinander verwachsen. Sie funktionieren als Schutzkapsel, zum Beispiel die Schädelknochen für das Gehirn, oder als Stützschale, zum Beispiel die Beckenknochen für die Bauchorgane. Das menschliche Skelett hat einen Anteil von 12 Prozent am Gesamtgewicht. Das bedeutet, bei einem 75 Kilogramm schweren Menschen wiegen die Knochen also 9 Kilogramm.«

Die Knochen hängen nicht mehr im Museum. Was mit ihnen geschah, bleibt ungewiss.

Männer um Anita

Eine Mädchengeschichte aus dem Jahre 1949

Die Kindergärtnerin

Ein verliebtes junges Mädchen / ein verliebter junger Mann / schauten sich tief in die Augen / ja, so fängt es immer an. Das Radio trällerte und die Mädchen sangen den Hit von Rita Paul: *Darf ich Sie nach Haus begleiten / flüstert leis' der junge Mann / Arm in Arm sie nun schon schreiten / ja, so fängt es immer an.* Und nicht nur die jungen Mädchen gingen tanzen und träumten von der großen Liebe. Doch öffentlich wie heute konnte man Zuneigung nicht zeigen. Schon zu zweit gesehen zu werden, konnte für Gerüchte und schlechten Leumund sorgen. Auch die verfasste sozialistische Literatur in der sowjetischen Besatzungszone wusste um Gefühle und wie man über daraus folgende Intimitäten denkt. Sie »geht am nächsten Abend durch die Straßen. Sie ist erst sehr vorsichtig gewesen, besonders, als sie das Geschäft verlassen hat. Jetzt läuft sie, ohne sich umzusehen und ohne an den Kreuzungen argwöhnisch zu beobachten. Sie hat es eilig und spielt ungeduldig an der Handtasche, als der Strom der Fahrzeuge ihr einmal den Weg versperrt und als sie an einer Straßenbahnhaltestelle minutenlang warten muss. Dann fährt sie weit hinaus in den Süden der Stadt. Ich hätte mich doch, denkt sie, während sie auf der Plattform steht, von ihm mit dem Auto abholen lassen sollen. Aber nein, fällt ihr gleich darauf ein, das hätten ja die Kolleginnen gemerkt. Es wäre besser gewesen, wir hätten uns in einem Café getroffen. Aber dann hätte natürlich die Gefahr bestanden, dass uns jemand sieht. Nein, denkt sie, damit muss Schluss gemacht werden. Es soll niemand Grund gegeben werden, über mich zu reden. An den Rändern der Straßen stehen Fabriken, Mietshäuser, Geschäftsbauten, Ruinen. Die Straße wird breiter. Hier und da ist ein Garten in die Gebäudefront eingestreut, dann nehmen die Grünflächen zu. Einfamilienhäuser, Villen, ein Sportplatz. Sie steigt ab. An manchen Stellen wird gebaut. Sie trägt ihren hellen Sommermantel, die weißen Schuhe und das kleine Hütchen. Sie sieht flott und reizend damit aus. Wer aber ihr Gesicht betrachtet, der findet dort die Spuren von Sorge, der merkt, dass sie diesen Weg nicht gern geht, dass sie Furcht hat. Richtige Angst, die noch dadurch verstärkt wird, dass sie weiß, dass man ihr diese Angst ansieht.« *Doch dann zum Schluß, was kommen muß / dann gab er ihr den ersten Kuß / doch sie, sie weinte, lief nach Haus / so gehn die ersten Lieben immer aus.*

Das sozialistisch propagierte Frauenbild kollidierte mit der gelebten Realität nicht nur im Inneren der weiblichen Bevölkerung. »Nach dem Krieg hatte sich die politische und soziale Stellung der Frau verändert. Infolge der enormen Verluste im Krieg gab es mehr Frauen als Männer, die nun zu einem bedeutsamen Faktor sowohl politisch als auch auf dem Arbeitsmarkt wurden. Außerdem war das Land aus der Erfahrung eines rechtsgerichteten totalitären Regimes hervorgegangen, das in Erziehung und Propaganda die Frau zwar mit einbezogen und mobilisiert, ihr jedoch eine subalterne und traditionelle Rolle zugewiesen hatte. Die kommunistische Ideologie plante demgegenüber eine grundlegende Erneuerung der politischen, sozialen, ökonomischen und juristischen Bedingungen für Frauen. Dieser Wandel wurde in der DDR von Anfang an mit einer neuen Familien- und Frauengesetzgebung in Gang gesetzt.« Slogans und ideologische Artikel warben für die weibliche Mitwirkung am *Nationalen Aufbauwerk*. Das mobilisierte Millionen und schuf Werte. Frauen waren per Gesetz den Männern gleichgestellt. Andererseits fielen ihnen Kinder, Küche, Hausputz und die Altenpflege zu. FDJ und DFD warben um Mitgliedschaften und indoktrinierten die Politik der SED. »Im Übrigen sollte die Frau außer Arbeit und Mutterschaft ebenso sich für die *öffentliche Sphäre* engagieren, d. h. für den Sozialismus und den Weltfrieden, gegen Imperialismus und kapitalistische Ausbeutung.«

Anita Görke wird in jener Umbruchszeit zur Frau. Geboren wird sie am 29. Januar 1929 in die Zeit der wirtschaftlichen Depression und des aufkommenden Faschismus. Sie hat fünf Geschwister: drei Brüder, zwei Schwestern. Sie ist nicht das jüngste der Geschwisterkinder und hat in der Gemeinschaft mitzutun. Die Görkes wohnen am nördlichen Stadtrand von Dresden. Kaditz war ein Straßenangerdorf in Elbufernähe und erhielt im Zuge der Industrialisierung Reihensiedlungen mit Einfamilienhäusern. Ein solches nennt die Familie Görke ihr Eigen. 1949 lebt das jüngste der Geschwisterkinder, Bruder Dietmar Wilhelm, Jahrgang 1932, noch im elterlichen Haushalt. Anitas Biografie weist keine Besonderheiten auf: Schule, Kriegszeit, Dresdner Inferno, Ausbildung zur

Erzieherin, Arbeitsantritt. Sie geht ihren eignen Weg wie alle in der Familie. Anita tut am sozialistischen Aufbauwerk mit. Sie wird Kindergärtnerin. Kindergärtnerinnen werden gebraucht. Das Kriegsende hatte Chaos hinterlassen. Waisen irren durch die Trümmer. Kranke brauchen Pflege, Kuren, Zuwendung.

Die späteren Ermittlungen ergaben, »daß die Görke, Anita, vom Herbst 1947 bis in den Sommer 1948 als Kindergärtnerin in dem Kinderheim Radeberger Str. 53 tätig gewesen ist. Von hier aus nahm die Görke dann eine Stelle als Kindergärtnerin erst in Klingenberg und dann in Oberwiesenthal im Erzgeb. an. Der Grund des Wegganges war, weil das Kinderheim auf der Radeberger Str. aufgelöst und dort ein Altersheim eingerichtet wurde. Nach Angaben der Demmrich, Hildegard, wohnhaft Dresden-A. 23, Trachenberger Str. 25, welche s. Zt. schon in der Küche des vorerwähnten Kinderheimes tätig war, hat die Görke zur damaligen Zeit einen sehr guten Leumund gehabt. Die Görke hatte so gut wie keinen Umgang mit Männern gehabt. Im Gegenteil, sie war sehr zurückhaltend und zog es besonders vor, die Abende im Heim mit Musik und Spiel zu verbringen. Eine Bekanntschaft oder gar einen Verkehr mit Angehörigen der Besatzungsmacht scheidet nach Angaben der Demmrich vollkommen aus. Kurz vor ihrem Weggang hat die Görke einen vorübergehenden Briefwechsel mit einem außerhalb wohnenden, unbekannten Verwalter eines Kinderheimes gepflegt. Anläßlich dieses Briefwechsels soll die Görke einmal zu einer Kollegin geäußert haben, daß jener unbekannte Verwalter für sie zur Aufnahme engerer freundschaftlicher Beziehungen schon zu alt sei. Besonders schätzte die Görke an diesem Manne, daß er trotz der Freundschaft nie versucht habe, sich ihr geschlechtlich zu nähern. Etwa 14 Tage nach dem Weggang der Görke war diese einmal zu einem kurzfristigen Besuch im früheren Kinderheim Radeberger Str. 53. Etwa 4 Wochen danach hat die Görke dann noch einmal von Oberwiesenthal einen Brief an das Küchenpersonal des früheren Kinderheimes geschrieben. Dieser Brief sei jedoch dann nicht mehr beantwortet worden.« Man wird sich aus den Augen verlieren, hat Kollegin Demmrich wahrscheinlich gedacht. Das ist nicht nur bei ehemaligen Arbeitsverhältnissen der Fall, sondern vor allem bei Berufsanfängern, die nur kurze Zeit hier tätig sind. Aber sonst: Die Anita war ein nettes Mädel. Aufgeschlossen. Einsatzbereit. Zupackend. Stets freundlich. Und das Mädel lachte gern, spielte zur Laute, sang. Ein Kumpel, der mit Freunden durch dick und dünn geht. Erzieherin war Anita Görkes Traumberuf. Die ihr anvertrauten Kinder haben ihre *Tante Anita* stets geliebt. Und sie betrachtete die ihr anvertrauten Kinder, als wären es die eigenen.

»Über die Charaktereigenschaften der Anita Görke kann« die Leiterin des Kinderheims in Oberwiesenthal, Johanne Grabner, Folgendes sagen: »Die Görke war mit Leib und Seele in ihrem Beruf tätig. Die ihr unterstellten Kinder hingen mit großer Liebe an ihr. Stets war die Görke fröhlich und lebensbejahend gewesen, nie konnte ich an ihr Launenhaftigkeit feststellen. Die Görke war geradezu überschäumend in ihrer gesunden sprühenden Lebenskraft, was dahingehend auf die Männer einwirkte, daß sie sofort von ihr gefesselt wurden. Dabei konnte ich beobachten, daß sich die Görke geradezu freute, wenn sie diese Wirkung beobachtete und damit die Männer reizte und es im gegebenen Augenblick verstand wieder zurückzuziehen. Wiederholt konnte ich dies feststellen, wenn männliche Dienstboten oder Handwerker oder Angehörige der Besatzungsmacht das Haus betraten. Vor einiger Zeit kam es noch vor, dass Angehörige der Besatzungsmacht zu uns ins Haus kamen. Hingegen die übrigen weiblichen Angestellten sich sofort im Haus versteckten, war es Anita, die in ihrer herausfordernden Art die Soldaten abfertigte und dabei keinerlei Angst zeigte. Oftmals konnte ich beobachten, daß die Anita eine unverhohlene Freude an der Verliebtheit dieser Soldaten zeigte. Ich halte es für unwahrscheinlich, daß die Anita Görke ein Verhältnis mit Angehörigen der Besatzungsmacht unterhalten hat, denn dafür halte ich sie zu anständig. Trotz dieser vorerwähnten Eigenschaften der Görke halte ich sie keinesfalls für eine Dirne, ihre Art sich so zu geben, entsprang einfach ihrer kräftigen, sich entfaltenden Vollreife.«

Mädchen, passend zur Zeit: Anita

Ein Mädchen, das in die Zeit und in ihren Beruf passt. Auch ihr Foto zeigt Anita offen lächelnd und in der Mode damaliger Gegenwart. Sie steht im Leben, plant die Zukunft, hat Interesse an Musik, spielt selbst ein Instrument und liebt das Singen. Eines der ihr anvertrauten Kinder ist ihr sehr ans Herz gewachsen. Der kleine Horst Kniebusch, kaum vier Jahre, war Flüchtlingskind, kam aus Ostpreußen in das zerstörte Dresden. Er sah aus *wie ein aus dem Nest gefallener Spatz:* rachitisch, unterernährt, kaum lachend. Ärzte gaben ihm kaum Überlebenschancen. Seine zwei größeren Schwestern waren in Pflegefamilien vermittelt worden. Die Annahme von Horst lehnten die Eltern ab. Horst hatte kein Zuhause. Anita Görke wollte den Kleinen zu sich nehmen. Die ersten behördlichen Gänge hierfür hatte sie bereits getan, Formulare ausgefüllt.

Flucht bis Dresden: Horst Kniebusch

Anfang April 1949 fährt Anita Görke zu Besuch von ihrem Arbeitsort Oberwiesenthal nach Dresden. Besuche will sie machen, wohl auch beim kleinen Horst vorbeischauen. Ein anderer ihrer Schützlinge, Professorensohn Leander Mahlich, hat sie zum Hausmusikabend bei seinen Eltern eingeladen. Danach will Anita gemeinsam mit Familie Mahlich ins Konzert nach Strehlen ins Gemeindehaus. Musik in allen Spielarten ist ihr Hobby und Interesse. Anita freut sich, Gleichgesinnte getroffen zu haben, die mit ihr diese Leidenschaft teilen. Für die Kindergärtnerin Anita Görke ist es der letzte Lebensabend.

Die Entdeckung

»Am 3.4.1949 wurde dem 13. Pol.-Rev. gemeldet, daß sich in einem Gartengrundstück auf der Fechnerstr. eine weibl. Leiche befindet. Die MK (Mordkommission) begab sich sofort nach dem Tatort. Nach Besichtigung der Leiche und des Fundortes muß festgestellt werden, daß hier ein Verbrechen vorliegt. Die Leiche wurde zur Sektion gegeben. Ausführlicher Bericht folgt nach. Es wird um die Freigabe der Leiche gebeten.« Die Meldungskette folgt dem routinierten Ablauf. »Zufolge einer telefonischen Meldung vom 13. Pol.Rev. am 3.4.1949 gegen 7.30 Uhr rückte die MK nach der Fechnerstr. in das Gartenrundstück des Schumacher, Wilhelm, Garten Nr. 10, in der Gartenkolonie *Immer vorwärts* aus.« Die neue Zeit der Arbeiter- und Bauernmacht widerspiegelt sich auch im Namen der Kleingartensparte: *Vorwärts immer, rückwärts nimmer!*

»Vom Revier wurde gemeldet, daß in diesem Gartengrundstück in Nähe der Laube eine weibliche Person tot am Boden liegt. Die MK traf gegen 8.15 Uhr am Tatort ein, wo sie 2 Polizisten vom 13. Rev. vorfand. Diese erklärten der MK, daß der Meinhard Stumm gegen 6.30 Uhr das vorstehend Gesagte auf dem Polizeirevier gemeldet hat. Stumm wurde von dem Gartenvorstand Beskow, Otwin, geschickt. Beskow begab sich gegen 6.30 Uhr in die Gartenkolonie. Auf dem Wege zu seinem Garten sah er am Garten Nr. 11, daß das Tor offen stand und die Haspe mit dem Schloß zusammenhing. Ca. 10 m weiter stellte er fest, daß in dem Grundstück Nr. 10 die Laubentür offen stand und vor dieser eine weibliche Person liegt. Das Haupttor der Kolonie war verschlossen. Die Kolonie hat nur einen Eingang. Bevor der Tatort von der MK betreten wurde, wurden die abgehenden Spuren sichergestellt. Eine Spur konnte nach der Feldseite in Richtung Autobahn gesichtet werden, eine zweite Spur führt von der Laube über den Zaun und von da aus weiter ca. 5 m in Richtung Haupttor und dann in den Garten Nr. 11 zu dem, wie schon beschrieben, das Gartentor offen ist. Auch an dieser Stelle wurde der Hund angesetzt. Über beide Spuren werden vom Hundeführer Berichte der Akte beigefügt.« Dies erfolgte nicht, da die Hunde keine Spur aufnehmen konnten. Aber »die gut sichtbaren Fußabdrücke werden fotografisch sowie maßlich festgehalten.

Am Zaun des Gartens Nr. 10, ca. 1 m links vor dem Tore befinden sich an zwei nebeneinanderstehenden Zaunslatten an den oberen Spitzen 2 blutverschmierte Stellen. In Höhe dieser Latten im Gartengrundstück kann auf dem Erdboden eine glattgestrichene Mulde festgestellt werden. Auf dem Boden sind Druckstellen von Kleidungsstücken sichtbar. Diese Stelle beträgt eine Länge von ca. 80 cm und ca. 30 cm Brt. Um diese Stelle sind die Pflanzen auffallend niedergetreten, und ca. 20 cm hiervon entfernt befindet sich ein Blutfleck von ca. 20 cm ø. Auf dem Weg, welcher zur Laube führt, befindet sich ca. 2 m vom

Gartentor entfernt im Garten ein Stofffetzen von bläulicher Farbe mit weißem Muster. Auf dem Weg nach der Laube sind starke Schleifspuren sichtbar.

Die Gartenfläche selbst beträgt 15 x 20 m. In der rechten Hälfte, ca. 2 m von dem Außenzaun entfernt, befindet sich eine Laube in baufälligem Zustand. Der Garten selbst ist mit Obstbäumen, Stachelbeersträuchern, Erdbeerbeeten sowie anderen Pflanzen bepflanzt. Auf dem Weg in Höhe der Laube, ca. 2 m von dieser entfernt, stehen 1 Paar braune Damenschnürschuhe mit Wildledereinsatz. Die Schnürsenkel sind bei beiden Schuhen mit einer Schleife versehen. Die Laubentür steht offen. Vor der Tür liegt eine weibliche Person. Die Tür ist in die Hälfte ihres Leibes angestemmt. Die Leiche selbst liegt schräg zur Laube, mit dem Kopf in Richtung des Außenzaunes, mit den Beinen in schräger Richtung zum Innenzaun. Am Weg in Höhe der Füße liegt eine Gießkanne aus Zink, welche stark mit Blut beschmiert ist. Das linke Bein der Leiche ist ausgestreckt, dagegen ist das rechte Bein zur Laubentür angewinkelt. Die Leiche selbst ist mit ein paar hellbraunen Seidenstrümpfen, einem blauem Kleid mit weißen Punkten bekleidet. Die Leiche liegt auf der linken Seite mit dem Gesicht zur Laube. Das Gesäßteil ist unbekleidet. Das Kleid selbst ist bis zum Kreuzbein zurückgeschlagen. Der linke Arm ist in Richtung Laube ausgestreckt, die Finger leicht gekrümmt. Der rechte Arm ist angewinkelt, das Knie liegt auf dem rechten Unterarmgelenk. Die rechte Hand befindet sich unter dem Kopf in Höhe des linken Ohres. Der Kopf selbst ist stark mit Schlamm beschmiert. Das Haar ist ebenfalls stark verschlammt und liegt lose zum Erdboden. Das Kleid ist ebenfalls in einem mit Schlamm beschmutzten Zustand. Am rechten Ohr, sowie an dem rechten Unterkiefer, Schläfengegend und Nase sind starke Schnittwunden sichtbar, welche aber sehr verschlammt sind.

Die Leiche wird zwecks näherer Besichtigung auf den Rücken gedreht. Am Hals befindet sich eine Doublékette. Das Kleid ist vorn mit 6 Knöpfen mittlerer Größe verschlossen. In Höhe der Brust befinden sich 2 aufgenähte Taschen. An der Leiche selbst werden keine weiteren Veränderungen vorgenommen, da sich hier unbedingt eine Sektion erforderlich macht.

Auf dem Erdboden in Höhe des Gesichts kann nur wenig Blut festgestellt werden. Vermutlich ist diese Stelle nicht der Tatort, da aus den festgestellten Wunden mehr Blut hätte fließen müssen. An der offenen Laubentür, ca. 65 cm hoch, Innenseite, befindet sich ein ca. 22 cm breiter und ca. 50 cm langer verschmierter Blutbezirk. In der Laube, linke Seite, steht ein Kaninchenstall mit 4 Fächern, ca. 1.½ m hoch und ca. 1.10 m breit. In dem rechten oberen Fach befindet sich 1 Kaninchen. In den 3 anderen Fächern liegen Werkzeug und Holzreste, sowie Papierstücken. Auf dem Boden des linken unteren Faches befindet sich an der linken Ecke ein ca. 12 cm breiter und 8 cm langer Blutschmierfleck. Ebenfalls sind die äußeren Ränder des Faches unterhalb mit Blut beschmiert. Vor diesem Fach auf dem Erdboden liegt ein 80 cm langer und 1 cm starker Stock, welcher ebenfalls mit Blut beschmiert ist. Der Erdboden ist an dieser Stelle rötlich. Vermutlich ist dies ebenfalls Blut. Rechts von dem Stock an der linken Innenseite

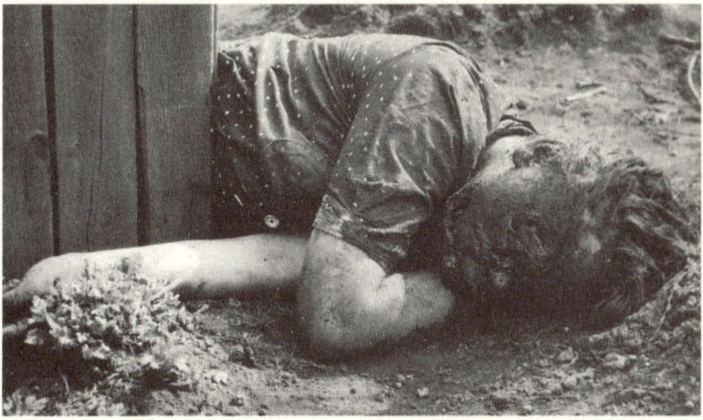

Mädchen, um seine Lebenszeit gebracht: Anita

der Laube liegt ein blaugrüner Damenschlüpfer mit Bandzug, welcher gelöst ist. Ca. 40 cm entfernt an der gleichen Seite steht ein Gartenspaten. Die Grabfläche des Spaten ist unterhalb sowie an der linken Seite vorn und hinten mit Blut beschmiert. Auf dem vorher beschrieben Kaninchenstall liegt ein schwarzer Damenmantel mit lila Futter, auf diesem ein schwarzer Damenfilzhut mit hellgrauen Filzbändern. In der linken hinteren Ecke befindet sich ein Kaninchenstall mit 1 Fach, in dem 1 Kaninchen untergebracht ist. Auf diesem Stall stehen Blumentöpfe, Blechbüchsen und andere Gartengeräte. Neben diesem Stall steht auf einem Gartenholzstuhl eine Zementtüte mit Heu, rechts davon ein zerschlagenes Frühbeetfenster. Die Laube selbst ist 2.70 m lg. und 1.80 m breit und 2 m hoch. In dem ganzen Gartengrundstück kann keine dickflüssige Blutlache gefunden werden. Alle gesichteten Blutstellen sind nur Schmierflecke von leicht ausgelaufenem Blut. Es wird vermutet, daß die Fundstelle ~~nicht~~ die Tatstelle ist.

Nach Feststellung der Verletzungen und Lage der Toten wurde die Zentralkommandantur in Kenntnis gesetzt, welche 11.15 Uhr erschien. Der Zentralkommandantur wurde eine Tatortskizze mit den eingezeichneten Fußspuren, welche in Richtung Übigau verliefen, mitgegeben.

Bei der Toten konnten keine Personalausweise gefunden werden. Infolgedessen wird die Leiche sofort daktyloskopiert, darüber hinaus eine Kleiderkarte angefertigt. An alle Reviere wurde ein Funkspruch mit der Personenbeschreibung der Toten gegeben. Bei Eingang einer Vermißtmeldung in den Revieren ist die MK sofort zu verständigen.« Die Routinearbeiten begannen in ihrem fest gefügten Verlauf.

Der Bruder

Familie Görke macht sich derweil Sorgen. Denn es war nicht üblich, dass Anita, ohne Bescheid zu geben, die Nacht nicht zu Hause schlief. So wurde »am gleichen Nachmittag die MK vom 13. Pol.-Revier in Kenntnis gesetzt, daß sich dort der Bruder sowie der Vater der Toten befindet. Die MK begab sich sofort nach dort und beide wurden zur Sache gehört. Der Görke, Dietmar Wilhelm, geb. 3.1.1932, wh. Dresden-N., Gleinaer Str. 58., gibt zur Wahrheit ermahnt, Folgendes zu Protokoll:

Kurz nach 13 Uhr begab ich mich im Auftrage meines Vaters zu Herrn Prof. Mahlich in Dresden-A. 20, Tiergartenstr. 52. Bei diesem sollte ich fragen, wann meine Schwester gestern Abend von dort weggegangen ist, da wir wußten, daß sie sich dort an diesem Abend aufgehalten hat, sie aber nicht zu Hause eingetroffen war. Auf dem

Heimat und Ziel: das Elternhaus

Wege zur Straßenbahn in der Höhe der Autobahn erfuhr ich durch zwei Jugendfreunde, daß in den Kleingärten gestern Abend eine Frau erschlagen worden ist. Ich begab mich in das genannte Gartengrundstück. Dort traf ich den Ob.Wachtmstr. Pfaffendorf an. Dieser nahm mich mit zur Leiche. Ich konnte feststellen, daß diese meine Schwester Anita ist.

Von Ob.Wachtmstr. Pfaffendorf erhielt ich den Auftrag, diese Feststellung sofort auf dem 13. Pol.-Rev. anzugeben, damit die MK in Kenntnis gesetzt werden kann. Auf dem Revier wurde mir gesagt, daß ich dableiben sollte, bis die MK hier eintrifft. Dieser Aufforderung kam ich nach. Weitere Aussagen kann ich nicht machen.« Und weitere Aussagen macht der 17-jährige Dietmar Görke auch nicht.

Der Vater

»Im Anschluß wird der Vater der Toten Görke, Dietrich Wilhelm, geb. 1.7.1894, wh. Dresden-N., Gleinaer Str. 58, gehört und gibt zur Sache Folgendes an:

Kurz nach 14 Uhr kam der Ob.Wachtmstr. Pfaffendorf in meine Wohnung und fragte nach der Bekleidung meiner Tochter. Nachdem meine Frau die Bekleidung aufgezählt hatte, wurde uns von dem Angeführten bestätigt, daß es sich bei der Toten um unsere Tochter Anita handelt. Ich selbst begab mich sofort an die Fundstelle meiner Tochter. Dort stellte ich ebenfalls fest, daß dieses meine Tochter ist. Nach der Besichtigung begab ich mich nach dem 13. Pol.-Rev.

Meine Tochter verließ am 2.4. zwischen 14 und 14.30 Uhr das Haus mit dem Bemerken, daß sie zu dem angeführten Prof. Mahlich nach der Tiergartenstr. 52 geht. Meine Tochter versicherte uns, gegen 21–21.30 wieder zu Hause zu sein. Gegen 23 Uhr begaben wir uns zu Bett, und meine Tochter war zu diesem Zeitpunkt noch nicht zu Hause. Wir waren in großer Sorge, da wir es nicht gewohnt sind, daß unsere Tochter über Nacht außer Haus bleibt. Ich war erst der Annahme, daß meine Tochter vielleicht bei Prof. Mahlich über Nacht geblieben ist und dann nach Hause kommt.

Am heutigen Tage gegen 12 Uhr hörte ich von einer Nachbarin, daß auf der Fechnerstr. eine Frau erschlagen worden ist. Darauf beauftragte ich meinen Sohn, zu Prof. Mahlich nach Strehlen zu fahren, um dort zu fragen, wann meine Tochter Anita das Haus verlassen hat. Mein Sohn ging dann gegen 13 Uhr weg.« Weitere Angaben kann der Vater zunächst nicht machen. Die Polizei wird tätig, hat ein Ziel: Professor Mahlich.

Der Abend

»Im Anschluß daran wird in der Wohnung des Prof. Mahlich, Tiergartenstr. 52, dessen Ehefrau Mahlich, Anne Elisabeth, geb. Seifert, geb. 26.5.1900 in Dresden, wh. Dresden-A. 20, gehört und gibt zur Wahrheit ermahnt Folgendes an:

Am 2.4.1949 erschien gegen 15.30 Uhr auf meine Einladung hin die *Tante Anita*, welche mir durch meinen Sohn Leander, der vom 17.2. bis 31.3.1949 in Oberwiesenthal zur Erholung war, bekannt geworden ist. Den Familiennamen dieser Anita habe ich mir nicht eingeprägt. Ich war der Annahme, daß diese nach Oberwiesenthal wie-

Kammermusik mit Kindern: Tiergartenstraße 52

der zurückfährt. Diese *Tante Anita* verblieb am 2.4.1949 bis 19.15 Uhr in unserer Wohnung. Anwesend war mein Ehemann, meine Mutter, meine beiden Söhne, sowie meine Tochter Ninette. Während dieser Zeit befanden wir uns im Klavierzimmer, und Anita sah meinen beiden Söhnen beim Musizieren zu.

Gegen 19.15 Uhr gingen wir zu viert, meine beiden Söhne, Anita und ich nach dem Kirchengemeindesaal Strehlen zu einem Hausmusikabend, welcher vermutlich gegen 21.15 Uhr zu Ende war.« Seit jeher steht der Gemeindesaal der Christuskirche auf der Elsa-Brändström-Straße 1 für Kultur. 1937 fertiggestellt, ist der Gemeindesaal ein Veranstaltungsort für Musik, Literatur und Vortrag. Jahrzehntelang zogen die Reihen *Meisterwerke / Meisterinterpreten oder Dichterwort – Sprache der Welt* bedeutende Künstler und Interessierte an.

Am 2. April 1949 liefen *Tante Anita* und Familie Mahlich nach dem Konzert »gemeinsam mit einer Frau Weinrich in Richtung Wasa-Platz. Dort kam die Linie 13 in Richtung Mickten gefahren. Ich machte die Anita auf diese Bahn aufmerksam. Sie bestieg diese aber nicht, sondern verblieb weiter in unserer Gesellschaft. Ich fragte sie, warum sie nicht mitgefahren sei. Sie sagte, daß sie jetzt infolge dieser schönen Musik noch nicht diese Bahn besteigen könnte. Sie lief weiter mit uns in Richtung Carola-Schlößchen. An der Oskar-, Ecke Tiergartenstr. verabschiedete ich mich von Anita. Meinen beiden Söhnen gab ich den Auftrag, die Anita bis zur nächsten Straßenbahnhaltestelle zu begleiten. Nach 8–10 Minuten kamen meine beiden Söhne ebenfalls zur Wohnung zurück. Ob

Anita mit der Straßenbahn weggefahren ist, habe ich meine Söhne nicht gefragt. Ich kann mit Bestimmtheit angeben, daß meine beiden Söhne nach Eintreffen in der Wohnung die Wohnung nicht mehr verlassen haben.« Weitere Hinweise kann Mutter Mahlich der Polizei nicht geben.

Kammermusik mit Künstlern: Elsa-Brändström-Straße 1

Der Gerichtsmediziner

Das *Institut für Pathologie* in Dresden-Friedrichstadt ist das älteste eines städtischen Krankenhauses in Deutschland. Die Prosektur wurde bereits 1850 eingerichtet. Heute ist der Einrichtung ein kleines Museum angeschlossen, dessen Exponate Georg Schmorl zusammentrug, u. a. die Reste der ersten Einäscherung in Deutschland, eine Mumie, Krankheitsbilder.

Das Sektionsprotokoll fasst am 6.4.1949 die wesentlichen Untersuchungsergebnisse zusammen: »Bei der 20 Jahre alten Anita Görke zeigt die Sektion zwei voneinander getrennte Verletzungsgebiete:

1. fanden sich 6 Weichteilwunden der re. Wange bis auf den Unterkiefer reichend mit Brüchen des Unter- und Oberkiefers. Es handelt sich hier um eine 4,7 cm lange Rißschnittwunde am re. Oberlid, um eine 5 cm, 6 cm und 2 cm lange Rißschnittwunde der re. Wange von der Nase nach seitwärts mit tiefer Taschenbildung bis in die Mundhöhle reichend und um eine 8 cm lange Rißschnittwunde vom re. Mundwinkel bis über den Unterkiefer. Der Unterkiefer war mehrfach zerbrochen, am Oberkiefer fanden sich einige Ausbrüche der Zahnleiste und von Zähnen. Die re. Ohrmuschel war 3,3 cm tief eingerissen.

Das 2. Verletzungsgebiet betrifft den Oberbauch und zwar handelt es sich hier um Blutungen im Unterhautfettgewebe und um mehrfache Zerreißungen des Gekröses und Dick- und Dünndarms mit Weichteilblutungen in die Umgebung und mit einer Blutung von 500 ccm in der Bauchhöhle.

Die Haut des Gesichtes und des Halses zeigt ausgedehnte Oberhautabschürfungen und Blutungen im Unterhautfettgewebe u. in der Muskulatur. Außerdem fanden sich Blutungen im Unterhautfettgewebe an der Vorderseite der Brust bis auf die li. Schulter, an beiden Armen und an beiden Beinen. An der Rückseite des re. Oberarmes wurde eine 5,5 bis 6 cm große Quetschverletzung des Unterhautfettgewebes festgestellt mit ausgedehnter Blutung und eine ebensolche hühnereigroße in der re. Leistenbeuge. Die mikroskopische Untersuchung der Lungen zeigte eine Fettembolie mittelstarken Grades.

Die offenen Verletzungen des Gesichtes mit Blutung nach außen, die stumpfen Verletzungen der Bauchhöhle mit Zerreißung des Gekröses und Blutung in die Bauchhöhle und die durch Gewalteinwirkung auf das Fettgewebe hervorgerufene Fettembolie der Lungen stellen die gemeinsame Todesursache dar.

Die Verletzungen der re. Gesichtshälfte sind sicher durch ein mittelscharfes Instrument verursacht worden. Es kann sich dabei durchaus um die Kante eines Spatens gehandelt haben. Es wurden auf die re. Gesichtshälfte mindestens 5 erhebliche Hiebe ausgeführt, die zu den beschriebenen Wunden mit den Knochenbrüchen der re. Gesichtshälfte geführt haben. Die Quetschplatzwunde an der li. Stirnseite ist wahrscheinlich durch einen stumpfen Gegenstand bzw. eine stumpfe Seite des Spatens verursacht worden.

Die Verletzungen des Bauches sind die Folge einer ausgesprochenen stumpfen Gewalteinwirkung, vermutlich von Fußtritten.

Die oberflächlichen Hautverletzungen und die Blutungen im Unterhautfettgewebe und in der Muskulatur des Halses sind die Folge einer Gewalteinwirkung auf den Hals, die durchaus in der Form einer Würgung stattgefunden haben kann. Möglicherweise ist auch der Bruch des Zungenbeins auf diese Einwirkung zu beziehen, er kann aber wohl auch bei dem Bruch des Unterkiefers zustande gekommen sein. Die zahlreichen Blutungen an der Brust, an Oberarm und an den Beinen zeigen, daß auch hier stumpfe Gewalt stattgefunden haben muß. Die Hautabschürfungen und die starke Verschmutzung der Haut mit Erde, besonders im Bereich des Gesichtes, dann aber auch am Gesäß, sprechen dafür, daß der Körper der G. auf der Erde geschleift worden ist.

Das blaue Kleid, das die G. trug, zeigte an der li. Seite weißliche Flecke, die möglicherweise aus eingetrockneten Samen bestehen. Eine entsprechende Untersuchung ist beim Gerichtsärztlichen Institut der Universität Berlin im Gange. Die mikroskopische Untersuchung des Scheiden- und Gebärmutterinhalts zeigt keinen Inhalt für Bestandteile männlichen Samens.« Das heißt, ein Sexualdelikt mit starker Gewalteinwirkung liegt nah. Wahrscheinlich war das Opfer zunächst nicht abgeneigt und folgte dem Mann freiwillig. Die Gartentür war ausgehoben worden. Der Weg zur Sparte, die Wohnhäuser der Umgegend – Schreie, ein Entkommen schienen möglich. Doch die Situation eskalierte. Anita Görke war mit dem Geschlechtsverkehr nicht einverstanden. Sie war dem Täter ausgeliefert. Dass sie ihren Mantel wie den Hut sorgfältig auf dem Kaninchenstall platzierte, kann als Einverständnis oder bewusste Zeitverzögerung gesehen werden. Mehrere Indizien deuten auf eine versuchte Flucht hin. Anita jedoch entkam dem Mörder nicht. Er schlug. Er trat. Er tötete. Sein Samenerguss erfolgte auf dem Stoff des Kleides. Die Umstände des Todes von Anita Görke waren grausam.

Die Rekonstruktion

Die Spuren am Fundort und der Leiche lassen auf den Tathergang schließen: »Klumpiges Blut wurde auf dem

Tulpenbeet links vom Parzelleneingang vorgefunden und Abdrücke, wie sie ein schwerer Körper beim Fall hinterläßt. Von hier aus führte eine Schleifspur bis zur Fundstelle der Toten. Dorniges Himbeerreis hatte sich an den Strümpfen der Erschlagenen festgehakt und diese zerrissen, was als Beweis dafür anzusehen ist, daß sie vom Tulpenbeet bis zu ihrem Fundort geschleift worden ist. Dabei muß sie ihr Halstuch verloren haben und dann auch die Schuhe. Demnach wurden wahrscheinlich die Füße auf der Erde geschleift. An der Gießkanne zu Füßen der Toten wurden blutige Wischer festgestellt.

Ein blutiger Hammer wurde später gefunden, und zwar der Hammer selbst auf dem Regal im Schuppen und der Stiel unter dem Kaninchenstall.

Fußspuren vom Täter und Opfer sind auf der Skizze ersichtlich. Aus diesen geht hervor, daß das Opfer zu flüchten versuchte und dabei um den Schuppen lief, dort eingeholt wurde, sich aber noch einmal losreißen konnte und bis zum Tulpenbeet gelangte. Hier versuchte das Opfer, über den Zaun zu steigen, für diese Annahme sprechen erdige Blutspuren an den Zaunlatten. Es ist weiter anzunehmen, daß es erneut niedergeschlagen und danach zum Schuppen zurückgeschleift wurde.

Die Tote, die inzwischen bekannt geworden war, wurde neuerlich im pathologischen Institut besichtigt, insbesondere ihre Verletzungen nachdem der Schmutz entfernt worden war.

Hiernach bestehen genügend Gründe zur Annahme, daß sowohl Spaten als auch der Hammer zur Tat benutzt worden sind und zwar, da der Hammer nur lose auf dem

Stiel aufsitzt, dieser zuerst, wobei er sich vom Stiel gelöst hat. Dieser Umstand konnte die Wucht des Schlages gemildert haben und so kann dem Opfer ein Fluchtversuch möglich gewesen sein. Daraufhin dürfte der Täter zum Spaten gegriffen und sein Werk mit diesem vollendet haben (die Art der Verletzungen der rechten Gesichtshälfte sprechen für diese Annahme).

Die nachträgliche Untersuchung der beiden Werkzeuge ergab nach einer Vorprobe mit Hydrogenium perox einwandfrei das Vorhandensein von Blut (Blutprobe nach Dr. Wagener).

Die Mikrountersuchung der grauweißen Flecke am Kleid ergab, daß es sich um menschliches Sperma handelt.

Wenn sich nach den vorgefundenen Spuren der Hergang der Tat rekonstruieren läßt, so könnte er sich wie folgt abgespielt haben:

Nach den Fußabdrücken auf dem Acker links der Gartenkolonie wurde dieser Weg als Zugang zunächst zur Parzelle Nr. 13 benutzt. Zum Betreten der Parzelle wurde die linke Ecke des Gartenzaunes ausgehoben und dieser durchquert. Wie weit dies unter Zwang bei dem Opfer geschah, konnte nicht festgestellt werden.

Da die Eingangspforte zur Parzelle 10 ordnungsgemäß verschlossen vorgefunden worden war, ist anzunehmen, da sich die Haspe ganz einfach aus dem Betonpfeiler ziehen ließ, daß diese tatsächlich herausgezogen wurde, um den Garten zu betreten.

Was sich zunächst vor dem Schuppen abspielte, ist mit Sicherheit nicht festzustellen gewesen. Bemerkenswert ist jedoch, daß Mantel und Hut des Opfers säuberlich gefaltet auf dem Kaninchenstall lag. Der Schlüpfer kann kaum gewaltsam heruntergerissen worden sein, da der Bandverschluß aufgeknotet worden war. Demnach ist anzunehmen, daß das Opfer dem Täter vielleicht sogar bis zu einer gewissen Grenze willig war.

Die energische Abwehr setzte zweifellos ein, als dieser ernstlich Anstalten zum Geschlechtsverkehr traf. Zu diesem dürfte es dann nicht gekommen sein, den Spermaflecken auf dem Kleid nach zu urteilen. In einer Art Sexualraserei dürfte der Täter dann zur Waffe gegriffen haben. Das Schreien des Opfers ließ den Mord vollenden. Eine gewisse Kaltblütigkeit legte er an den Tag, als er die Tatinstrumente abstellte bzw. den Hammer versteckte.

Den Tatort (es handelt sich bei dem Fundort auch um den Tatort) verließ er, indem er über den rückwärtigen Zaun stieg.«

Der Weg. Der Garten. Die Laube. Das Werkzeug. Es scheint, als kannte sich der Täter aus. Ein dringend Tatverdächtiger ist schnell gefunden.

Gärtners Sohn

Gartenbesitzer Wilhelm Schumachers Laube ist die einzige der Kolonie, die stets unverschlossen ist. Man weiß darum. Der Täter konnte wissen, dass sich in der Laube das Mordwerkzeug finden lässt. Wilhelm Schumacher hat einen Sohn, kaum 17. Und jener Anselm ist bei der Polizei bereits aktenkundig. Noch am selben Tage wird Anselm Schumacher verhaftet. Sein Bild zeigt einen schmalen Knaben, dem man das Erwachsenwerden ansieht. Die

Haare stehen ab durch Wirbel. Er scheint seinem Schicksal fast ergeben und hält vor sich die Inhaftierungsnummer 613/48.

Am 4. April wird »aus der Haft vorgeführt der Schumacher, Anselm Hubertus, geb. 3.3.1932 in Dresden, wh. Bunsenstr. 4,

Größe	1,70 m
Statur	schlank
Haar	mittelblond, dicht
Schulterneigung	waagerecht
Stirn	zurückweichend
Augen	blau, grau
Nase	mittel, eingebogen
Ohren	abstehend
Mund	groß
Zähne	lückenhaft
Kinn	breit, Grübchen
Familienstand	ledig
Kinder	keine
Eltern	Vater: Wilhelm Schumacher, Hilfsarbeiter Mutter: Emma, geb. Fleischer, Hausfrau
Beruf	Hilfsarbeiter
Einkommen	DM -.50 Stundenlohn
Vorstrafen	6 Monate Gefängnis, 5.5.1948 – 4.11.1948, wegen Einbruchsdiebstahl.

Er gibt zur Wahrheit ermahnt Folgendes an:
Nach Verbüßung meiner Strafe im Nov. 48 bin ich in die

elterliche Wohnung nach Dresden zurückgekehrt. Gleich nach meiner Rückkehr nahm ich eine Stelle als Hilfsarbeiter in der Fa. *Eltramag* Dresden, Löbtauer Str. an. Diese Arbeitsstelle hatte ich bis zum 21.3.1949 inne. Dieses Arbeitsverhältnis löste ich selbst, da man mir vorhielt, daß ich in Waldheim war. Ich bemühte mich daraufhin sofort um eine neue Arbeitsstelle, welche ich am 1.4.1949 als Hilfsarbeiter in der Fa. *Rollo-Grellmann,* Industriegelände antrat. In der Zwischenzeit des Arbeitswechsels habe ich 9 Tage Urlaub gemacht. Während dieser Zeit war ich wiederholt auf dem Arbeitsamt gewesen, da ich die Absicht hatte, in das Bergwerk Freital zu gehen.

Am 29.3.1949 in der Zeit von 13.15 – 14.15 Uhr war ich letztmalig in dem elterlichen Garten, welcher sich in der Gartenkolonie *Immer vorwärts* befindet. Der Grund hierzu war, daß mir meine Mutter den Auftrag gegeben hatte, die in der Gartenlaube untergebrachten Kaninchen zu füttern. Während dieser Zeit befand ich mich allein in unserem Garten. Zur oben angegebenen Zeit habe ich dann den Garten wieder verlassen.

Am 2.4.1949 gegen 15.15 Uhr ging ich zu meinem Freund Friedbert Holl, wh. Dresden, Leipziger Str. 240. Bei dem Freund blieb ich bis gegen 18.15 Uhr. Ich ging mit dem Holl gemeinsam von dessen Wohnung fort. Unterwegs trennten wir uns dann, da Holl die Absicht hatte, zur Straßenbahnhaltestelle zu gehen, um nach dem Volksfest Alaunplatz zu fahren. Da ich kein Geld hatte, habe ich es vorgezogen in die elterliche Wohnung zu gehen, wo ich spätestens 18.30 Uhr eintraf. Ich habe dann die elterliche Wohnung nicht mehr verlassen. Etwa gegen 19.15 Uhr habe ich mit meinen Eltern und meiner Schwester Renate Abendbrot gegessen und bin gegen 20.30 Uhr schlafen gegangen. Mit mir gingen auch mein Vater und meine Schwester schlafen. Erwähnen möchte ich hierbei, daß wir, mein Vater sowie meine Schwester, in einem gemeinsamen Schlafzimmer schlafen. Meine Mutter schläft im Wohnzimmer. Soviel mir bekannt ist, ist sie am fraglichen Abend noch aufgeblieben und erst später schlafen gegangen. In der folgenden Nacht bin ich nicht aufgestanden und habe auch die Wohnung sowie das Haus nicht verlassen.

Daß diese Angabe den Tatsachen entspricht, können meine Eltern, sowie meine Schwester jederzeit bezeugen. Da wir uns im Wohnzimmer anziehen und auch unsere Kleider dort ablegen, wäre auch ein geräuschloses Verlassen der Wohnung meiner Person unbedingt aufgefallen.

Am 3.4.1949 gegen 10 Uhr verließ mein Vater die Wohnung, um in den bereits genannten Garten Arbeiten durchzuführen. Etwa gegen 14 Uhr kam mein Vater zurück, wobei er uns mitteilte, daß wahrscheinlich in der vergangenen Nacht eine weibliche Person in unserem Garten ermordet worden ist. Etwa gegen 15.15 Uhr ging ich mit meiner Schwester Renate in den Garten. Der Grund hierzu war, daß wir uns den Tatort ansehen wollten, dies geschah aus reiner Neugierde. Das Betreten des Gartens wurde uns jedoch verboten, da die Polizei daselbst noch Erhebungen durchführte. Etwa gegen 16.15 Uhr habe ich mit meiner Schwester sowie meiner Mutter, welche nach uns den Garten betreten hatte, diesen wieder verlassen. Kurze Zeit nach meinem Eintreffen in der elterlichen Wohnung wurde ich von einem Angehörigen der MK wegen dringendem Tatverdacht vorläufig festgenommen.

Seit meiner Entlassung aus der Haftanstalt habe ich noch mit dem eingangs erwähnten Holl freundschaftliche Beziehungen. Erwähnen möchte ich, daß Holl ein Komplice der s. Zt. zur Aburteilung gelangten Einbruchsdiebstähle war. Neben dem Holl war an den seinerzeitigen Einbruchsdiebstählen der Badstuber, Michael, wh. Dresden-N. 30, Wächterstr. 36, als Anführer beteiligt. Mit diesem Badstuber habe ich seit meiner Aburteilung keine Verbindung mehr.

Ich habe bisher noch keine Bekanntschaft sowie auch keinen Geschlechtsverkehr mit einer Frau gehabt. Ich habe auch sonst keine weibliche Bekannte, mit der ich ein freundschaftliches Verhältnis habe.

Am Ende meiner Schulzeit habe ich durch einen Schulkameraden die Bekanntschaft einer Anita Hertel gemacht. Eine Anita Görke ist mir nicht bekannt, auch habe ich diesen Namen im Kreise meiner Bekannten nie gehört.

Abschließend möchte ich betonen, daß meine Aussagen der reinen Wahrheit entsprechen und daß ich diese ohne jeglichen Zwang hier abgelegt habe. Diesen Angaben habe ich auch nichts hinzuzufügen.«

Mutter, Vater, Schwester bestätigen das Alibi des Jungen. Anselm Schumacher kann der Mörder von Anita Görke nicht sein. Und doch legen die Tatumstände nah, dass Anita ihren Mörder kannte. Der Bruder des von ihr in Oberwiesenthal betreuten 14-jährigen Leander ist im gleichen Alter. Arnt Mahlich studiert. Er teilt mit Anita das Interesse an Musik, spielt selbst ein Instrument, studiert. Zeugen geben an, mit ihm sei sie im Opernhaus gewesen. Die Söhne der Familie Mahlich werden erneut befragt.

Der Zögling

So »wird der Sohn der Mahlich, Mahlich, Leander Siegfried, geb. 21.7.1935 in Dresden, wh. Tiergartenstraße 52, gehört und gibt Folgendes zur Sache an:

Die Anita Görke lernte ich während meines Erholungsaufenthaltes in Oberwiesenthal v. 17.2. bis 31.3.1949 als Gruppenführerin kennen. Diese fuhr mit uns am 17.2.1949 von Dresden nach Oberwiesenthal. Ich selbst spielte des Öfteren in den Abendstunden in dem Heim Klavier. Dabei hielt sich auch die Anita sowie noch anderes Personal und Kinder mit in diesem Raum auf.

Die Kinder mußten nach dem Abendbrot sofort schlafen gehen, während ich selbst noch 1 Stunde Klavierspielen durfte. *Tante Anita* schickte am 7.3.1949 meinen Eltern in meinem Brief ein paar Zeilen mit, worin sie bat, einen Musikabend in meiner elterlichen Wohnung beiwohnen zu dürfen. Dieser Abend wurde von meiner Mutter bewilligt.

Am 2.4.1949 kam die Anita dieser Einladung nach. Wir verblieben bis gegen 19.15 Uhr in der Wohnung. Anschließend ging ich mit meiner Mutter und meinem Bruder und *Tante Anita* zu einem Hausmusikabend in den Kirchengemeindesaal Strehlen. Wann dieser Abend beendet war, kann ich nicht angeben. Ich weiß nur, daß ich gegen 22 Uhr nach Hause gekommen bin.

In der Oskar-, Ecke Tiergartenstraße verabschiedete sich meine Mutter von *Tante Anita* und mein Bruder und ich begleiteten sie bis zur Straßenbahnhaltestelle Querallee. Nach kurzen Worten kam die Linie 13 in Richtung Mickten. Anita bestieg die Bahn. Mein Bruder und ich gingen zur Wohnung zurück. Unsere Gespräche, welche wir führten, bezogen sich nur auf Musik.«

Hier wurde Anita letztmalig lebend gesehen: Haltestelle Querallee

Ersichtlich: Der Junge widerspricht den Angaben seiner Mutter nicht im kleinsten Detail. Einen kulturvollen Abend unter Freunden hat Anita mit Familie Mahlich im Zeichen der Musik verbracht. Sie fühlte sich offensichtlich sehr wohl in der Gegenwart der Mahlichs. Wenn die Ermittler auch nicht den pubertierenden Leander im Verdacht haben, so weisen ihre Fragen auf Arnt Mahlich.

Der Student

Auch der »Mahlich, Arnt Gerhard, geb. 14.6.1924 bestätigt die vorher gemachten Aussagen von Mutter und Bruder, führt aber an, daß der Hausmusikabend gegen 21.30 Uhr beendet gewesen sei. Die Anita müsse dann seines Erachtens kurz vor 22 Uhr mit der Straßenbahn weggefahren sein.« Verdachtsmomente gegen die Gebrüder Mahlich ergeben sich keine. Der Leumund der

Familie ist untadelig, ihre Musik- und Liederabende im Familien- und Freundeskreis bekannt. Einladungen folgt man gern. Die Eltern sind stolz auf ihre begabten Söhne. Arnt studiert an der Musikhochschule: Violine. Dozenten und Kommilitonen schildern ihn als fleißig, talentiert und strebsam. Eine schüchterne Freundschaft verbindet ihn mit Heidelinde Jöstedt. *Schau mich bitte nicht so an, / du weißt es ja, ich kann / dir dann nicht widerstehen. / Schau mir nicht so auf den Mund, / du kennst genau den Grund / du kannst nicht weitergehen. / Schau, die Leute ringsumher / die wundern sich schon sehr. / Wir sind doch nicht allein. / Was mir dein zärtliches Lächeln verspricht, / solltest du erzählen, / wenn alleine wir weilen,* sang die Tanzkapelle Werner Schmah.

Der Unbekannte

Die Ermittler versuchen den Heimweg der Ermordeten nachzuvollziehen, um so gezielt nach Zeugen zu suchen. »Nachdem die Görke sich (von Arnt und Leander Mahlich) verabschiedet hatte, stieg sie etwa gegen 21.40 Uhr in die in Richtung Mickten fahrende Straßenbahn der Linie 13. Nach Auskunft der Straßenbahn wurde festgestellt, daß die Linie 13 fahrplanmäßig gegen 21.40 Uhr an der Haltstelle Parkstr. Richtung stadtwärts hält. Bis zur Endhaltestelle der Linie 13, Bahnhof Mickten, benötigt diese eine Fahrzeit von 27 Minuten. Um 22.07 Uhr ist somit die Görke, wenn sie die Bahn nicht schon unvorhergesehen vorher verlassen hat, am Straßenbahnhof Mickten ausgestiegen. Um zur Rankestr. zu gelangen, konnte die Görke nun 22.20 Uhr die landwärts fahrende Straßenbahn der

Linie 15 am Bahnhof Mickten erreichen. Nach der eingeholten Fahrzeit ist die Görke dann, vorausgesetzt, daß sie diese Bahn benützte, 22.23 Uhr an der Rankestr. ausgestiegen. Nach festgestellter normaler Schrittgeschwindigkeit benötigte nunmehr die Görke bis zu den Gärten der Fechnerstraße eine Zeit von 10 Minuten, so daß sie etwa gegen 22.33 Uhr in Höhe der Gärten gewesen sein kann. Andererseits besteht auch die Möglichkeit, daß die Görke auch vom Straßenbahnhof Mickten aus die Lommatzscher Straße als Heimweg benützen kann, was aber jedoch nach den vorgefundenen Fußspuren, beginnend an der Fechnerstr., den Örtlichkeiten entsprechend als sehr großer Umweg bezeichnet werden kann und sehr wahrscheinlich nicht infrage kommen wird.«

Die Kleinhaussiedlung, in der die Görkes wohnen, ist 1949 mit dem öffentlichen Nahverkehr schwer zu erreichen. Möglich, dass Anita Görke vom Straßenbahnhof Mickten zu Fuß den Nachhauseweg antreten musste. Möglich, dass sie umstieg und noch die eine Haltestelle bis zur Rankestraße fuhr. Die Linie 15 hält dort in Richtung Radebeul. Doch hätte sie fast eine Viertelstunde warten müssen. Wahrscheinlich, dass sie die eine Haltestelle zu Fuß gegangen ist. Der Weg nach Haus, nach Kaditz, ist sehr weit. Viele der dortigen Anwohner fahren bis zur Forststraße an der Stadtgrenze zu Radebeul und laufen parallel zur Autobahn A4. Gemeinsam ist all diesen Strecken: Sie sind einsam, führten damals viele Kilometer über unbebautes Gebiet mit Feldern, Wiesen, Strauchwerk, einzeln stehenden Bäumen. Anita lief hier Samstagnacht um 22.30 Uhr. Denn der Fundort der Leiche lässt nicht daran zweifeln, dass Anita Görke von der Rankestraße kam.

Kommunalvertreter ließ damals der Mord die mangelnde Anbindung der Wohngegend an den öffentlichen Personennahverkehr erkennen. Dresdens Vorort Kaditz wurde von der Leipziger Straße aus noch im selben Jahr verkehrstechnisch angebunden. Die Buslinien 72/92 danken ihre Linienführung dem Verbrechen.

In den späten Abendstunden des 2. April 1949 waren auch Menschen in der Ranke- und Fechnerstraße unterwegs. Sie melden ihre Beobachtungen der Polizei. So vernahm Charlotte Buttgereit (64) gegen 22.45 Uhr den »Hilferuf eines Mannes, der die Straßenkreuzung Fechnerstr./Wächterstr. in Richtung Leipziger Str. passierte«. Danach hätte völlige Stille geherrscht. Aussage und ungeklärter Mord lassen die VP öffentlich nach dem Täter fahnden, denn »aufgrund umstehenden Ermittlungsergebnisses kann angenommen werden, daß jener Mann, welcher zur fraglichen Tatzeit hilferufend die Fechner-/Wächterstr. überquerte, im Zusammenhang mit der Mordtat steht oder hierzu zumindest wichtige Angaben machen kann. Da sich jener Mann bis zum 4.4.1949 noch auf keinem Polizeirevier gemeldet hatte, erging am 5.4.1949 ein Aufruf an alle Dresdener Tageszeitungen sowie den Stadtfunk und den Landessender Dresden, wonach sich Personen, die diesbezügliche Wahrnehmungen gemacht haben, sowie jener unbekannte Mann sich melden sollen.«

Der Aufruf hatte folgenden Wortlaut: »In den späten Abendstunden des 2. April wurde in der Gartenkolonie

Fechnerstr. in Dresden-Neustadt ein furchtbares Verbrechen an einem jungen Mädchen verübt. Personen, die Wahrnehmungen diesbezüglicher Art gemacht haben (besonders jener Mann, der etwa gegen 22.45 Uhr hilferufend die Straßenkreuzung Fechner-/Wächterstr. im Laufschritt überquerte) werden gebeten, sich auf dem nächstgelegenen Polizeirevier oder bei der Mordkommission Dresden, Schießgasse 7, Zimmer 29, zu melden.«

Der junge Mann meldet sich nicht. Aber Johanne Siebenhaar (38) gibt einen sehr konkreten Hinweis: »Am 2.4.1949 gegen 22.10 Uhr befand ich mich mit meinem Mann auf dem Weg von der Straßenbahnhaltestelle Rankestr. nach meiner Wohnung Fechnerstr. 98. Zur angegebenen Zeit gingen wir auf der Fechnerstr. unmittelbar vor der Gartenkolonie in Richtung Kaditz. An dieser bezeichneten Stelle wurden wir von einem hinter uns laufenden Mann überholt. Hierbei fiel mir auf, daß dieser Mann uns im Laufschritt überholte und soweit ich bei der Dunkelheit sehen konnte, lief dieser Mann bis zur Höhe der Autobahnunterführung, wo er meinem Blickfeld entschwand. Zur angegebenen Zeit ist uns bis zur Autobahn niemand begegnet. Erst hinter der Autobahn kamen uns einige Personen entgegengelaufen. Ich habe auch zu dieser Zeit keine Hilferufe gehört, auch bin ich auf dem Wege keinem Angehörigen der Besatzungsmacht begegnet. Diesen Mann habe ich nur von hinten gesehen und kann ihn deswegen nur wie folgt beschreiben:

Größe	mittlere Größe, 165–168 cm
Haar	dunkles welliges nach hinten gekämmtes Haar

Gestalt	breite Schultern, kräftig
Bekleidung	Stiefel, dunkle Stiefelhose, dunkles Jackett, keine Kopfbedeckung
Alter	vermutlich ca. 20 – 21 Jahre

Da mir das Verhalten dieses jungen Mannes verdächtig vorkam, habe ich mich auf Grund der Zeitungsnotiz vom 5.4.1949 gemeldet und darüber meine Aussage gemacht.«

Weitere Zeugen können sich an diesen Mann erinnern. Einige halten es für möglich, dem Unbekannten bereits einmal begegnet zu sein: Eine Frau in Kaditz war von einem unbekannten Mann angesprochen worden, der sich sehr dafür interessierte, »wieviel Kinder die Familie Görke habe und ob diese Kinder auch abends allein zu Hause sind. Ferner fragte mich dieser Mann, ob diese Kinder auch fortgehen und wieder nach Hause kommen.« Hatte Anita bereits das Interesse ihres Mörders erregt. Traf sie auf ihren Mörder, weil er sie kannte, und sie mit ihm befreundet war?

Auch Soldaten der Besatzungsmacht werden als Täter in Erwägung gezogen. Es waren nicht nur Gerüchte, die ihnen Gewalt an Frauen nachsagten. Ein Tabu. »Lange, sehr lange hat es gedauert, bis die Kriegsverbrechen der Roten Armee im Jahr 1945 ein Thema in Deutschland wurden. Die Angst, aus Tätern Opfer zu machen, hat viele davon abgehalten, sich dem Leiden der Frauen, Kinder und Alten beim Einmarsch der sowjetischen Truppen zuzuwenden. Da niemand ihre Erlebnisse hören wollte, blieben sie mit ihren traumatischen Erinnerungen allein. Zwischen April und Juni 1945 wurden mindestens 100.000 Frauen und Mädchen vergewaltigt, viele von ihnen mehrfach. Schätzungsweise 10.000 Frauen kamen bei den Übergriffen oder in deren Folge allein in Berlin ums Leben, etwa genauso viele wurden schwanger. Rund fünf Prozent aller Neugeborenen in der ersten Hälfte des Jahres 1946 waren sogenannte *Russenkinder.*«

Herr Bollmann, Hans (29), wh. Sandbodenweg 20, macht seine Aussage, die Tatnacht zur Tatzeit betreffend. »Am 2.4.1949 gegen 23 Uhr befand ich mich auf dem Heimweg von der Straßenbahnhaltestelle Rankestr. nach der oben bezeichneten Wohnung. Zur angegebenen Zeit passierte ich die Fechnerstr. in Höhe der dort befindlichen Gartenkolonie. Beim Passieren derselben konnte ich nichts Besonderes feststellen. Etwa gegen 23.05 Uhr ging ich unter der Autobahnunterführung hindurch. Nachdem ich diese Unterführung passiert hatte, sah ich etwa 200 m landeinwärts auf der rechten Fahrbahnseite in Richtung Elbe ein beleuchtetes Kraftfahrzeug stehen. Ich hörte wie dieses Kraftfahrzeug einen lang anhaltenden Hupton gab. Dabei hatte ich den Eindruck, daß der Fahrer des Kraftfahrzeuges durch dieses Signal scheinbar auf jemanden wartete. Infolge der Dunkelheit konnte ich nicht erkennen, ob es sich bei diesem Kraftfahrzeug um einen Lkw oder einen Pkw handelt. Als ich in Richtung der Siedlung Fechnerstr. weiterging, konnte ich bemerken, daß dieses Kraftfahrzeug noch nicht weitergefahren war. Sonst ist niemand mir begegnet.«

Vermutungen in alle Richtungen lässt solcher Wagen und der Hupton zu. Russen. Schieber. Liebespaare. Unter der Brücke der Autobahn hat man ein Pärchen sich küssen sehen. Identifiziert wird keiner dieser beiden. Die

Prüderie der Fünfzigerjahre ist noch nicht offensichtlich, doch lockerer waren die Sitten vorher nicht. Nach dem Krieg wohnte Schlagerstar Bully Buhlan nahebei und sang den Hit: *Verzeihen Sie mein Herr, fährt dieser Zug nach Kötzschenbroda? Der Song endete: Drum grüß mir Kötzschenbroda, ich bleib' lieber zu Haus.* Anita war in dieser Gegend unterwegs. Die Eltern lassen die Polizei vermerken, dass ihre Tochter im Besitz einer wildledernen, braunen Umhängetasche gewesen war, die man am Tatort nicht gefunden hatte. Vielleicht hat sie der Täter mitgenommen, und es ergibt sich hieraus eine Spur. »Folgenden Inhalts ist sie gewesen.

1 deutsch-russischer Ausweis mit dem Namen Anita Görke lautend. Der Ausweis wurde in Oberwiesenthal ausgestellt und berechtigt zum Betreten des Sperrgebiets.

1 vollständige Kleiderkarte C (100 Punkte) ausgestellt im Kreis Annaberg auf gleichen Namen lautend.

Eine vorübergehende Zuzugsgenehmigung für Dresden mit der Aufschrift *Berechtigt zum Bezug von IMK*

ein FDJ-Ausweis auf den gleichen Namen lautend.

Ein Arbeitsbuch und ein Sozialversicherungsausweis auf den gleichen Namen lautend.

Vermutlich DM 35,– bis DM 40,– Bargeld.

Eine kunstlederne braune Brieftasche.

Vorstehend aufgeführte Sachen wurden am 5.4.1949 in Fahndung gestellt. Gleichzeitig erging an sämtliche Polizeireviere und Außenstellen ein Rundspruch, daß bei Antreffen von Personen, die im Besitze der oben angeführten Sachen sind, sofortige Festnahme und telefonische Vorausmeldung zu erfolgen hat.«

Schlussfolgerungen: »Wenn davon ausgegangen wird, daß es sich bei dem Täter um einen Unbekannten handelt, dann ist auf Grund der von Görke gegebenen Charakteristik nicht anzunehmen, daß sie nach dem Konzertbesuch abends 22.15 Uhr noch mit einem Unbekannten die Fechnerstr. entlanggeht, sich dann 30 m entlang der Gartenkolonie im Feldrain an den Garten Nr. 11 begibt und dort mit einsteigt. Auf Grund des Gebarens des Täters mußte die G. ahnen, was er vorhat, und wäre kaum dem Manne bis an den Tatort freiwillig gefolgt. Da sich die Häuser immerhin in Rufweite befinden, wäre es ihr verhältnismäßig leicht gefallen, von der Fechnerstraße oder dem Felde aus noch zu flüchten oder um Hilfe zu rufen. Es ist aber nichts Derartiges wahrgenommen worden. Spätestens hätte die G. flüchten können, als der Täter damit beschäftigt war, einen Gartenzaun auszuheben. Es wird deshalb auch von hier aus der zuerst geäußerten Ansicht der Kriminalpolizei beigetreten, daß die G. freiwillig gefolgt ist, und daß es sich demzufolge beim Täter um eine Person handelt, die die G. gekannt hat.« Möglicherweise ein Liebhaber. Möglicherweise Eifersucht. Möglicherweise hat Anita Görke ein in sie Verliebter abgepasst. Anita Görke ist zwanzig, Sex und Männer kein Tabu. Sie gab sich aufgeschlossen, freundlich und wurde Opfer einer Sexualstraftat.

Die Polizei ermittelt in Anitas privatem Kreis und mit Routine. Einschlägig Vorbestrafte, Asoziale werden befragt und kontrolliert, ebenso polizeibekannte Klientel. Der wegen Diebstahls verurteilte Walter Leidert gerät ins Raster. »Da Leidert außerdem im Monat April 1949 gegen 22.30 Uhr ein unbekanntes Mädchen an der Straßenbahnhaltestelle Bahnhof Mickten angesprochen hatte und bei ihr auch nächtigte, schien er hinreichend verdächtig, den Mord an der Görke im Gartengelände Fechnerstr. begangen zu haben.« Doch konnte Leidert ein einwandfreies Alibi erbringen: Er war bei einer Geliebten. Außerdem, berichtete diese, zeige er beim geschlechtlichen Verkehr eher passives Verhalten. Brutal und schlagend könne sie sich diesen Mann einfach nicht vorstellen. Eine Spur. Kein Erfolg.

Der Nachbarjunge

»Nach Angaben der Mutter der Görke, Luci, sowie deren Sohn Dietmar hatte die Görke, Anita, am 2.4.1949 gegen Mittag geäußert, daß sie am fraglichen Tage zufälligerweise den ihr bekannten Willbrandt, Egon, wh. Gleinaer Str. 60, in der Stadt getroffen habe. Was zwischen den beiden gesprochen worden war, hatte die Görke, Anita, ihrer Mutter sowie ihrem Bruder gegenüber nicht geäußert.

Dabei bemerkte die Görke, Luci, daß der Willbrandt schon seit längerer Zeit keinen festen Wohnsitz nachweisen konnte. Nach Angaben der Görke ist der Willbrandt allgemein als arbeitsscheu bekannt, weswegen der Vater des Willbrandt diesen vor ca. ½ Jahr das Betreten der Wohnung untersagt hat. Bruder Görke, Dietmar, traf Willbrandt am 4.4.1949 am Dresdner Hauptbahnhof, wo sich dieser nach dem Mord erkundigte.« Auch hat sich der Willbrandt von Görkes Lebensmittelmarken geborgt, und zwar am 1.4. Man hat sie ihm gegeben, schließlich sei man Nachbarn und habe den Jungen aufwachsen sehen.

Die Kinder beider Familien haben gerne miteinander gespielt.

»Eine Rücksprache mit der Mutter des Willbrandt ergab, daß der Aufenthalt ihres Sohnes Egon z. Zt. unbekannt sei. Sie äußerte lediglich die Vermutung, daß sich Willbrandt, Egon, bei einem Mädchen namens Albert, Anneliese, in Roßwein, Bergstr. 9 aufhält. Sie bestätigt, daß ihr Ehemann den Egon vor ca. ½ Jahr des Hauses verwiesen habe, weil der Willbrandt es ablehnte, einer geordneten Arbeit nachzugehen.

Da angenommen werden kann, daß der Willbrandt, Egon, mit der Tat in Zusammenhang steht, fuhr die MK am 5.4. nach Roßwein. Bei der Durchsicht der Meldekartei wurde festgestellt, daß sich der Willbrandt, Egon, in Roßwein nicht polizeilich angemeldet hatte. Im Besucherbuch konnte lediglich festgestellt werden, daß sich Willbrandt unregelmäßig und zu verschiedenen Zeitpunkten dort besuchsweise eingetragen hatte. Da wie bereits erwähnt, der Verdacht besteht, daß Willbrandt mit der Tat in Verbindung zu bringen ist, wurden am 8.4.1949 in einem Fernschreiben alle Die Polizei in Roßwein wurde angewiesen, die Wohnung der Albert zu bewachen und bei Auftauchen des Willbrandt sofort die MK zu verständigen.«

Zur Wohnung in Roßwein kehrt Egon Willbrandt nicht zurück. Anneliese Albert schwört, dass ihr Freund in der Nacht zum 3. April bei ihr genächtigt hat. Ins Hausbuch eingeschrieben haben sie es nicht. Vergessen. Egon Willbrandt wird zur Fahndung ausgeschrieben. Allerdings bezweifelt Anitas Schulfreundin Ursula Nostiz eine engere Beziehung zwischen beiden. Sie wechselt mit Anita auch nach der Schulzeit Briefe.

»Wir waren einander sehr zugetan«, sagt Ursula. Aber dass ein Junge aus der Schule Anita solche Gewalt angetan haben könnte, bezweifelt sie energisch. Auch als die Rede auf den Klassenkamerad Egon Willbrandt fällt. Ja, Egon geriet schon mehrmals mit Behörden in Kontakt, führt einen unsteten Lebenswandel, nutzt Frauen aus und nimmt das Leben allzu leicht. Aber, meint Ursula, »soweit mir bekannt ist, bestand zwischen der Anita Görke und dem Nachbarssohn Egon Willbrandt nur ein kameradschaftliches Verhältnis. Ich halte es für völlig unwahrscheinlich, daß die Anita mit dem Willbrandt in enger Beziehung gestanden hat, weil sie mir gegenüber wiederholt zu verstehen gab, daß sie sich aus dem Willbrandt nichts machen würde. Ob Willbrandt an der Anita Interesse gehabt hat, glaube ich deshalb nicht, weil mir dann in diesem Falle dies die Anita bestimmt mitgeteilt hätte.« Die Fahndung nach Egon Willbrandt verläuft zunächst erfolglos.

Der Bahnhofsvorsteher

Weitere Freundinnen der Toten werden polizeilich befragt. Auch Kinderpflegerin Helga Pietsch: »Bei meinem Eintreffen in Klingenberg lernte ich die Kinderpflegerin Anita Görke kennen. Wie ich später erfuhr, war die Anita bereits ca. 4 Wochen vor mir nach Klingenberg vermittelt worden. In der folglichen Zeit entwickelte sich zwischen der Anita und mir ein enges freundschaftliches Verhältnis.« Gemeinsam lassen sich die jungen Frauen nach Oberwiesenthal versetzen.

»Das Verhältnis zwischen der Anita und mir blieb dann auch weiterhin sehr freundschaftlich und eng verbunden. Mit der Anita hatte ich auch ein gemeinsames Schlafzimmer inne. Während meiner Bekanntschaft mit der Anita konnte ich feststellen, daß diese ein sehr guter Kamerad und stets lebensfroh war. Launenhaftigkeit konnte ich an der Anita niemals feststellen. Gleichfalls war sie zu den Kindern stets freundlich und hilfsbereit. Während ich die kleineren Mädchen zu betreuen hatte, unterstanden der Anita auf ihren eigenen Wunsch die größeren Jungen im Alter von 13 bis 14 Jahren.«

Und Helga Pietsch bestreitet nicht, dass sie beide am selben Mann Interesse hatten: Bahnhofsvorsteher Kurt Gangloff. Anita schrieb der Helga gar einen Brief, dass sie weiterhin von diesem Kerl nichts wolle. Und so ist es auch gewesen. »Keine Trübung unserer Freundschaft« sei dadurch entstanden.

Der besagte Bahnhofsvorsteher des Kurorts Oberwiesenthal, Kurt Gangloff (21), bestätigt die Angaben von Freundin Helga und Anitas Annäherungsversuche. »Dieses Interesse an meiner Person ließ dann Anfang bis Mitte Dezember nach. Der Grund hierzu war, weil die Anita im Sport-Hotel einen dort zur Erholung weilenden Bergarbeiter aus Freiberg kennengelernt hatte. Später habe ich durch Fräulein Pietsch erfahren, daß dieser Bergarbeiter verheiratet gewesen sein soll. Gleichzeitig konnte ich die Feststellung machen, daß die Görke auffallend bedrückt und verweint aussah.«

Lang hat Anitas Trauer nicht gedauert, und im Sport-Hotel gab's bald wieder Tanz. Die Jugend Oberwiesenthals verbrachte hier ihre freie Zeit. Kurgäste. Urlauber. Bergleute. Die *SAG Wismut* schürfte nach Uran. Werner Schmah sang immer noch: *Nanu, du lachst mir ins Gesicht, / willst du probieren, mich zu verführen? / Nanu, laß uns doch etwas Zeit. / Nanu, da stimmt doch etwas nicht.*

Der Schuhmacher

Helga Pietsch gibt weiter an: »Anfang Januar 1949 lernte die Anita den hier im Orte wohnenden Schuhmacher Horst Bartuschek, Bergstr. 132 oder 134, kennen. Mir gegenüber äußerte die Anita, daß sie der Bartuschek gleich am Tage der Bekanntschaft nach Hause begleitet habe. Auf dem Heimweg habe der Bartuschek versucht, sich ihr geschlechtlich zu nähern, diesem Versuch habe die Anita nach ihren eigenen Angaben dann auch stattgegeben. Soweit mir bekannt ist, hat die Anita darüber auch mit den anderen Kinderpflegerinnen des Heimes gesprochen. Die Anita erzählte mir dann auch, daß der Bartuschek sie danach noch einmal eingeladen habe, was sie aber von sich aus abgelehnt hat. Den Grund hierzu habe ich nicht erfahren können.«

Die Aufmerksamkeit der Ermittler konzentriert sich auf den Schuhmacher in Oberwiesenthal. Horst Bartuschek ist 25, im Erzgebirge heimisch und vor Ort geboren. Er genießt das Leben und die Frauen. Den Fragen der Polizei steht er aufgeschlossen gegenüber, antwortet offen, nicht verdruckst. »Anfang Januar 1949 versuchte ich freundschaftliche Beziehungen mit der Görke, Anita anzuknüpfen, was diese jedoch mit der Begründung ablehnte, daß ich erst vorher mit der Küpper, Hildegard, Schluß machen sollte. Ich tat dies dann auch, indem ich der Küpper erklärte, daß ich kein Interesse mehr für sie empfinde und aus diesem Grunde das freundschaftliche Verhältnis löse. Ohne mir Schwierigkeiten zu bereiten, war die Küpper mit der Lösung unseres Verhältnisses einverstanden.

Am 1.1.1949 traf ich zufällig im Sport-Hotel die Anita, sie befand sich in Begleitung mehrerer Kindererzieherinnen und des mir bekannten Gangloff, Kurt. Am fraglichen Abend habe ich mit der Anita zweimal getanzt. Nachdem ich der Anita angeboten hatte, sie nach Hause zu begleiten, fragte sie mich erst, ob ich mit der Küpper Schluß gemacht habe. Daraufhin habe ich ihr das Ergebnis meiner Unterredung mit der Küpper mitgeteilt. Am fraglichen Abend hatte ich reichlich dem Alkohol zugesprochen, so daß ich ziemlich angeheitert war. Aus diesem Grunde war es möglich, daß die Anita mir entwischte und ich aus diesem Grunde in Begleitung des Gangloff und dessen Freundin Pietsch, Helga, in Richtung Kinderheim ging. Dort angekommen, ging ich mit dem Gangloff und der Pietsch in den Aufenthaltsraum, wo ich die Anita und noch einige Erzieherinnen antraf. Nachdem sich die Erzieherinnen verabschiedet hatten, blieben dann nur noch die Anita, die Pietsch sowie der Gangloff und ich im Aufenthaltsraum. Pietsch, Gangloff und die Anita hatten scheinbar im Sport-Hotel keinen Alkohol getrunken, denn sie machten keinen angeheiterten Eindruck auf mich. Nachdem wir noch etwas herumgealbert hatten, und die Anita uns etwas vorgesungen hatte, habe ich das

Licht ausgelöscht. Da die Genannten nicht protestierten, hatte ich das Gefühl, daß ich im Einverständnis der anderen gehandelt hatte. Einige Zeit später habe ich die Anita auf das Sofa gelegt, was sie sich auch widerspruchslos gefallen ließ. Ich lag dann neben der Anita und habe sie an verschiedenen Körperstellen mit den Händen angefaßt, so unter anderem am Gesäß, an den Brüsten und zuletzt am Geschlechtsteil. Dieses ließ sich die Anita auch nach und nach gefallen. Dabei blieben wir angekleidet. Auch habe ich der Anita die Schlüpfer nicht ausgezogen. Während ich mich nun auf der vorbezeichneten Art mit der Anita beschäftigte, lagen die Pietsch und der Gangloff am unteren Ende des Sofas, wobei sie sich noch ein paar Stühle herangestellt hatten. Ich entsinne mich, daß ich mich dann auf die Anita gelegt habe und dabei mein Geschlechtsteil herausgenommen habe. Als die Anita mein Geschlechtsteil an ihrem Oberschenkel verspürte, zeigte sie plötzlich und unerwartet eine heftige Abwehr, indem sie die Beine zusammendrückte und sich zur Seite drehte. Trotzdem ich nun einige Male versuchte, zum Ziel zu kommen, habe ich dann, um keinen Krach zu machen und keine Gewalt anzuwenden, von der Anita abgelassen. Ich entsinne mich, daß wir dann alle, die Pietsch und die Görke sowie der Gangloff und ich, eingeschlafen sind und erst gegen 7 Uhr morgens erwachten, wo ich dann mit dem Gangloff nach Hause ging.«

Konsequenzen hatte diese Ablehnung keine. Vielleicht gefiel der Anita das Draufgängertum von Horst Bartuschek nicht. Dass er Anita nach Dresden folgte, ist ausgeschlossen. Bartuscheks Alibi steht felsenfest. Doch wenn auch nicht mit Bartuschek, intim war Anita Görke schon gewesen, hatten die medizinischen Untersuchungen bestätigt. Anita kannte den Vorgang des Geschlechtsverkehrs, hatte vielleicht schmerzhafte Erfahrungen gesammelt, hatte Angst, empfand dabei keine Lust, lehnte ihn wie bei Horst Bartuschek nun gänzlich ab.

Deshalb sieht die Polizei in dem von Bartuschek geschilderten Verhalten einen möglichen Grund für die an ihr verübte Gewalt mit Hammer und Spaten: »Bei der Tatbestandsaufnahme wurde aufgrund der vorgefundenen Fußspuren, welche keine Absonderlichkeiten in der Gangart aufwiesen, die Vermutung ausgesprochen, daß die Görke wahrscheinlich mit einer gewissen Freiwilligkeit dem Täter bis in den Garten Nr. 10 gefolgt war. Aus diesem Zusammenhang entstand die Vermutung, daß die Görke wahrscheinlich mit dem Täter bekannt gewesen sein mußte. Die Fortsetzung der Tatbestandsaufnahme ergab dann, daß die Görke mit dem Täter auf Grund der festgestellten Fußspuren einige Zeit hinter der Gartenlaube verweilt haben mußte.

Entweder hat die Görke bei der Einleitung des Geschlechtsverkehres nach ihrer später ermittelten Art plötzlichen Widerstand geleistet, wobei vermutlich der Täter bei gleichzeitigen Samenerguß auf das Kleid in seiner Ekstase auf die Görke eingeschlagen hat und diese dann, um ein Bekanntwerden der Tat zu verhindern, mittels Hammer und Spaten getötet hat oder daß dem Täter an einem Geschlechtsverkehr gar nicht gelegen war, sondern daß er die Görke in der Ekstase eines Sexualverbrechens getötet hat.«

Der Bergmann

Aber Anitas Freundin Helga Pietsch kennt die Namen von noch weiteren Männern, die Anita nahekamen: »Von Anfang bis Ende Dezember 1948 wurden hier im Kinderheim infolge Platzmangel zwei junge Bergarbeiter namens Eberhard Behrend und Franz Hasse, beide in Berlin beheimatet (Adresse unbekannt), einquartiert. Zwischen dem Behrend und der Anita entstand dann ein sehr enges Verhältnis, was auch, nach eigenen Angaben der Anita mir gegenüber, zum Geschlechtsverkehr führte. Nachdem der Behrend im Lager der Bergarbeiter verschiedene Sachen entwendet hatte, ist er Ende Dezember, ohne eine Adresse anzugeben, spurlos verschwunden. Soweit mir bekannt ist, hat der Behrend gegenüber der Anita nie wieder etwas von sich hören lassen.«

Junge Männer brauchte das Land. Vor allem im Bergbau. »Die augenblickliche Arbeitsmarktlage ist besonders günstig für eine Werbung, da die Zahl der voll einsatzfähigen arbeitslosen Männer nicht unerheblich angestiegen ist. Bei Tauglichkeit wird Arbeit im Erzbergbau angeboten. Bei Ablehnung besteht kein Anspruch auf Arbeitslosen-Unterstützung. Bei Nichterscheinen auf Vorladung haftet einer der Angehörigen.«

Von der *SAG Wismut* erzählte man seit deren Gründung 1946 in der DDR Sagenhaftes: Geld gäbe es reichlich für die Kumpel und den Bergmannsfusel gratis. Wohnungen und qualifizierte ärztliche Betreuung, Kindergärten, Urlaubsplätze, Prämien schienen problemlos erhältlich. Stets haftete den Wismut-Angestellten und ihrem Geschäftsbetrieb das Geheimnis um Atome, die

Strahlenkrankheit, Waffenbrüderschaften, Reichtümer und Bodenschätze an. Man förderte das Uran zum Bombenbau unter härtesten Bedingungen nicht nur im Erzgebirge. »An vielen Stellen wird der Förderbetrieb mit primitiven Handhaspeln aufrechterhalten. In Eimern wird uranhaltige Erde nach oben gezogen. Nur dort, wo der Abbau besonders lohnt, wird mit Preßluftbohrern gearbeitet. An mancher Stelle wurden Kompressoren installiert, an denen die Namen westdeutscher Firmen stehen. Diese Maschinen wurden zum großen Teil von getarnten Handelsagenten in der westdeutschen Bundesrepublik aufgekauft und schwarz über die Grenze geschoben. Da der Uranbergbau in der Ostzone noch weiter ausgedehnt werden soll, wurde die geologische und chemische Leitung der *Wismut AG,* der größten sowjetischen Aktiengesellschaft in Wilhelm Piecks Republik, verstärkt.« 1953 beschäftigte das Unternehmen fast 134.000 Menschen. Die Gefahr der Radioaktivität erkannte man erst mit den Jahren, dann wurde sie verschwiegen. Die hinterlassenen Umwelt- und Gesundheitsschäden der *SDAG Wismut* sind schwer zu beseitigen, oft gar nicht.

Eberhard Behrends und Franz Hasses Lebensläufe lassen sich nur lückenhaft rekonstruieren, zeugen von häufigen Wohnungswechseln und von Arbeitgebern aller Branchen. Behrend ist wegen Diebstahls vorbestraft. Dem Ruf des Bergbaus sind sie nach Oberwiesenthal gefolgt. Goldgräberstimmung herrschte hier in jenen Jahren wie zur Zeit des *Klondike-Fiebers.* Die jungen Männer machen sich das Leben angenehm. Die Betreuerinnen des Kinderheimes erliegen ihrer Großzügigkeit, ihrem

Charme, ihrem Geld. Inwieweit sich Anita Görke von ihnen hinreißen ließ, bleibt ungewiss.

Anita ist ermordet worden. Franz Hasse kann sich nicht erinnern. Von Eberhard Behrend lässt sich keine Spur mehr finden. Er hatte nach kaum einem Monat im Bergbau den schweren Job gekündigt und verschwand. Gerüchte sagen: »Behrend soll sich in der Westzone aufhalten und bereits wieder Trockenbodeneinbrüche begangen haben.« Eberhard Behrend bleibt auf der Fahndungsliste der VP.

Die Soldaten

Die Leiterin des Kinder- und Kindererholungsheimes in Oberwiesenthal, Johanne Grabner, hat gern mit Kollegin Görke zusammengearbeitet. Sie schätzte an der jungen Frau ihren Arbeitseifer, das Einfühlungsvermögen, die Durchsetzungskraft. Diese zeigte sich auch darin: »Wiederholt kam es noch vor einiger Zeit vor, daß Angehörige der Besatzungsmacht das Haus betraten. Hingegen die übrigen weiblichen Angestellten sich sofort im Haus versteckten, war es Anita, die in ihrer herausfordernden Art die Soldaten abfertigte und dabei keinerlei Angst zeigte. Oftmals konnte ich beobachten, daß die Anita eine unverhohlene Freude an der Verliebtheit dieser Soldaten zeigte. Ich halte es für unwahrscheinlich, daß die Anita Görke ein Verhältnis mit Angehörigen der Besatzungsmacht unterhalten hat, denn dafür halte ich sie zu anständig.«

Auch Helga Pietsch spricht von den Sowjetsoldaten im Haus und Anitas Selbstbewusstsein. »Bis vor ca. 5 Wochen erschienen zu unbestimmten Tageszeiten Angehörige der Besatzungsmacht in unserem Heim. Der Grund war scheinbar, daß sie sich für das Hauspersonal, welches größtenteils aus jungen Mädchen besteht, interessierten. Nachdem sich die Leiterin an den Stadtkommandanten gewendet hat, sind keine Angehörigen der Besatzungsmacht mehr hier erschienen. Bezeichnend hierbei war, daß die Anita bei Ansichtigwerden der Soldaten keine Angst hatte, sondern diese, während sich die anderen Mädchen versteckten, aus dem Haus wies.«

Weitere Hinweise auf den Personenkreis der *Roten Armee* können nicht gegeben werden. Für die Tat in Dresden werden die in Oberwiesenthal stationierten Sowjetsoldaten aufgrund ihrer dortigen Kasernierung kaum infrage kommen. Über Anfragen diesbezüglich berichtet die Akte nichts. Sie vermerkt jedoch: »Nach den vorgefundenen Tatbestandsmerkmalen kann angenommen werden, daß nach den bisherigen Erfahrungen eine Vergewaltigung von Seiten Angehöriger der Besatzungsmacht mit größter Wahrscheinlichkeit ausscheidet. Nach dem letzten Stand der Ermittlungen ist mit an Wahrscheinlichkeit grenzender Sicherheit anzunehmen, daß der Täter nicht im engeren Bekanntenkreis der Görke zu suchen ist.«

Der Bauingenieur

Über einen bislang nicht erwähnten Mann weiß Frau Johanne Grabner zu berichten. Auch Helga Pietsch kennt diesen Joachim Kowalski, einen Bauingenieur, der den Zustand des Kinderheims für die Gesundheitsbehörde des Landes Sachsen begutachtete und notwendige Baumaßnahmen empfahl. »Ende November, Anfang Dezember erschien hier im Heim ein gewisser Baumeister Joachim Kowalski vom Stadtbauamt, welcher hier angeblich im Auftrage des Herrn Weise, Gesundheitswesen Dresden, dienstlich zu tun hatte. Der Baumeister Kowalski blieb etwa zwei bis drei Tage und übernachtete hier im Heim. Während dieses Besuches ist mir nicht aufgefallen, ob sich zwischen der Anita und dem Baumeister Kowalski ein freundschaftliches Verhältnis entwickelt hat. Soweit mir bekannt ist, wohnt der Kowalski gleichfalls in Dresden, seine Adresse ist mir unbekannt.«

Dann kam er zum »2. Mal ins Heim, das war 4.1.1949 Er schlief im Isolierzimmer für die Kranken. Ich entsinne mich, daß die Anita den Kowalski noch bis zum Bahnhof begleitet hat. Kurze Zeit nachdem der Kowalski abgereist war, erhielt die Anita von dem Kowalski einen Brief aus Schellerau. Die Anita erzählte mir, daß der Kowalski sie eingeladen habe, mit ihm in Dresden in die Oper oder in irgendein Konzert zu gehen.« Das scheinen sie getan zu haben. Fuhr Anita Anfang April nach Dresden, um Joachim Kowalski zu treffen? Sie und der Kowalski, schrieben sich Briefe, weiß Helga Pietsch, und sie weiß, dass sie bereits gemeinsam ausgegangen sind. Einmal, so die Freundin, »kam Anita mit dem neuen Kindertransport aus Dresden zusammen mit Kowalski nach Oberwiesenthal zurück.«

Bei dem dritten Besuch »des Kowalski hier im Heim hatte ich nicht den Eindruck, daß dieser einen dienstlichen Charakter hatte, sondern privater Natur war. Kowalski betrieb tagsüber Wintersport und verbrachte die Abende im Aufenthaltsraum in Begleitung der Anita. Ich habe mich absichtlich nicht im Aufenthaltsraum aufgehalten, weil mir der Kowalski unsympathisch war.« Aber Helga Pietsch glaubt nicht, dass es zwischen beiden zum Geschlechtsverkehr gekommen ist. Sie und der Kowalski hätten Karten gespielt. Rommé. Kowalskis Chef, Herr Weise, war dabei und spielte mit. Anita hat, weil sie sehr musikalisch war, Lieder zur Laute vorgetragen. »Ich glaube mich zu entsinnen, daß in der folgenden Zeit wieder Post von dem Kowalski eintraf, wie oft dies jedoch war, kann ich nicht sagen.«

Joachim Kowalski kommt als Mörder in Betracht, denn Helga Pietsch gegenüber hat Anita Görke nie einen der anderen Verdächtigen wie den Gärtnersohn Anselm Schumacher oder den Nachbarjungen Egon Willbrandt erwähnt. Und sicher hätte sie es getan, so wie sie und Anita zueinander standen. Aber irgendetwas hat die Anita belastet, machte ihr Sorgen. Jedenfalls hatte Helga Pietsch an »ihrer besten Freundin« Wesensveränderungen festgestellt.

»Seit Anfang Januar 1949 ist sie so gut wie überhaupt nicht fortgegangen. Sie verbrachte sehr oft den Abend bei der Heimleiterin, der sie sehr zugetan war. Vordem sind wir oft zum Wochenende gemeinsam mit der Anita und anderen Kolleginnen des Heimes tanzen gegangen. Hingegen ich dann nach dem Vergnügen von dem Gangloff nach Hause gebracht wurde, gingen die Kolleginnen größtenteils allein mit der Anita nach Hause.

Zeitweilig gab es Stunden, wo die Anita etwas bedrückt schien. Sie stand dann auf und äußerte den Wunsch, spazieren zu gehen, um allein zu sein, was sie dann auch jedesmal tat. Durchschnittlich kehrte sie dann immer nach ca. einer Stunde zurück. Was die Ursache dieses Verhaltens war, konnte ich nie ergründen, auch habe ich sie aus Gründen des Taktgefühls niemals danach gefragt. Eine bestimmte Regel hatte diese Gemütsstimmung nicht. Oftmals ging sie auch abends in ihr Zimmer, um allein zu sein und Laute zu spielen.

Während meiner Bekanntschaft mit der Anita Görke konnte ich feststellen, daß keine andere Person Anita weder durch Wort oder Schrift ihr Leben oder ihre Gesundheit bedroht hat. Wäre dies der Fall gewesen, dann hätte mir dies die Anita ganz bestimmt mitgeteilt.«

Auch Heimleiterin Johanne Grabner bemerkte, dass Anita Görke diesem Herrn Kowalski sehr zugetan war. »Am 24.3.1949 war Anita Görke zum Seminartreffen in Dresden.« Ob sie in diesen Tagen den Kowalski traf, weiß Frau Grabner nicht. Aber auch sie hatte »beim letzten Besuch den Eindruck, daß dieser von Seiten des Baumeisters Kowalski weniger einen dienstlichen Charakter, sondern mehr einen privaten Anlaß hatte, nämlich der Anita galt. Begründen möchte ich diese Annahme damit, daß nach Wahrnehmung der größeren Berliner Kinder diese gesehen haben, wie die Anita sich mit dem Kowalski auf dem Hof hinter der Scheune geküßt hatte. Ferner begründe ich meine Annahme noch damit, weil die Anita nach ihren eigenen Angaben mir gegenüber geäußert hat, daß sie während ihres Aufenthaltes in Dresden vom 15.2.1949 bis 17.2.1949 an einem Abend mit dem Kowalski in der Oper gewesen ist. Dabei sei der Kowalski sehr großzügig zu der Anita gewesen, indem er ihr eine Packung ausgewählten Konfektes für den Preis von DM 25,– und einige Gläser Likör für DM 12,– gekauft hatte.« Ob sie intim geworden sind, vermag auch Frau Grabner nicht zu sagen.

Die Adresse des Bauingenieurs aus Dresden ist schnell recherchiert. Joachim Kowalski heißt eigentlich Jochen Kaminski, ist 42 Jahre alt und wohnt in Dresden-A. 28, Herbertstraße 28 II. Er lebt in Scheidung und ist dienstlich unterwegs. Sein Aufenthaltsort ist dem Vorgesetzten, dem Herrn Weise, bekannt.

»Kaminski wurde am 15.4.1949 gegen 20 Uhr in Königstein wegen dringendem Tatverdacht und Fluchtgefahr festgenommen und dem Pol.Gefängnis Dresden zugeführt. Kaminski befand sich zur Zeit der Festnahme in Begleitung der Romeike, Gisela, geb. 16.1.1915 in Dresden, wh. Liehrstr. 2. Auf der Fahrt nach Dresden äußerte der Kaminski, daß er mit der Görke, Anita, wohl bekannt gewesen sei, sich mit ihr jedoch nicht geduzt habe. Ferner gab Kaminski an, daß er die Görke in Oberwiesenthal kennengelernt habe und mit ihr im Februar 1949 in Dresden eine Oper besuchte. Lokale hat der Kaminski mit der Görke keine aufgesucht, auch will er der Görke keine Geschenke jeglicher Art gemacht haben.

Kaminski erklärte weiter, daß er am 2.4.1949 sich auf dem *Luisenhof* mit der Romeike, Gisela und einem Herrn Schmidt sowie einem Herrn Leisegang getroffen habe. Nach Beendigung der Tanzveranstaltung seien die Vorgenannten mit der Drahtseilbahn nach dem Körnerplatz gefahren. Von hier aus sind sie dann mit der Straßenbahn Linie 18 nach dem Postplatz gefahren. Von hier aus sei die Romeike dann mit der Linie 19 in ihre Wohnung nach

Laubegast gefahren. Er selbst ist dann mit dem Schmidt mit der Linie 18 nach Hause gefahren. Etwa 0.15 Uhr am 3.4.1949 habe er sich in seiner Wohnung noch Bratkartoffeln zubereitet. Anschließend sei er schlafen gegangen.

Trotzdem Kaminski erklärte, in der Zeitung keinen Aufruf die vorbezeichnete Tat betreffend gelesen zu haben, fand sich in der inneren Manteltasche bei der Annahme der Effekten zwei Zeitungen (SZ) u. a. die Zeitung vom 5.4.1949, in welcher auf der Schlußseite der in den Akten beschriebene Aufruf von der MK Dresden stand. Nachdem ihm seine widersprechenden Angaben vorgehalten wurden, erklärte er, den vorbezeichneten Aufruf in der Zeitung nicht gelesen zu haben.

Da auch die übrigen Angaben des Kaminski sehr widersprechend erscheinen und auf Grund der Ermittlungen der Verdacht berechtigt ist, daß Kaminski als Täter infrage kommen kann, macht es sich notwendig, die Angaben des Kaminski eingehend zu überprüfen und die genannten Zeugen zu hören.

In der Wohnung des Kaminski wurde seine geschiedene Ehefrau, Irmgard Kaminski, angetroffen und über verschiedene Punkte mündlich gehört. Hierbei erklärte die Kaminski, Irmgard, daß ihr gesch. Mann am 2.4.1949 nicht zu Hause gewesen ist, sondern erst am Sonntag bzw. Montag, den 3. oder 4.4.1949 nach Hause gekommen sei.« Die Geschiedenen leben zusammen in der Wohnung. Die gewesene Gattin bestätigt das genannte Alibi ihres Mannes nicht. Endlich eine heiße Spur.

1935 haben Jochen und Irmgard geheiratet. Auf seinen Antrag hin wurde die Ehe am 7. Februar 1949 geschieden. Er ist Bautechniker beim Rat der Stadt. Für Fahrten nach außerhalb benutzt ihr Mann gern sein Motorrad, sagt Irmgard Kaminski. Bislang hat er alle Seitensprünge abgestritten. Sie aber weiß, dass er welche hatte und auch hat. Sie hat gelitten, leidet noch. Ihr Selbstmord ist gescheitert. Jetzt die Scheidung. Die gerät zur Schlammschlacht. Irmgard Kaminski hört in der Verhandlung die Namen, die Geschichten, die ihr nicht mehr weiterhelfen.

»Die Beweisaufnahme hat ergeben, daß die Eifersucht der Beklagten begründet war. Der Kläger hat mit der im Tenor genannten ledigen Liselotte Elvira Benz gelegentlich einer Kraftfahrt nach Oberwiesenthal in Augustusburg in einem Zimmer genächtigt. Er räumt zwar ein, mit ihr Zärtlichkeiten getauscht zu haben, bestreitet aber, ebenso wie die als Zeugin vernommene Benz, Geschlechtsverkehr gehabt zu haben, Das Gericht glaubt ihnen das nicht, weil die Umstände, die Lebenserfahrung und die von der Beklagten glaubhaft versicherten Flecken im Nachthemd des Klägers, vor allem aber die auffälligen Bemühungen des Klägers, diese Spur des Geschlechtsverkehrs durch Verbergen der Reisewäsche im Wäscheschrank zu verwischen, eindeutig dafür sprechen, daß es zum Geschlechtsverkehr gekommen ist. Es ist deshalb nicht erforderlich, die übrigen Verfehlungen des Klägers insbesondere seine Lieblosigkeit bei der Entdeckung des Gasvergiftungsversuches der Frau und ihre ehezerstörende Wirkung zu erörtern. Vielmehr ist die Ehe schon wegen Ehebruchs zu scheiden.

War aber die in der Klage als Ehewidrigkeit unterstellte Eifersucht begründet, so ist der in Verzweiflung unternommene Selbstmordversuch verständlich und kann, wenn auch nicht zu billigen, nicht als grobe Eheverfehlung gelten. Vielmehr hatte sich der Kläger selbst sagen müssen, daß sein Seitensprung angesichts der ihm wohlbekannten Liebe und Gefühlstiefe der Frau diese zu unübersehbaren verhängnisvollen Schritten treiben könnte. Daß ihn diese wahrscheinlichen Folgen von dem ehewidrigen Tun nicht abgehalten haben, gereicht ihm allein zum Verschulden und läßt die Verzweiflung der Beklagten als zumutbar erscheinen, schließt jedenfalls ein ehezerrüttendes Verhalten der Beklagten aus. Der Kläger ist Schuld an der Scheidung. Den Kläger treffen die Kosten des Verfahrens: DM 2.000,–.«

Noch ist zwischen den geschiedenen Ehepartnern nicht alles gesagt. Irmgard Kaminski bleibt dabei. »Mein Mann ist bestimmt zur fraglichen Nacht nicht in die Wohnung zurückgekehrt. Da ich gewohnheitsmäßig die Schlafstubentüre offen stehen lasse und außerdem einen sehr leichten Schlaf habe und alle Geräusche höre, hätte ich auf jeden Fall das Zurückkommen meines Mannes gehört. Ich kann genau angeben, daß ich am Sonntag, den 3.4.1949 an den in der Küche befindlichen Materialien feststellen konnte, daß mein Mann von diesen nichts weggenommen und Bratkartoffeln zubereitet hat. Es ist auch völlig ausgeschlossen, daß mein Mann, vorausgesetzt, wenn er spät nach Hause gekommen wäre, in der Küche oder im Wohnzimmer übernachtet hat. Auch hätte ich dann unbedingt das Schließen der Wohnungstüre hören müssen.« Die Gattin aber bestreitet nicht, dass Jochen Kaminski sich öfter in der Nacht, wenn er ausgehungert daheim ankam, noch Bratkartoffeln briet. Aber ob in jener Tatnacht? Nein, das scheint Irmgard Kaminski ausgeschlossen. Sie wiederholt und wiederholt ihr: Nein, zu Hause war der Herr Kaminski nicht!

Jochen Kaminski besteht auf seiner Wahrheit und bestätigt in den nächsten Vernehmungen ohne Zögern, dass er Anita Görke kannte, mochte. Ja, »ich habe ihr Pralinés gekauft«, und, so fügt Herr Kaminski noch an, »auf die Lebensmittelkarte meiner Frau«. Ja, er war auch mit der jungen Dame in der Oper, Großes Haus. Ja, er war in Oberwiesenthal, um Wintersport zu treiben, auszuspannen, andere Leute zu sehen, mal rauszukommen. Ja, »es ist richtig, daß ich mich während dieses Urlaubs einmal im Liegestuhl liegend mit der Görke geküßt habe. Außer dieser Vertraulichkeit habe ich nicht versucht, mich der Görke zu nähern. Besonders beeindrucken ließ ich mich durch das gesamte Wesen der Görke, welches auf mich einen lebensfrischen, heiteren und frechen Eindruck machte.« Aber ein intimes Verhältnis mit Anita bestreitet Jochen Kaminski vehement. Mit Elvira Benz habe er keines mehr. Aber ein solches pflegt er mit Gisela Romeike. »Wir haben uns am 2.2.1949 beim Tanz im *Luisenhof* in Dresden kennengelernt. Seitdem sind wir öfter da. Auch am 2.4.1949.« Und wie soll das denn auch mit Anita Görke gehen. Sie wohnte in Oberwiesenthal oder bei den Eltern, bei ihm zu Hause passt die eifersüchtige Geschiedene auf. Und junge Mädchen überhaupt, das gibt Komplikationen. Dann lieber eine wie die Romeike.

Die Herren Schmidt und Leisegang können Kaminskis Schilderungen vom »netten Abend« im *Luisenhof* nicht widersprechen. Auch die Geliebte bestätigt alle Angaben von Tanz und Heimfahrt mit der Straßenbahn und einem längeren komplikationslosen sexuellen Verhältnis mit dem Mann. Liebe würde sie's nicht nennen, aber mehr als Freundschaft schon. *Sei doch lieb / und vergib, / daß es bis heut nur bei einem Küßchen blieb. / Komm bleib froh, / laß es so, / wir beide spielen Julia und Romeo. / Ich bin dein, / du bist mein, / doch bin ich für die Liebe leider …* Kaminski ist frisch geschieden. Irmgard, seine Ehefrau, ist »reenewech verbohrt«. Einfach hat er's nicht, der Casanova Jochen Kaminski.

Tage später erscheint unaufgefordert und tief zerknirscht Frau Irmgard Kaminski bei der Polizei und möchte ihre »am 16.4.1949 gemachten Vernehmung berichtigen«. Sie sagt, »daß ich mich nunmehr genau darauf besinnen kann, daß mein gesch. Mann am 2.4.1949 gegen 17 Uhr die Wohnung verlassen hat. Gegen Abend des fraglichen Tages bin ich mit dem mir bekannten Slesak, Walter, wh. in Dresden, Williamstr. 11, nach dem *Bergrestaurant* in Gorbitz gegangen. Von hier kehrte ich erst am 3.4.1949 gegen 0.30 Uhr zurück. Beim Betreten der Wohnung war mein gesch. Mann bereits in dieser anwesend.« Ein Anfall von Rache. Böses habe sie ihrem Manne nicht gewollt. Aber Mord! Nicht Jochen! Es tut ihr leid, so leid, sagt die geschiedene Ehefrau.

»Auf Grund der Vernehmung des Kaminski, Jochen, sowie der Zeugen Schmidt, Hans, Leisegang, Herbert, Romeike, Gisela sowie der Ehefrau Kaminski, Irmgard, geht hervor, daß Kaminski den Abend der Tatzeit bis gegen 24 Uhr mit den Genannten zusammen war. Am

3.4.1949 gegen 0.15 hat Kaminski seine Wohnung betreten, welche er nach Aussagen seiner geschiedenen Frau dann bis zum nächsten Morgen nicht verlassen hat. Da Kaminski nunmehr ein einwandfreies Alibi nachweisen konnte, wurde er am 19.4.1949 wieder aus der Untersuchungshaft entlassen. Mit gleichem Datum wurden die in der Wohnung des Kaminski versiegelten Behältnisse freigegeben.« Auch diese heiße Spur ist kalt, der Mörder der Anita Görke nicht gefunden.

Die Gleichaltrige

Lale Andersen: *Sing, Nachtigall, sing / ein Lied aus alten Zeiten. / Sing, Nachtigall, sing / für mein wundes Herz. Sing, Nachtigall, sing / von tausend Seligkeiten. / Sing, Nachtigall, sing / sing vom Liebesschmerz.*

Bei genauer Durchsicht der Briefschaften der Ermordeten erwecken zwei Briefe weiblicher Handschrift das Interesse der Ermittler, denn sie lassen »die Vermutung aufkommen, daß diese Personen mit der Görke in einem homosexuellen Verhältnis standen«. Ein neuer Aspekt im Privatleben der Toten.

»Meine liebe kleine Anita! Ganz schnell will ich dir einige Zeilen schreiben, da ich dich ganz sicher morgen auf dem Postplatz sehe! Also Liebes! Ich bin eigentlich recht, recht dumm. Wenn ich oft mit dir gehe, steigt es in mir heiß auf: ›Sag der Anita, etwas Liebes, schütt dein Herz aus.‹ Doch ich kann es nicht. Bei mir dauert es immer eine Weile, eh ich die Worte dazu gefunden habe und wenn ich beginnen wollte, kam irgendetwas dazwischen. Weißt du, wenn es dunkel wäre, dann könnte ich immer alles aus mir heraussprechen, aber so. – Wenn die Kerzen verlöschen, glüht die Sprache der Liebe auf, alle Geheimnisse werden nachts gestanden! Weißt Anita, ich bin ein Mensch, der, wenn er einen Menschen liebt, ihn wirklich ganz liebt. Natürlich habe ich auch Kameradinnen, die ich gern mag, aber als Freundin habe ich nur dich. Fräulein Clausnitzer tut mir so leid. Schau mal, bis jetzt gingen wir zwei doch immer mit unseren Herzensnöten zu ihr, und sie gab uns Trost und erleichterte gleichzeitig ein kleinwenig ihr Herz und nun? Nun haben wir zwei uns gefunden und sie steht im Grunde jetzt immer so nahe da. Könnten wir ihr nicht einmal in einer ›stillen Stunde‹ sagen, daß wir sie beide sehr gern haben und ob wir manchmal noch zu ihr gehen könnten und ein bissel erzählen, natürlich nicht oberflächlich. Ich habe manchmal das Gefühl, als ob sie uns brauchte. Anita, ich habe ein sehr schweres Zuhause, mein Vati hat Gehirnhautentzündung, also so gut wie etwas geistesgestört. So etwas ist furchtbar. Ich bin nicht mehr gern zu Hause! Leider! Ich freue mich, daß du immerhin ein schönes Zuhause hast, denn das wirkt sich auf jeden Fall in der Seele und körperlichen Leistung aus. Nun Schluß. Ich liege im Bett und habe scheußliche Kopfschmerzen.

Viele liebe Grüße von deiner Viola.

Ich möchte Dich so oft einmal richtig lieb haben, aber ich wage es nie, ob aus Scheu oder einer gewissen Scham, ich weiß es nicht. Vielleicht, weil ich immer solche Sehnsucht nach Liebe hatte, bin ich in diesem Falle zu schüchtern. Noch einen Gruß von Deiner Viola.«

Ermittlungen verlangen Vollständigkeit. »Aufgrund des beiliegenden Briefes, welchem die Bergmann, Viola, wh.

Böhmische Str. 25, der Görke geschrieben hatte, wurde auch diese gehört, wobei festgestellt werden konnte, daß die Görke mit der Bergmann eine Art Liebesverhältnis unterhalten hat, indem die Görke die gleichaltrige Bergmann aufgefordert hat, sie zu besuchen und die Nacht in der elterlichen Wohnung zu verbringen. Hierbei kam es dann wiederholt zu einer Art lesbischen Liebe, indem sich die Görke mit in das Bett zu der Bergmann legte und sich mit dieser küßte und Zärtlichkeiten austauschte. Zur gleichen Zeit soll auch die Görke mit der Seminarschwester Eckold und der Lehrerin Clausnitzer ein sehr intimes Verhältnis unterhalten haben.«

Ein Mord aus Eifersucht lag für die Ermittler immer nah. Männer kannte Anita viele. Bei diesen homosexuellen Beziehungen kann man sich nur auf Gerüchte stützen. Sowohl die Lehrerin wie auch die Seminarschwester bestätigen allenfalls eine »gewisse Schwärmerei« der Görke, und Viola Bergmann hat es schwer mit sich und aller Welt bei ihrem Erwachsenwerden.

Die Verwirrung der Gefühle bei solch jungen Seelen thematisierte Christa Winsloes Schauspiel *Gestern und heute.* Es wurde unter dem Titel *Mädchen in Uniform* mehrmals verfilmt. Erstmals 1931. Darstellerinnen waren u. a. Hertha Thiele, Doris Thalmer und Erika Mann. Die Produktion von 1958 zeigte Lilli Palmer, Romy Schneider und Therese Giehse – ein Kassenhit der Fünfziger. Pubertät und die Gefühlslage junger Menschen in dieser Lebensphase wurde nun nicht mehr in wissenschaftlichen Hinterzimmern diskutiert. Man hatte mehr und mehr verstanden. »Die mit der sexuellen Reifung einhergehenden ersten sexuellen Phantasien und Erfahrungen werden unterschiedlich erlebt und ausgelebt: Bei beiden Geschlechtern ist eine homoerotische Durchgangsphase häufig und beinahe obligat. Da sie kulturell noch immer abgelehnt wird, ist sie oft mit Schuldgefühlen besetzt. Enge Freundschaften unter Gleichgeschlechtlichen ersetzen oft die Beziehungen zum anderen Geschlecht, die noch Angst machen und zwar angestrebt, aber auch gefürchtet werden.«

Vielleicht investierte Viola Bergmann zuviel in ihre Gefühle. Vielleicht handelte Anita Görke ihr gegenüber aus Mitleid und Freundschaft. »Es gibt plötzliche Erschütterungen, eine Art inneren Aufwall, der, wiedererzählt, wahrscheinlich sentimental klingen würde, gewisse Worte, die nur ganz einmalig wahr sind, zwischen vier Augen und auffahrend aus einem unvermuteten Tumult des Gefühls.« Dass Viola aus Eifersucht einen Mord an der Geliebten in Auftrag gab, ist schlichtweg absurd, denn zweifelsfrei hat die Tat ein Mann begangen.

Der Nachbarjunge (2)

Nach drei Wochen ein Erfolg. »Am 22.4.1949 wird Egon Willbrandt von der Bergpolizei Neudorf/Erzgeb. festgenommen und nach dem Polizeigefängnis DD überstellt.« Auch Willbrandt war dem *Lockruf des Goldes* und der *Wismut AG* ins Gebirge gefolgt und schuftete im Schacht für gutes Geld.

Das Gefängnisfoto No. 497/49 zeigt in drei Ansichten einen jungen Mann, der heute einem bekannten Volksmusikstar recht ähnlich sehen würde. Geboren ist Egon

Willbrandt am 5.12.1929. Offiziell ohne festen Wohnsitz, lautet seine letzte Anschrift: Neudorf/Erzgeb., Vierenstr. 14, bei August Roß.

Beruf	Heizungsmonteur
Ausgeübte Tätigkeit	Fördermann im Bergbau
Einkommen	ca. 80,– Mark brutto, wöchentlich
Größe	1,81 m
Haar	mittelblond, wellig
Augenbrauen	hell, gerade
Ohren	anliegend
Zähne	vollständig
Kinn	breit

Egon Willbrandt hat nichts zu verbergen: Er war in der Tatnacht bei Anneliese Schreck in Roßwein. Und befragt zu Anita Görke sagt er: »Die Görke, Anita, ist mir seit 1937, als wir in die Siedlung, Gleinaer Str. 60, einzogen, als Kind der Nachbarsleute bekannt. Mit der Anita Görke besuchte ich gemeinsam die 43. Volksschule, jedoch waren wir nicht in der gleichen Klasse. Zwischen der Anita und mir entwickelte sich in der folgenden Zeit ein freundschaftlich kameradschaftliches Verhältnis. Engere Beziehung außer dem genannten habe ich mit der Anita nicht unterhalten. Seitdem ich berufstätig war, sah ich die Anita nur noch sehr selten, was auch den Grund hatte, weil die Anita größtenteils in ihrem Beruf ihre Arbeitsstellen auswärts hatte.« Aber es stimmt. »Letztmalig sah ich die Anita am 2.4.1949 gegen 8.30 Uhr als ich vom Bahnhof Radebeul mit meinem Fahrrad gefahren kam. Beim Ansichtigwerden der Anita stieg ich vom Rad ab und wechselte mit ihr ein paar freundliche Worte, indem ich mich nach ihrer augenblicklichen Tätigkeit und ihrem Befinden erkundigte.«

Dann stimmen seine Aussagen genau mit denen anderer Zeugen wie der Anneliese Schreck aus Roßwein überein. Beweise genug für Willbrandts Unschuld.

Der Grabschänder

Anita Görkes Eltern leiden. Es leiden die Geschwister. Polizisten sehen sich in der Kritik. Sie legen den Fall nicht zu den Akten. Und Anitas Mutter sieht Verdächtiges.

»Am 28.8.1949 gegen 11.30 Uhr erscheint die Görke, Luci, auf der Polizeidienststelle Kaditz und macht folgende Angaben: Am 28.8.1949 gegen 9 – 9.15 Uhr war ich auf dem Friedhof in Kaditz, um die Grabstätte meiner verstorbenen Tochter Anita zu pflegen. Zur angegeben Zeit konnte ich beobachten, wie ein mir unbekannter junger Mann auf dem Friedhof auf dem Sandweg, welcher in Richtung des Grabes meiner Tochter führt, entlang ging. Als dieser unbekannte Mann noch etwa 13 –15 m von der Grabstätte meiner Tochter entfernt war, sah ich wie dieser Mann aufblickte, beim Erkennen meiner Person plötzlich stutzte und unsicher wurde. Der junge Mann ging dann hastig auf dem Sandweg weiter, wo er an einer ungepflegten Grabstätte stehen blieb, sich bückte und mit dem Ausreißen von Unkraut auf der Grabstätte begann. Da mir das Verhalten dieses Mannes eigenartig vorkam, behielt ich jenen Mann im Auge und ging, um ihn noch besser zu erkennen mit der Gießkanne an ihm vorbei. Als ich nach etwa drei Minuten mit der Gießkanne voll Wasser zurückkehrte, sah ich, daß sich der junge Mann nicht mehr an der vorbezeichneten ungepflegten Grabstätte befand.«

Mutter Görke beschreibt ihn:

Alter	23 – 30
Größe	1,70 – 1,75
Gestalt	kräftig
Gesicht	gesunde Farbe
Kleidung	Skimütze, braunes Jackett, mittelgraue Hose

Fußspuren werden gesichert, Bewohner befragt, die hier ihre Lieben begruben. Die von Luci Görke bezeichnete Grabstätte gehört Familie Berthold. Anna Berthold schickte ihren Mann an jenem Tag zur Grabespflege, sie sei derzeit unpässlich und liege. Ihr Gatte Karlheinz hatte das Geld vergessen, kehrte um. Dabei muss er Frau Görke aufgefallen sein. Mit dem Mord an deren Tochter stehen die Bertholds in keiner Verbindung. Luci Görke wird weiter ihre Augen offen halten.

Der Bergmann (2)

Der aus Oberwiesenthal verschwundenen Eberhard Behrend steht auch Monate danach noch auf den Fahndungslisten. »Laut Mitteilung vom Polizeipräsidium Berlin konnte festgestellt werden, daß sich der Behrend, Eberhard, polizeilich unangemeldet in Berlin aufhält und ständig seinen Wohnsitz wechselt. Auch konnte in Erfahrung gebracht werden, daß Behrend unter dem Namen Eberhard Bach auftritt und in seinem Bekanntenkreis ›Bubi‹ genannt wird. Ferner konnte festgestellt werden, daß Behrend sich laufend verkleidet und hierzu eine Perücke verwendet.« Die Fahndungsmaßnahmen werden erweitert.

Am 19.9.1949 haben sie Erfolg. »Aufgrund der vertraulichen Mitteilung vom Krim.Dez. E4, daß die Schwester des Behrend, Käthe Robel, wh. Bln N58, Sredzkistr. 2, wahrscheinlich mit ihrem Bruder im Briefwechsel steht, wurde beim Amtsvorsteher des zuständigen Postamtes 58 in der Eberswalder Str. veranlaßt, daß bei eingehender Post von Behrend oder aus den Westzonen bzw. Westsektoren sofort obige Dienststelle benachrichtigt wird.«

Es wird ersichtlich, dass Eberhard Behrend sich ins Vergnügungsleben stürzte. Razzien und Lokalkontrollen führt man aus diesem Grund in den zwielichtigen Etablissements der Metropole durch: u. a. im *Café Nord* oder *Schweizer Garten* an der Schönhauser / Ecke Pappelallee. Und Eberhard Behrend wird gefasst, nicht in Berlin, in Düsseldorf. Unter dem Namen seiner Mutter, Bach, betrügt er, begeht Beischlafdiebstahl. Ein Kleinkrimineller. Am 17. November 1949 wird er nach Dresden überstellt.

Name	Behrend, Eberhard Erich Rudi
Geboren	25.9.1929 in Berlin
Wohnhaft	Düsseldorf, Alte Landstr. 230
Beruf	Fleischer
Einkommen	DM 220,– netto
Familienstand	ledig
Vorstrafen:	4 Wochen Jugendarrest 1946 wegen Einbruchdiebstahl

Er war als Arbeiter im sächsischen Erzbergbau tätig und mangels anderer Schlafstatt im Kurheim in Oberwiesenthal einquartiert, wo er die Görke, Anita, kennenlernte. Als dort die Kinderlähmung ausgebrochen sei, zog Behrend ins *Berg-Hotel.* Sie hätten den Geschlechtsverkehr vollzogen, aber nur einmal in seinem Zimmer, und sie haben sich dabei nicht einmal ausgezogen. Und, das kann Behrend durchaus sagen, »die Görke war leidenschaftlich, ausgehungert«.

»Unter anderem war ich auch mal mit der Görke tanzen. Kurz vor Weihnachten 1948 ging ich mit der Görke ein intimes Verhältnis ein, indem mich abends die Görke in meinem Zimmer aufsuchte, und wir dann dort den Geschlechtsverkehr ausübten. Bei dem Geschlechtsverkehr waren wir beide bekleidet gewesen, nur die Anita hatte sich die Schlüpfer ausgezogen. Dem Geschlechtsverkehr waren erst verschiedene Zärtlichkeiten vorausgegangen, welche ca. 1 ½ Stunden andauerten. Bei dem Geschlechtsverkehr konnte ich keinen Widerstand von Seiten der Görke feststellen, es fiel mir im Gegenteil vielmehr auf, daß die Görke leidenschaftlich im Verlangen war. Bei der Einleitung des Geschlechtsverkehrs fiel mir auf, daß die Görke bereits defloriert war. Auch konnte ich feststellen, daß die Görke sehr eng gebaut war, was anfangs für mich einige Schwierigkeiten zeigte. Nach dem Geschlechtsverkehr zeigte sich die Görke weiterhin zärtlich. Nach etwa einer halben Stunde verließ sie dann das Zimmer, um ihre Schlafkammer aufzusuchen. Seit dieser Zeit ist es dann zwischen der Görke und mir zu keinem Geschlechtsverkehr mehr gekommen. Ich habe mit der Görke nur diesen einen Geschlechtsverkehr ausgeübt. Seit meiner Ausquartierung habe ich die Görke nicht mehr gesehen und auch keine Verbindung mit ihr unterhalten. Der Grund hierzu war, weil die Görke auf Grund der Kinderlähmung Ausgangssperre hatte und ich inzwischen ein anderes Mädchen kennengelernt hatte.« Die Görke hat er seit Oberwiesenthal nie wieder gesehen, nicht geschrieben. Behrends Aussagen sind für die Ermittler nicht zu bezweifeln. Für die begangenen Straftaten in Berlin, Düsseldorf und anderswo muss sich Eberhard Behrend verantworten.

Der Mörder Anita Görkes bleibt weiter unbekannt.

Das Bundeskriminalamt

Am 13. Dezember 1953 meldet sich bei der Kriminalpolizei in Dresden das Bundeskriminalamt aus Wiesbaden. »Von verschiedenen Landeskriminalämtern werden seit geraumer Zeit Ermittlungen über eine Serie von Frauenmorden (Sexualverbrechen) geführt. Die entsprechenden kriminalpolizeilichen Meldungen hierüber werden beim Bundeskriminalamt gesammelt und auf Tatzusammenhänge ausgewertet. Im Verlaufe dieser Ermittlungstätigkeit ist auch bekannt geworden, daß im Falle Görke ein Sexualmord vorliegt. Der vermutliche Täter soll sich in der Gegend von Hannover aufhalten. Es erhebt sich daher die Frage, ob ein im Dresdener Raume ansässiger Täter nach Westdeutschland flüchtete oder ob es sich bei dem Täter um eine Person handelt, die diesseits und jenseits der Zonengrenze Straftaten begeht. Zur Prüfung, ob Zusammenhänge zwischen dem bei Ihnen begangenen Sexualverbrechen und den hiesigen Straftaten bestehen, ist es von Interesse, Näheres über die Tatausführung sowie die darüber am Tatort getroffenen Feststellungen im Falle Görke zu erfahren. Ich wäre für eine entsprechende Mitteilung dankbar.«

Die Volkspolizei antwortet: »Als der Tat dringend verdächtig wurde seinerzeit der Sohn des Gartenbesitzers, Anselm Schumacher, und der ungelernte Arbeiter Egon Willbrandt in Haft genommen. Beide konnten jedoch für die Tatzeit ein Alibi nachweisen, so daß sie nicht zur Verantwortung gezogen werden konnten. Feststellungen darüber, ob es sich um einen Sexualmord handele, konnten nicht einwandfrei getroffen werden. Eine dahingehende Vermutung ist als berechtigt anzunehmen. Der Mordfall konnte bisher nicht aufgeklärt werden.«

Der Mordfall Anita Görke wird nie aufgeklärt, der Mörder nie gefunden. Die Akte wird nach 25 Jahren archiviert. Und doch ist der Fall damit nicht beendet.

Der Sohn

Horst Kniebusch kam mit seinen Schwestern auf einem Flüchtlingstreck aus Ostpreußen. In Dresden und Heidenau fanden die drei Kinder Aufnahme. Die großen Mädchen, 6 und 8, nahmen Familien auf. Horst war krank, unterernährt und hilflos. Betreuer konnten notwendige Zeit für den *aus dem Nest gefallenen Spatz* kaum aufbringen. Täglich ein anderes Gesicht, das über seinem Kinderwagen lächelte. Horsts Schicksal dauerte Anita, sie war Kindergärtnerin mit Leib und Seele. Sie wollte Horst ein Zuhause geben. Die ersten behördlichen Gänge hatte sie bereits getan, Formulare ausgefüllt. Der Mörder beendete das Vorhaben.

Das setzen Anitas Eltern fort. Da es ihre Anita nicht mehr konnte, nehmen ihre Eltern den kleinen Horst Kniebusch, als Pflegekind auf. Der Flüchtlingsjunge überwindet alle Krankheiten wird Mann und Ingenieur. Seine fünf älteren Geschwister lieben ihn, er sie. »Eine bessere Familie kann niemand gehabt haben«, sagt Horst Kniebusch heute. Er lebt im Einfamilienhaus in Dresden-Kaditz. Die Kleingartensparte *Immer vorwärts* ist längst eingeebnet. An deren Stelle und auf den ehemaligen Wiesenflächen dahinter präsentiert sich heute der *ELBEPARK* mit mehr als 150 Boutiquen, Shops und Warenhäusern. Die Buslinie 64 fährt noch immer nah am Haus auf der Gleinaer Straße.

Familie Görke mit neuem Sohn: Horst Kniebusch

Bonnie & Clyde vom Sachsenplatz

Eine Liebesgeschichte aus dem Jahre 1955

Vous avez lu l'histoire de Jesse James?
Comment il vecut, comment il est mort?
Ca vous a plus hein? Vous en demandez encore
Eh bien, écoutez l'histoire de Bonnie and Clyde

Serge Gainsbourg: Bonnie & Clyde, 1968

Betreff: »Flüchtling Nr. 1121«. FBI-Agent Gus Jones meldet lakonisch in seinem Telegramm an die Zentrale: »Clyde Barrow und Gefährtin Bonnie Parker erschossen«. Jener 23. Mai 1934 war der letzte Akt für das Räuberpärchen, das man bald nur noch unter seinen Vornamen kennen sollte. Zugleich verankerte er einen Mythos, der sie bereits zu Lebzeiten verklärt hatte. Bonnie und Clyde inspirierten Dutzende Nachahmer und Bücher, ein Broadway-Musical und einen Hollywood-Film. Doch mit der unromantischen Realität ihres kurzen Daseins hat dieser Fankult nur wenig gemein. Gebannt verfolgten ihre Landsleute die blutige Odyssee schon damals mit, von Texas über Oklahoma, Arkansas, Missouri, Iowa und Minnesota bis zurück nach Louisiana. Die Zeitungen schmückten ihre Taten mit schrillen, fiktiven Details aus. Körnige Schwarz-Weiß-Fotos verwandelten die kaum den Teenagerjahren entronnenen Gelegenheitskiller zu Idolen. Kurzum: Sie waren so etwas wie die ersten Reality-Stars: Bonnie Parker und Clyde Barrow. In Wahrheit steckten dahinter zwei verlorene, verängstigte und zuletzt verzweifelte Seelen. Kriminalität war der einzige Weg nach oben, den sie je gelernt hatten – von Anfang an: Sie trafen sich 1930, Parker war 19, Barrow 21. Es war Liebe auf den ersten Blick. Doch anders als in den sie umrankenden Legenden waren es meist nur kleine Coups, die lediglich einstellige Summen einbrachten – ein buchstäblicher Hungerlohn. Was blieb ihnen auch anderes übrig? Es war die Zeit der großen Weltwirtschaftskrise, Millionen darbten, vor allem im sandstaubigen Inneren Amerikas.

Marc Pitzke/Spiegel online, 22.5.2014

Die Verhandlung gegen den Raubmörder und seine Komplizin Honnert öffnete einen erschreckenden Abgrund menschlicher Schlechtigkeit. Unwillkürlich erhebt sich dabei die Frage: Wie können zwei so junge Menschen schon derart abgebrüht und skrupellos handeln? Standen ihnen in der jungen DDR nicht alle Wege offen, um vorwärts zu kommen, unbeschwert und glücklich zu sein? Warum hat Jänisch nicht nach seinem fehlgeschlagenen ›Gangsterdebüt‹ in Wattenscheid, als er Mitte 1954 zu seiner Mutter in die DDR zurückkehrte, ein neues Leben angefangen? Diese und viele andere, scheinbar unbegreifliche »Warum« lassen sich nur damit erklären, dass Jänischs Gehirn mit dem Inhalt blutrünstiger Comics und aufregender Gangsterfilme vollgestopft war und auch sein moralisches Empfinden durch den Umgang mit kriminellen Subjekten, mit denen er in Wattenscheid reichlich in Berührung kam, angefault und abgestumpft war. Zweifellos trifft seine Mutter eine schwere Schuld.

Sie durfte ihren Jungen nicht mit 13 Jahren unbeaufsichtigt in Westdeutschland leben lassen. Sein Großonkel finanzierte zwar den Besuch der Oberschule, ansonsten kümmerte sich jedoch kein einziger Mensch um Pit Jänisch, der immer mehr den Halt verlor und den gefährlichen Einflüssen von Geschäftemachern unterlag. »Jene Verfasser der Schundschwarten und jene Regisseure der Gangsterfilme, die unsichtbar hinter dieser Anklagebank stehen, sind die Schuldigen«, erklärte der Staatsanwalt in seinem Plädoyer.

Und dieses Gift, das Jänisch verseuchte, griff auch auf die Angeklagte über, die sich in ihrer hündisch-ergebenen Liebe von ihrem Geliebten mit in den Strudel reißen ließ, statt zu versuchen, aus ihm einen brauchbaren Menschen zu machen. Nur so kann man sich erklären, dass sie, obwohl noch Blut an seinen Kleidern klebte, mit ihm in der *Mitropa* ein Schnitzel verzehrte und aus der Untersuchungshaft an ihre Mutter schrieb: »Im Allgemeinen fühle ich mich wunschlos glücklich« – und nach einem belanglosen Geplauder über ihre Geburtstagstorte: »Wenn ich nach Hause komme, habe ich vielleicht den Professorentitel. Ich studiere nämlich *Knastologie* und *Gitterkunde.* Du siehst, Du hast eine gelehrte Tochter.« Es sei Galgenhumor gewesen, erklärte sie in der Hauptverhandlung mit einem Anflug von Lächeln dazu.

Die Hauptverhandlung ergab einwandfrei, daß Jänisch den Mann ermordete, dessen Sohn ihm die Stellung verschafft hatte, mit dessen Familie Jänischs Mutter befreundet war und die seine Geliebte in der Wohnung aufgenommen hatte. Nicht um ihn zu betäuben, schlug er auf sein Opfer ein, sondern vollendete auch nach dessen Kampfunfähigkeit kaltblütig den Mord, indem er Georgi den Schädel zertrümmerte. Diesen Zeugen zu beseitigen, war seine Absicht.

SNN 27.5.1955

Der Prozess am 22. Mai 1955 war der letzte Akt für das Räuberpärchen, das »inspiriert von Dutzenden Schund- und Schmutzbüchern«, Reportagen, Hollywood- und anderen Filmen, tötete. Doch mit der unromantischen Realität ihres Verbrechens hatte diese Unterhaltungskunst nur wenig gemein. Geschockt von der Brutalität der Tat verfolgten die Landsleute ihre Odyssee mit, von Dresden über Berlin, Frankfurt/Main und Wernigerode bis zurück nach Dresden in den Gerichtsaal. Die Zeitungen schmückten ihre Taten mit schrillen, makabren Details aus. Die Presse verwandelte die kaum den Teenagerjahren entronnenen Täter zu Monstern, die keine menschlichen Werte mehr besaßen. Kurzum: Nonka Honnert und Pit Jänisch wurden zu Antihelden des sozialistischen Aufbaus in der frühen DDR. In Wahrheit steckten dahinter zwei verlorene, verängstigte und zuletzt verzweifelte Seelen. Nonka wurde 20, Pit war 19. Es war Liebe auf den ersten Blick. Mord schien ihnen der einzige Weg, um das zu bekommen, was sie sich sonst nie hätten leisten können. Doch anders als in den markigen Kommentaren war es nur ein kleiner Coup, der kaum 300 Westmark brachte – *Peanuts,* wie man heute sagt. Was blieb ihnen anderes übrig, wenn sie die Zukunft nach ihren falschen Idealen leben wollten? Es war die

Zeit des *Kalten Krieges.* Hochglanzmagazine berichteten vom Leben der Königshäuser, Filmstars, Millionäre. In der DDR hieß der Slogan: »So wie wir heute arbeiten, werden wir morgen leben!« Zeit für starrsinnige Ideologen in beiden Gesellschaftssystemen. Medien berichteten dies- und jenseits der Grenze Abscheuliches vom *Klassenfeind.* Politik ließ Panzer rollen. Menschen waren hin- und hergerissen. Wortwörtlich: Familien standen vor und hinter einem *Eisernen Vorhang* mit wenig Chancen der Vereinigung. *Nonka und Pit* – ein Kriminalfall der Zeit zwischen Gründung zweier deutscher Staaten 1949 und ihrer festbetonierten Trennung 1961. 1955 – eine Halbzeitbilanz.

Zerrissene Kindheit

Wir sind uns vorher nie begegnet,
doch ich hab dich schon lang vermisst.
Auch wenn ich dich zum ersten Mal hier treff,
ich wusste immer wie du aussiehst.
Mit dir will ich die Pferde stehln, die uns im Wege sind.
Ich geh mit dir durch dick und dünn
bis an das Ende dieser Welt

Die toten Hosen: Bonnie & Clyde, 1996

Pit Jänisch erblickte am 2. Weihnachtsfeiertag 1936 das Kerzenlicht der Welt. Geburtsort: Lötzen, heute Giżycko in der Woiwodschaft Ermland-Masuren. Die Familie floh vor den Truppen der *Roten Armee.* Dresden wurde neue Heimat, die alte behielt man im Herzen. Wie Siegfried Lenz: »Im Süden Ostpreußens, zwischen Torfmooren und sandiger Öde, zwischen verborgenen Seen und Kiefernwäldern waren wir Masuren zu Hause – eine Mischung aus pruzzischen und polnischen Elementen, aus brandenburgischen, salzburgischen und russischen. Meine Heimat lag sozusagen im Rücken der Geschichte; sie hat keine berühmten Physiker hervorgebracht, keine Rollschuhmeister oder Präsidenten; was hier vielmehr gefunden wurde, war das unsichtbare Gold der menschlichen Gesellschaft: Holzarbeiter und Bauern, Fischer, Deputatarbeiter, kleine Handwerker und Besenbinder. Gleichgültig und geduldig lebten sie ihre Tage, und wenn sie bei uns miteinander sprachen, so erzählten sie uns von uralten Neuigkeiten, von der Schafschur und vom Torfstechen, vom Vollmond und seinem Einfluss auf neue Kartoffeln, vom Borkenkäfer oder von der Liebe. Und doch besaßen sie etwas durchaus Originales – ein Psychiater nannte es einmal ›unterschwellige Intelligenz‹, die Außenstehenden rätselhaft erscheint, die auf erhabene Weise unbegreiflich ist und sich jeder Beurteilung nach landläufigen Maßstäben versagt. Und sie besaßen eine Seele, zu deren Eigenarten tapsige Zärtlichkeit gehörte, blitzhafte Schläue und schwerfällige Tücke.«

Die Kriegsfolgen ließen die Familie Jänisch zu Umsiedlern werden. Pit verlor Geborgenheit und Wärme, entwurzelt saß er auf dem Flüchtlingstreck gen Westen, hungerte, sah Tote, Trümmer, Tränen, hatte Angst. In Dresden versuchte man den Neuanfang. Die Mutter trug alle Verantwortung, der Vater war Wehrmachtsoffizier, die Fronten verliefen nicht daheim. Es war Krieg. Der Luftangriff auf die barocke Residenz legte ihr neues Heim in Schutt und Asche. Pit wurde verschüttet und gerettet. Der Vater saß nach der *bedingungslosen Kapitulation* als Kriegsverbrecher in sowjetischer Gefangenschaft. Seine Familie zog aus dem Elbtal nach Hennersdorf (Dippoldiswalde). Auch dort war ihr Bleiben nicht.

Pit: »1949 zogen wir dann nach Reinhardtsgrimma Nr. 2 zu (dem Bruder meiner Mutter) Dr. Schuppan. 1950 erkrankte meine Mutter an der Galle, und der Onkel meines Vaters, Hans Jänisch, nahm mich in Westdeutschland, und zwar in Marquardtstein, auf.« Die Mutter sagt: »Vor etwa 5 Jahren brachte ich meinen Sohn Pit nach Westdeutschland zu dem Bruder meines Schwiegervaters, wh. in Hardegen, Kreis Nordheim-Hannover. Es war dies der Wunsch des Herrn Jänisch, Rudolf, meinen Sohn in

Westdeutschland studieren zu lassen. Mein Sohn wurde vorerst in einem Internat in Freising bei München untergebracht.«

Pit: »Der Onkel meines Vaters wollte, daß ich in Freising die Oberschule besuchen sollte. Nachdem ich in Freising war, besuchte ich von 1950 bis 1953 die Volksschule dort. Anschließend die vorgehend genannte Oberschule in Freising. Diese Oberschule besuchte ich bis 1953.« Seiner Mutti nach Dresden schreibt der Junge Briefe aus dem fernen Internat. Die Schrift ist kindlich, Rechtschreibfehler und Gedankensprünge obligat.

»Liebe Mütti! Hab recht vielen Dank für die zwei Briefe. Sei mir bitte nicht böse, daß ich solange nicht geschrieben hab, ich habe nemlich jetzt so viel zu tun. Ich muß das alles nachschreiben, was die anderen in den 6 Wochen geschrieben haben. Den Jungen, mit dem ich im Krankenhaus war, dessen Vater ist schon Lehrer aber nicht in Freising. Aus dem Krankenhaus hab ich zweimal geschrieben. Dös ist bestimmt war. Mutt schick mir doch bitte meine Federmappe wo ich Bleistift und Federhalter rein tun kann. Zu Weihnachten wünsch ich mir nichts, ich habe auch nicht für Euch. Die Eisenbahn ist ungefähr so wie die welcher immer im Kaufhaus war in Dresden. Große Berge durch welche der Zug immer durchfährt usw.«

Dann folgt die »Tagesordnung

6.10 Aufstehen, waschen, anziehen, Bettmachen
6.30 Frühgebet
6.35 Früh Studium – 7.15
7.15 Frühstück – 7.30
8.15 Schule – um 1.00

1.10 Mittagessen – 1.35

1.35–2.30 Freizeit

2.30 Studium – 4.00

4.00 Kaffeetrinken, Freizeit

5.00 Studium – 7.00

7.00 Abendessen – 7.30

7.30 Freizeit – 8.30

8.30 Abendgebet, Schlafengehen

Bist Du denn wieder gesund? Freunde habe ich auch Jimmi, Gerhard, Peter, Herbert u. ich. Schöne Bücher haben wir auch. Mittwoch, Sonnabend und Sonntag haben wir nachmittags frei, da dürfen wir auch fortgehen ohne zu fragen und wohin wir wollen. Gestern waren wir im Kino Monsiour Virsent oder so ähnlich war ganz jut. Kriegst Du noch Fürsorge? Für heute genug. Mit vielen Grüßen Dein Pit.«

Es wird der französische Film *Monsieur Vincent* gewesen sein, den die Kinder sahen und der damals in (west-) deutschen Kinos lief. Wahrscheinlich besuchten ihn die Buben gemeinsam mit den Erziehern ihres Internats. Erzählt wird die Geschichte eines Heiligen. *Vinzenz von Paul* lebte an der Wende zum 17. Jahrhundert und beeindruckte durch seine aufopferungsvolle Tätigkeit. Er nahm die Bibel *Matthäus 11:28* wörtlich: »Kommet her zu mir alle, die ihr mühselig und beladen seid; ich will euch erquicken«. Vinzenz gilt als Begründer der *Caritas* und findet nicht nur in Frankreich Verehrung. Begreiflich: Solch Geschichte schien Lehrpersonal bildend. Die Schüler hätten lieber *High Noon* oder *Godzilla* oder *Die sieben Samurai* gesehen. Auch die liefen im Lichtspieltheater.

Natürlich schrieb Pit an Mutti nicht, was er in seiner Freizeit las, und Pit las viel, sehr viel. Es war die Hochzeit einer neuen Kolportage, wie sie auch heute wieder in Auswahl an den Kiosken liegt. »Ende der 40er, Anfang der 50er Jahre lernten wir lesen. Und so schnell und leicht hätten wir es nicht gelernt, wenn es keinen Anreiz gegeben hätte. Das war nicht das kindische Schullesebuch. Aber es gab Heftchen, die wir sammelten, tauschten, heimlich in der Schule unter der Bank lasen. Wir mußten scharf aufpassen, nicht erwischt zu werden. Die Lehrer veranstalteten Razzien, kontrollierten unsere Schulranzen. Wer nicht schlau genug war, seine Heftchen gut zu tarnen, wußte, womit er zu rechnen hatte: Beschlagnahme, Schimpfkanonade, manchmal Schläge. Well! That's all right! Yeah! Thanks! waren amerikanische Worte, die uns leicht von den Lippen kamen – auch wenn wir darüber stritten, wie diese Worte richtig auszusprechen wären. Beim Schmökern träumten wir uns weit weg. Bis in den *Wilden Westen.* Das war die Wirklichkeit«, meint der Zeitzeuge und bedauert nichts an der Lektüre. Seine Helden hießen *Tom Prox* und *Billy Jenkins* und *John Kling.* Letzterer schaffte es als Hauptheld in eine Fernsehserie. *G-man Jerry Cotton* trat 1954 erstmals in Erscheinung: *Ich suchte den Gangster-Chef.* Später schoss er auf großer Kinoleinwand. Auch im Sozialismus verehrte man solche Action-Helden. Benno Pludras *Sheriff Teddy* kam aus Westberlin zur Volksbildung der DDR und musste seine Vorstellungen und Werte überdenken. Die *Supermänner* aus den *Groschenheften* boten und bieten das, wovon nicht nur kleine Jungen träumen. Heute nennen sie sich anders. Pit Jänisch aber ließ sich von ihnen faszinieren. *Wild West* und wilde Gangsterjagden sind keine Themen für die Mutter und die Briefe. Die bleiben altersgerecht auch an den Freund:

»Lieber Putz! Bist Du mir schon böse weil ich Dir schon solange nicht geschrieben habe. Wie geht Dir's denn alter Gentleman? Was machst Du denn den ganzen Tag. Wie geht es dem Jürgen? Ist bei Euch schönes Wetter? Ich hab jetzt immer sehr viel zu tun. Onkel Hans hat mir ein Paar Handschuhe geschickt. Ich werde Dir bei Gelegenheit mal ne Ansichtskarte vom Heim mit schicken. Kannst Du mir vielleicht ein kleines Briefmarkenalbum und meine Pinzette schicken aber keine Briefmarken. Ich will so nebenbei ein bischen sammeln. Viele Grüße Dein Pit.«

Doch verläuft Pits Schulbesuch nicht immer zur Zufriedenheit. Onkel Rudolf macht sich um seinen Neffen Sorgen. Pits Leistungen lassen zu wünschen übrig. Andere mit sechzehn Jahren verdienen Geld in Produktion und Handwerk. Die Pubertät fordert den Betroffenen und die Lieben seines Umfelds. Der Onkel lässt in Freising nach einer Beurteilung fragen. Der Leiter der Bildungsstätte antwortet am 20. Dezember 1952.

»Ich komme Ihrem Wunsche nach und versuche, Ihnen eine Beurteilung Ihres Großneffen Pit zu geben. Leicht ist das nicht; denn der Junge macht zur Zeit eine ihn selbst stark belastende Entwicklungsperiode durch. Er scheint mit seinen Gedanken oft abwesend zu sein, ist verschlossen und läßt nicht in sich hineinschauen. Man hat den Eindruck, als ob er immer beleidigt sei. Gegen sich selbst ist er weich und nachgiebig. Er liest sehr viel und sucht vor allem durch Lektüre von Filmheften sich ein Bild von der Welt zu verschaffen. Mit einem Wort: Es ist schwer, ihn zu durchschauen und ihn zu formen. Damit ist aber nicht gesagt, daß nicht etwas Ordentliches aus ihm werden kann. Die Leistungen in den Kernfächern sind im vergangenen Trimester folgendermaßen zu beurteilen: Religion 1, Deutsch 3, Latein 5, Mathematik 3, Englisch 3. Zur Erläuterung sei gesagt, daß wir an den höheren Schulen in Bayern 5 Notenstufen haben: 1 = sehr gut, 2 = gut, 3 = befriedigend, 4 = ausreichend, 5 = nicht ausreichend. Wenn Pit sich mehr anstrengte, wenn er sein Interesse und seine Arbeitskraft der Erfüllung seiner Schülerpflichten zuwendete, würde er bestimmt bessere Erfolge erzielen und die Aussichten für den Fortgang seines Studiums wären erfreulicher.

Das Bild, das ich Ihnen, sehr geehrter Herr Rat, von Ihrem Großneffen gegeben habe, sieht nicht rosig aus, aber hoffnungslos ist es auch nicht. Vielleicht wendet sich alles zum Guten, wenn Pit die Entwicklungsjahre hinter sich gebracht hat.« Mit freundlichen Grüßen Dr. Blobel, Freising.

»Nachdem mein Sohn zwei Jahre die Oberschule besucht hatte, äußerte er von sich aus den Wunsch, die Bergschule zu besuchen. Es war im Mai 1953 als er zur Bergbauschule nach Wattenscheid Westfalen ging. Dort mußte er praktisch unter Tage arbeiten und konnte sich hierbei etwas Geld verdienen.« Das Ende der Kindheit, Beginn des Berufslebens. Eigene Entscheidung.

»Da meine Zensuren nicht gut waren, verließ ich die Oberschule. Durch Vermittlung eines Onkels in Dortmund begann ich als Bergbaulehrling in Wattenscheid meine Tätigkeit. Ich arbeitete dort von 1953 bis 1954. Ein halbes Jahr arbeitete ich unter Tage, das andere halbe Jahr über Tage. In dieser Zeit befand ich mich in einer schlechten Umgebung, das heißt, daß die männlichen Bekannten bzw. Freunde, mehr oder weniger kriminell veranlagt waren. Dazu kam, daß ich Schundliteratur, wie z. B. John Kling, Bill Jankies, Tom Brox, las. Auch sah ich mir amerikanische Filme an. In diesen Filmen sowie auch Büchern wurden Personen erschossen oder erschlagen. Für DM 39,– kaufte ich mir eine Gaspistole. Diese Gaspistole war durch eine Firma in der Zeitung angepriesen worden. Mit dieser Pistole habe ich ungefähr fünf bis sechsmal geschossen. Ich habe nur in der Gegend herumgeschossen und nicht auf Menschen gezielt. Wenn ich gefragt werde, warum ich mir diese Pistole überhaupt gekauft habe, so muß ich angeben, daß ich mir damit Geld verdienen wollte. Damit meine ich, daß ich Überfälle ausführen wollte.«

Ich bin der Schrecken vom Mississippi bis zum Rio Grande. Streckt die Fingerchen zur Decke, Boys! Es hat keinen Zweck, Geschichten zu machen. Ich brauche genau eine zwanzigstel Sekunde, um abzudrücken. Ich glaube nicht, dass ihr große Sehnsucht habt, schon jetzt mit euren Ahnen versammelt zu werden. Und jetzt vorwärts, marsch, ihr nichtsnutzigen Bengels!

Tom Prox glaubt nicht an Geister, 1951

»Ich habe diese Pistole in der Außentasche meines Mantels getragen. Ich bestreite aber, Überfälle ausgeführt zu haben. Etwa zu dieser Zeit habe ich in Wattenscheid in einer Leihbücherei auf der Hauptstraße, die Tochter der

Inhaberin, die allein im Geschäft war, von hinten angefallen. Ich habe sie mit beiden Händen um den Hals gefaßt und diesen zugedrückt in der Absicht, sie zu betäuben. Anschließend wollte ich die Ladenkasse ausrauben. Dazu kam ich aber nicht, weil sich das Mädchen wehrte und laut schrie. Daraufhin habe ich die Flucht ergriffen. Nach etwa einer Woche wurde ich durch die Kriminalpolizei festgenommen und der Wache zugeführt. Dort wurde ich dann über den Vorfall befragt, und ich habe entgegen der Wahrheit ausgesagt, daß ich das Mädchen nur küssen wollte. Ich wurde beauftragt, mich bei dem Mädchen zu entschuldigen, was ich dann auch getan habe.« Auch seiner Freundin Nonka Honnert gesteht er später diese Tat. »Vor einiger Zeit erzählte mir Jänisch, daß er in Westdeutschland im Besitz einer Gaspistole gewesen ist. Auch habe er sich Sittenromane aus der Bibliothek geliehen. Einmal habe er einer Frau in Westdeutschland an den Hals gefaßt, worauf er mit zur Polizeiwache genommen worden ist. Er mußte sich damals nur bei der vorgenannten Frau entschuldigen.«

Der Grund für diesen Überfall: Pit hatte Schulden. Manchesterhose, Armbanduhr und Anzug haben ihren Preis. Pit hatte sie auf Teilzahlung gekauft, jetzt fehlten die Finanzen für die monatlichen Raten. So fasste er den Plan des Überfalls. Doch freiwillig hätte das Mädchen die Geldkassette gar nicht hergegeben. Es fragt sich, wieviel Geld bei einer Leihbücherei zu holen gewesen wäre. *Peanuts.* An das Geld in den Banktresoren war kein Herankommen. Banken waren gut gesichert. Auch das lehrten die Schundromane, die Pit las.

Von alldem erfährt die Mutter nichts. »Nach etwa einem Jahr gab er aber von sich aus die Schule auf, weil ihm die Arbeit unter Tage schwer gefallen war. Ich hatte keine Kenntnis vorerst gehabt, daß mein Sohn die Absicht hatte, in der Bergbauschule aufzuhören. Ich erhielt lediglich Kenntnis durch einen Herrn Artur Klaas, wh. in Dortmund, daß mein Sohn in der Bergbauschule plötzlich verschwunden sei und durch die deutsche Grenzpolizei festgehalten worden war, als er im Begriff war, sich nach Koblenz in die Fremdenlegion zu begeben.

Ich hatte einen Bekannten, Herrn Dr. Schulz, wh. Aschaffenburg, darum gebeten, nach Frankfurt/Main zu fahren, um meinen Sohn dort aus dem polizeilichen Gewahrsam zu holen. Mein Sohn hielt sich dann drei Tage bei dem Dr. Schulz in Aschaffenburg auf und ist dann auf meinen Wunsch hin zu mir nach Reinhardtsgrimma gekommen. Dies war im Juni 1954. Ich wohnte mit bei meinem Bruder Dr. Schuppan, Reinhardtsgrimma Nr. 2b.

Von meinem Sohn erfuhr ich, daß sich in Westdeutschland niemand um ihn gekümmert habe und daß er mit Menschen zusammen war, welche ihn schlecht beeinflußt hätten. Er sagte, daß ihn dieses Jahr furchtbar verändert habe. Mein Sohn war die nächsten 8 Wochen bei mir aufhältig und hat im Haus mitgeholfen. Er bewarb sich dann bei verschiedenen Stellen und erhielt am 1.9.1954 eine Beschäftigung im Steinkohlenbergbau Oelsnitz. Dort sollte er 1 Jahr unter Tage arbeiten und dann bei gegebener Eignung weiter ausgebildet werden.

Dort hat er von sich aus etwa 3 Wochen gearbeitet. Ich möchte berichtigen, dort hat er von sich aus aufgehört zu arbeiten. Er begab sich dann nach Wernigerode zur Schwester meines Mannes Frau Honnert, Hertha. Diese versorgte ihm dann eine Lehrstelle im Elektro-Motoren-Werk Wernigerode. Diese klappte aber nicht, und Pit arbeitete dann in einem Zweigbetrieb des Elektro-Motoren-Werkes in Wernigerode. Dort machte mein Sohn erneut die Bekanntschaft seiner Cousine Honnert, Nonka, welche bei ihrer Mutter wohnhaft war.«

Du Clyde, jetzt sag' mal ehrlich,
is' sie auch so toll wie sie aussieht?
Noch viel toller!
Arthur Penn: Bonnie and Clyde. Film, 1967

Kurze Zeit vor Weihnachten 1954 fuhr mein Sohn mit der Honnert, Nonka, nach Berlin (demokratischer Sektor), da beide sich dort Arbeit suchen wollten. Vorher hatte die Honnert bereits in schriftlicher Verbindung mit einer Berliner Firma gestanden, und es war nur noch von der Zuzugsgenehmigung abhängig. Einen Tag vor Heiligabend erschien mein Sohn mit der Honnert bei mir. Auf meinen Wunsch hin fuhr die Honnert am 24.12.1954 zu ihrer Mutter. Im Monat Januar war mein Sohn bei mir aufhältig. Er hatte sich bei der VP beworben, was jedoch abschlägig beschieden wurde. Mein Sohn erzählte mir, daß er in Oelsnitz mit Flüchtlingen aus Westdeutschland zusammen gekommen sei, welche er als Untermenschen bezeichnete. Unter anderem war ein Deutscher dabei, welcher in Westdeutschland einen Neger erschlagen habe. Ein anderer habe wieder schwunghaften Handel mit Kraftfahrzeugen getrieben. Andere haben in Westdeutschland Gaspistolen gekauft und dort Überfälle gemacht. Er sagte, daß er mir gar nicht alles schildern kann, was diese Menschen in Westdeutschland alles angestellt haben.

Durch Vermittlung des Herrn Georgi, Bertram, dessen Ehefrau meine Freundin ist, wurde mein Sohn am 1.2.1955 bei der Firma Schlechte als Lagerist eingestellt. Man hatte die Absicht, ihn dort als Verkäufer auszubilden. In der folgenden Zeit war mein Sohn ca. zweimal zu Besuch. Auch ich war zweimal in Dresden. Mein Sohn wohnte zur Untermiete bei Bolte. Die Honnert wohnte seit Ende Januar 1955 besuchsweise in Dresden bei dem jungen Herrn Georgi, Bertram. Sie hatte die Absicht, die Zuzugsgenehmigung zu erwerben. Beschäftigt war sie in einer Konsum-Maßschneiderei am Waldschlößchen.«

Pit wohnt in Reinhardtsgrimma bei Mutter und dem Bruder. Der Onkel hatte sie aufgenommen. Pit hat eine Freundin, die er liebt: Nonka. Das Familienleben ist im Einklang. Die Lebensumstände sind auch aus der privaten Post ersichtlich: »Liebe Mutti! Ich will dir schnell die Lebensmittelabschnitte schicken. Könntest Du nicht zusehen, daß Du unsere Karten nächsten Sonntag hast. Wir kommen nächsten Sonntag hoch, ist Dir das recht. Können wir uns zum Mittag einladen. Wir streichen dafür das Abendessen, ist es Dir recht, wenn wir für jeden eine Bratwurst mitbringen. Ich habe für Jumbo einen sehr schönen Fahrradsattel bekommen aus braunem Leder. Ein 150 cm Ø Aquarium habe ich mir auch gekauft, mit etwa 30 Fischen. Kann Stefan nächste Woche mal kommen und sich die Fische holen. Aber er muß unbedingt nächste Woche kommen, sonst schenke ich sie dem Bernd. Es sind auch Leuchtfische dabei. Das Aquarium kann er auch bekommen, es ist bloß ein bißchen größer als das, was er hat. Er kann ja Abends mit dem Bus reinkommen, übernachtet bei der Mutter und fährt am anderen Morgen wieder hoch. Leuchtröhre habe ich auch. Viele Grüße Euer P.«

Nur du und ich, nur wir zwei
Haben nicht viel, doch sind unendlich reich
Brauchen uns so wie Bonnie und Clyde
Wie Bonnie und Clyde, für die Ewigkeit

Fard: Bonnie & Clyde, 2015

Nonka Honnerts Lebenslauf zeigt viele Parallelen zu dem ihres Freundes Pit. Sie schreibt: »Als Tochter des Spediteurs Kurt Honnert und seiner Ehefrau, Hertha, geb. Jänisch, wurde ich am 26.4.1935 in Grottkau (Schlesien, heute Grodków, Polen) geboren. 1941 trat ich in die Grundschule in Grottkau ein. Infolge des Kriegsereignisse 1945 mußten wir unsere Heimat verlassen und kamen nach Dresden. Am 13.2.1945 wurden wir ausgebombt und gingen nach Wernigerode. Dort besuchte ich von 1946–1950 die Grundschule. Meine Leistungen waren durchschnittlich. Von 1959–1951 besuchte ich die Berufsschule für Hauswirtschaft. In der Zeit von 1952–1954 erlernte ich das Damenschneiderhandwerk in Wernigerode bei Conny U. Müller. Meine Facharbeiterprüfung legte ich mit ›gut‹ ab. Von September bis Dezember 1954 arbeitete ich im VEB Kleiderwerk Wernigerode. Im Januar 1955 kam ich nach Dresden und arbeitete seit Februar im *PromKombinat* in Dresden. Einer faschistischen Organisation habe ich nicht angehört. Im Jahre 1947 trat ich der FDJ in Wernigerode bei. 1949 organisierte ich mich im DSF und 1950 im DFD. 1954 trat ich im FDGB ein.« Nonka funktioniert nach den gesellschaftlichen Regeln. Nonka sagt, dass sie »im September 1954 in Wernigerode meinen Cousin Jänisch, Pit, nach längerer Zeit wiedersah«. Es brauchte nicht mehr, als sich in die Augen zu sehen.

Das Liebespaar hat sich gefunden. Ihre Arbeitsplätze sind sicher. Pläne machen sie und leben zusammen wie ein längst verheiratetes Paar. »Ich besuchte den Jänisch täglich und bereitete ihm das Essen. Seit dieser Zeit hatten wir auch Geschlechtsverkehr. Mit dem Jänisch bin ich in Dresden abends gar nicht ausgegangen, sondern wir blieben im Quartier bei der Bolte. Jänisch las gewöhnlich Romane, während ich nähte oder kochte.«

Doch nicht immer ist das Zusammenleben Harmonie. »Erwähnen«, möchte Nonka Honnert, »daß mich der Jänisch in einigen Fällen wegen Nichtigkeiten geschlagen hat. Charakterlich neigte er zu Jähzorn und ist schnell aufbrausend und beleidigt. Vor längerer Zeit kam er einmal wütend nach Hause und sagte, daß, wenn es so weiter geht, daß er ihm dann mal den Kopf einschlagen will.« Gemeint hat Pit seinen Chef, Albert Georgi, mit dem er öfter Differenzen hatte. »Ich sagte daraufhin, daß er sich das überlegen sollte, was er sagt, daß ich Angst haben muß, bei ihm zu bleiben.«

Nonka bleibt, und aus den Zukunftsplänen werden Träume. Die großen können sich die Liebenden nicht erfüllen. Dazu ist ihr Lohn zu gering. Daran hindern auch Familie, Kollegen, die Alten, die stets alles besser wissen. Sie müssen hier raus, sagen Nonka und Pit, weg in eine Zukunft, die aus ihren Träumen Realität werden lässt. Berlin war ein Versuch. Seit Weihnachten 1954 trägt sich Nonka Honnert mit dem Gedanken, nach Frankfurt/Main zu gehen und beim Vater um Quartier zu bitten.

Majos Napoléon Cognac ›sacre‹, – Majos Napoléon Cognac Bitter – Vermouth ›Le Grand Corse‹ Napoléon – Cognac Martell seot 1715 – SCOTCH Whisky – Gavins ›Gold Label‹ – CANADIAN Whisky – Carringtons Reserve – SÖHNLEIN der Sekt furs Herz – Original CALVADOS ›La Grande Marque Normand‹ – MM der große deutsche Sekt – BOLS Apricot Brandy – Gauthier-Champagner -Dein Sekt sei DEINHARD – Cognac ›Grande fine Champagne‹ plus de 30 ans … Es war ein Vergnügen, die hübschen Auslagen zu betrachten, selbst wenn man sich aus dem Napoléon-Cognac oder Canadian Whisky nichts machte. Die blanken messingfarbenen Glasfenster mit den blitzenden Flaschen, leuchtenden Stoffen, duftigen Geweben, mit all den geschmackvoll aufgetürmten Reichtümern einer verfeinerten Zivilisation zogen unbeschreiblich an, und für eine heitere Dreiviertelstunde, planlos zwischen Gedächtniskirche, Komödie und Savignyplatz, mit Freude am Schauen, am Betrachten der tausend schönen, nützlichen und teuren Dinge. Bei Horn die Entdeckung eines wunderbar schicken gelben Pullover für 95 Westmark, daneben ein Bettjäckchen, es kostete 49 Mark 80. Viel Geld, gewiß, selbst für die Westberliner, deren Durchschnittseinkommen zweihundertachtzig Mark betrug. Und doch, wie hübsch sah dies alles aus, mit wieviel Geschmack war es dekoriert! Die bunten Werbesprüche belustigten (BRISK hält Ihr Haar in Form! Haben Sie schon für heute abend eine Flasche DUPUIS FILS? BRISK-Männer haben mehr Erfolg! Spüren Sie Ihren Magen? BISERIRTE MAGNESIA! Übernervös? BUERS REINLECITHIN! NIVEA wirkt durch Euzerit! Die Welt wird schöner mit jedem Glas SCHLICHTE! PEER ein Luxus, den man sich jetzt leisten kann! VELVETA, die meistgekaufte Käsemarke der Welt ...) Staunen über den nicht abreißenden Strom eleganter Automobile, ungewöhnlich gekleidete Damen mit freundlichem Spott in den Augen. Es war ein großartiges Schauspiel, hier und da etwas überspannt, aber welch Glanz lag über dem Ganzen! Man konnte sich kaum sattsehen. Mochte dies die trügerische Oberfläche einer sterbenden Gesellschaft oder das besonders dekorierte Schaufenster der westlichen Welt sein, jedenfalls schillerte und bezauberte es – und manches daran erschien einfach begehrenswert und herrlich.

Wolfgang Schreyer: Die Banknote, 1955

»Ich verstand mich mit meiner Mutter nicht gut. Nachdem ich dann in Dresden mit dem Jänisch zusammen war, kam mir erneut der Gedanke, nach Westdeutschland zu gehen, weil Jänisch charakterlich brutal und egoistisch war und wir nicht zusammen passten. Als ich dies Jänisch zu verstehen gab, erklärte er, daß es schon gehen würde, wenn wir beide unsere dicken Schädel, insbesondere was mich anbelangt, ändern würden. Jänisch hatte zwar die Absicht, mich später zu heiraten, ich gab ihm aber keine bestimmte Zusicherung.«

Doch werden auch Pits Pläne, Dresden zu verlassen, sehr konkret. Und ohne Geld hat ein Neuanfang im Westen keinen Sinn. »Es kann ca. vier Tage vor dem 31.3.1955 gewesen sein, als mir der Pit Jänisch in der Wohnung bei der Bolte mitteilte, daß er die Absicht habe, wieder nach Westdeutschland zu gehen. Er teilte mir ferner mit, daß an diesem Tage das Geld vom Vortage noch da sei. Er äußerte sich mir gegenüber, daß er dieses Geld haben müsste, um überhaupt nach dem Westen fahren zu können. Er sagte mir, daß er den Georgi betäuben will und dann mit dem Geld abhauen wolle. Wie er die Tat ausführen will, hat er mir nicht erzählt. Ich habe versucht, ihm dieses Vorhaben auszureden, was mir jedoch nicht gelang. Ich habe die Volkspolizei nicht davon in Kenntnis gesetzt, auch habe ich anderen Personen von dem Vorhaben des Jänisch keine Mitteilung gemacht.« Vielleicht gab es halbherzige Versuche, Pits Mutter zu benachrichtigen. Aber immer habe Nonka gehofft, Pit bringe es nicht fertig. Aber gegen seine Tat und die gemeinsame Flucht habe sie nichts machen können, sagt Nonka, »ich liebte ihn«.

Alltag ist kein Heftroman

»Wie kann man bloß so dämlich sein!
Deinetwegen hab' ich einen umgelegt
und jetzt werden wir alle wegen Mordes gesucht
und du auch!«

Arthur Penn: Bonnie and Clyde. Film, 1967

Der halbwüchsige Pit Jänisch war seinem bisherigen Leben entrissen worden und kam im Sommer 1954 zurück zu Mutti und nach Dresden. Den Osten kannte er nicht mehr. Ideologie und Ideale waren ihm fremd. Die Vorstellungen, die er von seinem weiteren Leben hatte, erfüllten sich nicht, so unkonkret diese auch gewesen waren. Pit Jänisch war frustriert und in der Pubertät. »Unabhängig vom Individuum sind die drastischen Veränderungen, die gleich auf mehreren Ebenen gleichzeitig vor sich gehen und die Jugendlichen – und Eltern – gehörig durcheinander rütteln. Die Pubertät ist mehr als ein Übergang von einer Lebensphase in die andere. Sie ist ein hochkomplexes Phänomen, ein Prozess der biopsychosozialen Veränderungen. Das heißt, es kommt zu körperlichen, psychischen und sozialen Umwälzungen, der Pubertierende muss zu einem neuen Erwachsenen-Ich finden und sich in der Familie und im Freundeskreis neu positionieren.« Freunde waren für Pit Jänisch nicht vor Ort. Bekannte, die mit ihm ein gemeinsames Leben teilen könnten, wohnten jenseits der Grenze, im anderen deutschen Staat. In Reinhardtsgrimma wohnt die Mutter. Sie nahm ihn in Liebe auf, sicher, aber Reinhardtsgrimma bot kaum Möglichkeiten für Freunde, Freizeit und einen sicheren Job. Helene

Jänisch unterstützt den Sohn, wie es Mütter tun. Aber »auf psychischer und sozialer Ebene geht es bei Pubertierenden heikel zu. Hier sind es zwei Themen, die sie zentral beschäftigen. Das ist einerseits die Suche nach Konflikten, die der Abgrenzung zu den Eltern und dem Finden und Stabilisieren einer neuen sozialen Rolle im Familien- und Freundeskreis dient, und andererseits ist das das Erlernen des Umgangs mit der eigenen Sexualität.«

Nach Pits vergeblicher Jobsuche nutzt Helene Jänisch ihre privaten Kontakte. Bertram Georgi vermittelt, und Pit findet ein Zimmer bei Frau Bolte in Dresden-Zschertnitz. Bertram Georgis Vater, der Schwiegervater von Mutters Freundin Annegret, stellt Pit als Lagerist und Verkäufer in einem Unternehmen für Autoersatzteile und -zubehör ein. Auch anderes wendet sich: Freundin Nonka verlässt ihr Elternhaus, kündigt ihre Stelle in Wernigerode und reist dem Geliebten in seine Heimat nach. Nonka kommt unter bei Bertram und Annegret Georgi und besucht den Freund in seiner Bude bei Frau Bolte, so oft es ihr möglich ist. Ein zukünftiges Eheleben wird erprobt.

God's arms are always open
He'll not turn you away
He is there to lead the way for you
through each night and day.

Don Black: Bonnie & Clyde. The Musical, 2009

Die Firma Schlechte hat ihren Verkaufssalon im östlichen Stadtzentrum, Sachsenplatz No. 4, im heutigen Gebäude der Kunsthochschule. Das Gebäude war während der Bombenangriffe zwar getroffen, jedoch nicht zerstört worden. Der Laden ist verwinkelt, vollgestellt der Verkaufsraum, das Lager, die Werkstatt. Albert Georgi war ein exakter Chef der alten Schule, der dem Jungen jedoch die Perspektive gab, ihn eines Tages in seiner Stellung abzulösen. Beruflich eine Chance. Noch zwei Verkäuferinnen waren in der Dependance am Sachsenplatz angestellt: Liselotte Beier und Katharina Probst.

Hinter diesen Mauern geschah der Mord.

Fenster des Verkaufssalons der Firma Schlechte

Die Probst sagt: »Beim Beginn seiner Tätigkeit konnte keine Klage über ihn geführt werden. Nach ca. 2 Wochen merkte man bei dem Jänisch, daß er kein Interesse an seiner Arbeit hat. Als Grund dafür nahm ich das Zusammensein zwischen Jänisch und seiner Cousine Honnert an. Trotz dem Verhalten, daß der Jänisch dem Georgi gegenüber an den Tag legte, indem er ihm keine Antworten gab und seine Arbeit nur zur Unzufriedenheit verrichtete, kam es zu keiner ernsten Auseinandersetzung, da Georgi dem Jänisch in jeder Weise anständig gegenüber trat. Georgi brachte zum Ausdruck, daß er den Jänisch wieder entlassen will, wenn sich seine bisher mangelhafte Arbeit nicht bessert. Dieses brachte er nur mir gegenüber zum Ausdruck und wollte vorerst mit seiner Mutter sprechen.«

Bemerken möchte die Probst, Katharina, noch, »daß der Jänisch den Georgi hinter dem Rücken schlecht machte, indem er ihn als Rindvieh, dummer Hund u. a. beschimpfte. Einen Grund dafür konnte der Jänisch nicht angeben. Vor ca. 14 Tagen äußerte der Jänisch zu mir, daß er dem Georgi einmal ›an den Hals‹ will. Ob dem eine Streitigkeit vorangegangen ist, kann ich nicht angeben.«

The problem is, you dudes treat the one that you lovin
with the same respect that you treat the one that you humpin
Now they 'bout nothin - if ever you mad about somethin
It won't be that; oh no it won't be that

Beyoncé/Jay-Z: Bonnie & Clyde, 2012

Dass Nonka und Pit in den Westen wollten, davon wusste Mutter Jänisch nichts, aber sie bestätigt die Bitte von Pits Chef, Albert Georgi, um ein Gespräch mit ihr. Helene

Jänisch weiß um das Problem: Mehrmals hat Pit ihr geklagt, »daß der Alte oft an ihm was auszusetzen habe, ihm mache die Arbeit unter Georgi keinen Spaß«. Die Mutter wird reagiert haben, wie Mütter reagieren mit den bekannten Argumenten. Am 31. März begibt sich also Helene Jänisch »zu Herrn Georgi ins Büro. Herr Georgi sagte, daß es gut sei, daß wir uns einmal sprechen und daß er mich auf Verschiedenes aufmerksam machen möchte. Unter anderem erfuhr ich, daß mein Sohn eine schlechte Schrift habe und daß er sich nicht gern etwas sagen läßt. Er würde dann jedesmal ›muckschen‹. Desweiteren muß sich mein Sohn weiterbilden und Fachliteratur lesen. Herr Georgi ließ ferner durchblicken, daß die Möglichkeit besteht, daß sich mein Sohn emporarbeiten kann. Ich führte dann noch mit Herrn Georgi ein allgemeines, privates Gespräch.« Themen hatten beide. Helene Jänisch ist ja eng befreundet mit Georgis Schwiegertochter Annegret. Pits Verlobte Nonka wohnt bei Annegret und Georgis Sohn, quasi in der Familie. So hat die Mutter ein gutes Gefühl, als sie das Geschäft verlässt, das sagt sie auch Pit. Und auch später ist ihr kein Wort erinnerlich, dass Pit wieder zu Onkel Rudolf in den Westen will. »Er hatte doch hier alles«! Und die Mutter hatte überhaupt nicht den Eindruck, dass Albert Georgi sie angelogen haben könnte, als er zu ihr von Pit und seiner Arbeit sprach. »Es war alles in Ordnung«. Kaum vier Stunden später geschieht der Mord.

Nur die Geschichte eines Jungen aus der Vorstadt
Stark wie ein Löwe, doch bei dir wurd ich sofort schwach
Komm nicht her, du gehst unter hier in meinem Sumpf
Das Leben zeichnet dich, doch wir sind keine Kunst

Fard: Bonnie & Clyde, 2015

»Am 1.4.1955 gegen 9.30 Uhr wurde der MUK durch das VPKA Dresden telefonisch mitgeteilt, daß am gleichen Tage gegen 8.30 Uhr in Dresden-A., Sachsenplatz 4, in den Geschäftsräumen der Firma Schlechte der Georgi, Albert, geb. 12.6.1894, wh. gewesen Dresden-A. 46, Hosterwitzer Straße 42, tot aufgefunden worden ist und den Umständen nach ein Verbrechen angenommen werden muß.« Die Ermittlungen beginnen. Dresdner werden oft und lange Zeit von diesem grausamen Verbrechen erzählen: *Bonnie und Clyde vom Sachsenplatz.*

»Aufgrund der vorliegenden Meldung rückte die MUK aus und traf gegen 10 Uhr am Tatort ein. Derselbe befindet sich in den Geschäftsräumen bzw. Lagerräumen der Fa. Schlechte, wie in der Meldung angegeben wurde. Der Tatort befand sich beim Eintreffen der MUK im gesicherten und unveränderten Zustand.

Nach Angaben des Bertram Georgi war dessen Vater, Georgi, Albert, in der Fa. Schlechte, Autozubehörhandlung, als Geschäftsleiter tätig gewesen. Da Georgi, Albert, am 31.3.1955 nicht nach Hause gekommen war, habe sich Georgi, Bertram, am 1.4.1955 gegen 8 Uhr nach dem obengenannten Geschäft begeben. Die Rolläden der Geschäftsräume waren heruntergelassen und von innen verschlossen. Desgleichen war die Tür verschlossen, welche von der Straße aus in die Lagerräume der Fa. Schlechte führte. Vor den verschlossenen Geschäftsräumen standen die beiden Verkäuferinnen Liselotte Beier und Katharina Probst.

Außer dem Georgi, Albert, war keiner der Angestellten im Besitz weiterer Schlüssel. Gegen 8.30 Uhr wurde die Tür zu den Lagerräumen, welche außerdem noch mit einem Vorhängeschloß gesichert war, durch den Georgi, Bertram und den Angestellten gewaltsam geöffnet. Beim Betreten des 4. Lagerraumes wurde dort die Leiche des Georgi, Albert, gefunden. Veränderungen seien keine vorgenommen worden.« Es folgt die »Beschreibung der Leiche«.

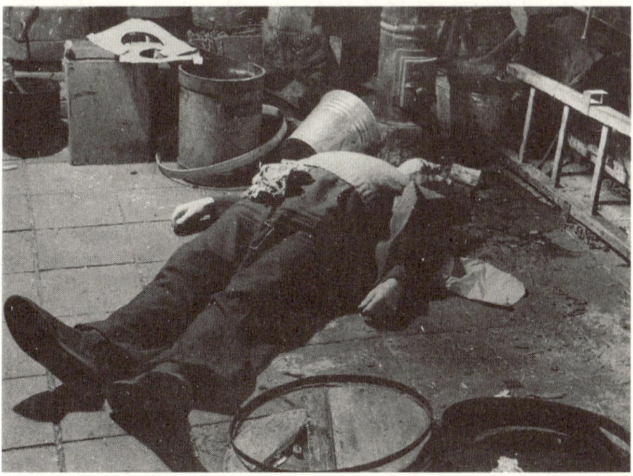

Lagerraum mit totem Leiter

»Etwa in der Mitte des Lagerraumes liegt mit dem Rücken auf dem Fußboden die Leiche des Georgi, Albert. Die Leichenstarre ist in allen Gelenken voll ausgeprägt.

Die Leiche liegt etwas schräg und zwar mit dem Kopf in Richtung des Kanonenofens und der linken Feilbank mit den Füßen in die Richtung der linken Zimmerecke. Der Kopf der Leiche liegt etwa 65 cm vom Kanonenofen entfernt. Der Hinterkopf liegt auf dem Fußboden auf. Der Schädel ist oberhalb beider Augenbrauen beginnend, bis zur Schädelmitte, infolge stumpfer Gewalteinwirkungen eröffnet. Aus dieser Öffnung ist Gehirnmasse herausgequollen. Während das linke Auge bis auf 1 cm Breite geöffnet ist, ist das rechte infolge Gewalteinwirkung unkenntlich.

Eine weitere Eröffnung des Schädels befindet sich oberhalb der Nasenwurzel, bis zum linken und rechten Auge reichend. Die Nase ist mit Blut verschmiert. In beiden Nasenlöchern befindet sich noch teilweise flüssiges Blut. Der Mund ist bis auf 2 ½ cm geöffnet. Im Mund und teilweise aus diesem hervorragend, ist eine zerbrochene Zahnprothese sichtbar.

Die li. Wange, 2 cm vom linken Mundwinkel entfernt, ist infolge stumpfer Gewalteinwirkung durchtrennt. In der Tiefe ist der Rachenraum sichtbar. Von diesen Wunden aus verlaufen fast parallel zueinander drei Blutlaufbahnen, welche in der Ohrmuschel enden. Die Ohrmuschel ist mit Blut verkrustet. Die rechte Ohrmuschel ist frei von Fremdkörpern. Auf dieser Ohrmuschel befinden sich eingetrocknete Blutspritzer. Vom Kinn bis zur linken Halsseite, in Höhe des Kragenansatzes reichend, befindet sich eingetrocknetes, teilweise verwischtes Blut. Unterhalb der linken Kragenecke befindet sich in Walnußgröße ein Gehirnteilchen.

Der Kopf liegt in einer 60x65 cm großen Lache geronnenen Blutes. Diese Blutlache läuft in Richtung des Ofens aus. In dieser Blutlache liegen vereinzelt Gehirnteilchen sowie ein Stück des Schädelknochens von 5x2 cm Größe. Neben dieser Blutlache liegen auf dem Fußboden 2 Rollen Zellwatte und 1 Bogen weißes Seidenpapier von 27x35 cm Größe.

Der linke Arm liegt ausgestreckt. Der Abstand von Handgelenk zur Hüfte beträgt 20 cm. Die Finger der Hand sind zur Faust geballt. Auf dem Grundgelenk des Daumens ist ein Blutspritzer von 2 mm Durchmesser. An der Hand befinden sich keine Abwehrverletzungen. Der rechte Arm ist gleichfalls ausgestreckt und der Abstand vom Handgelenk zur rechten Hüfte beträgt 20 cm. Die Finger dieser Hand sind ebenfalls zur Faust gekrümmt. An der Innenseite des Daumens sowie des Mittelfingers und kleinen Fingers haftet eingetrocknetes Blut an. Abwehrverletzungen sind nicht feststellbar. Zwischen dieser Hand und dem Körper liegt auf dem Fußboden 1 Zehnpfennigstück sowie eine geöffnete Nagelschere. Beide Beine liegen lang ausgestreckt. Der Abstand von Ferse zu Ferse beträgt 12 cm. Beide Fußspitzen sind nach außen gewinkelt.

Auf dem Unterkörper der Leiche liegt ein zusammengeknülltes, graugemustertes Taschentuch, von 35x35 cm Größe, ohne Monogramm, sowie ein 2. zusammengeknülltes grau/rot gemustertes 30x30 cm großes Taschentuch ohne Monogramm.«

Nachdem die Tatortfotos gemacht sind, untersucht man Georgis Kleidung: Anzug, Weste, Hemd. In der Brieftasche findet man einen Schuldschein über 320,00 DM, Bargeld 20,00 DM in Scheinen und 0,50 DM Hartgeld, verschiedene Wiegekarten, 15 Münzen, 6 Lottoscheine.

Schnell erkennbar ist »das Tatwerkzeug, ein 5 Pfd. schwerer Niethammer von 48 cm Stiellänge, dessen durchschnittliche Stärke 3,5 cm beträgt. Der Hammer sowie 15 cm des unteren Stielendes sind mit Blut und Gehirnteilchen behaftet.

Im Bericht der Kriminaltechnik heißt es: »Der Schädel des Geschädigten ist in seiner oberen Hälfte vollkommen zertrümmert, die Hirnmasse ist zum Teil aus dem Kopf herausgetreten und liegt in der dahinter befindlichen Blutlache. Unterhalb des Kopfes der Leiche breitet sich eine 60 x 40 cm große Blutlache aus und reicht bis zu den dahinterliegenden Feilbänken und dem neben der Leiche stehenden Ofen. Neben dem ausgestreckten rechten Arm der Leiche liegt ein umgeworfener verzinkter Wassereimer. An der der Leiche zugewandten Seite haften mehrere größere und kleinere Blutstropfen. Die Form und Art der Blutstropfen ist zum größten Teil unregelmäßig, der Auffallwinkel frontal. Die Blutstropfen am unteren Teil des Eimers sind schräg aufgefallen und verlaufen nach dem Boden des Eimers.

Rechts neben dem umgeworfenen Eimer steht ein 22 cm Ø und 85 cm hoher Kanonenofen, an dessen Sockel vorwiegend, an dem der Leiche zugewandtem Teil gleichfalls unregelmäßig aufgetroffene Blutbezirke anhaften. Gleichfalls werden hier kleinere Gehirnteilchen im Bereich des Blutes festgestellt. Die Blutstropfen an der Tür des Ofens lassen in ihrer Form und Beschaffenheit keinen bestimmten Auftreffwinkel beschreiben. An der rechten Längswand von der Tür aus gesehen werden unter der letzten Feilbank gleichfalls Blutstropfen an verschiedenen Werkzeugen und abgestellten Kisten erkannt. Die Art und Form ist unregelmäßig, der Auftreffwinkel frontal. Auf der vorderen Feilbank wurde durch den oder die Täter eine Geldkassette in der Größe von 15 x 10 x 20 cm abgestellt, welche gewaltsam erbrochen wurde. Bei der kriminaltechnischen Behandlung der Geldkassette wurden am unteren Teil derselben Teilabdrücke mittels Argentorat (Spurensicherungspulver für Fingerabdrücke aus feinen Aluminiumpartikeln) festgestellt, die jedoch aufgrund ihrer Beschaffenheit keine Möglichkeit einer Auswertung zulassen. Der Teilabdruck selbst ist in der Hauptsache verwischt und zeigt nur am äußeren Rand Anfänge von Papillarlinien. Der neben der Geldkassette liegende Kleingeldeinsatz wurde gleichfalls behandelt, wobei gleichfalls keine auswertbare Fingerspur gesichert werden kann. An der vorderen Seite der Geldkassette, unmittelbar unter dem Schlüsselloch, ist das Vorderteil durch Hammerschläge stark eingebeult, die hier vorhandene Emaille ist in diesem Bereich abgesprungen. Der durch 3 Nieten befestigte Schloßboden ist von der Außenseite abgesprengt. Bei der Behandlung wird festgestellt, daß die Nietknöpfe an der Außenseite der Kassette durch Abschleifen entfernt wurden und dadurch durch die Hammerschläge die Möglichkeit geschaffen wurde, den Schloßboden von der Außenseite der Kassette zu sprengen.

Neben der erbrochenen Kassette liegt ein etwa 2 Pfund

schwerer Hammer. Der Hammer diente den vorgefundenen Umständen nach vermutlich als Werkzeug zum Erbrechen der Kassette. Spuren, die zur Ermittlung des Täters führen können, werden am Hammer nicht vorgefunden.

Von der Tür aus gesehen, gehen nach dem Tatraum zwei Stufen. Unmittelbar rechts neben den Stufen sind mehrere Ketten abgelegt (vermutlich Schneeketten für Kraftfahrzeuge). An den Ketten, die unmittelbar rechts neben der Stufe liegen, ist das Tatwerkzeug abgelegt. Es handelt sich hierbei um einen 48 cm langen und 5 Pfd. schweren Niethammer. Der Hammer selbst, sowie 15 cm des unteren Stielendes sind mit Blut und Gehirnteilchen behaftet. Die durchschnittliche Stärke des Hammerstieles beträgt 3,5 cm, der Hammerstiel selbst ist rau. Bei der kriminaltechnischen Behandlung werden keine Fingerspuren gefunden, die zur Ermittlung des Täters beitragen können.

Im als 2. Lagerraum bezeichneten Raum steht von der Tür aus gesehen an der Stirnwand ein 95x60x60 cm großer Panzerschrank. Im Schlüsselloch steckt der dazugehörige Schlüssel, an dem sich ein Schlüsselring mit noch weiteren Schlüsseln befindet.«

Die Tür des Safes steht etwa 5 cm offen. Und ein zweiter Panzerschrank befindet sich im Raum: Maße: 40x50x105 cm. Dessen Tür ist gleichfalls offen: etwa 4cm. Es werden Geschäftspapiere gefunden, kein Geld oder Wertsachen. Die Motivation des Täters scheint naheliegend: Raubmord.

Lagerraum mit geöffneter Kassette

Tatwerkzeug und Brille des Opfers

Der erste, dem Tom Prox vor den ersten Häusern von Donkeytown begegnete, ist kein Mann, sondern ein fünf- bis sechzehnjähriger Bengel, der dem Fremden frech in das Gesicht starrt. Der Bengel sitzt auf einem wunderbaren Gaul und hat zwei abgenutzte Colts an den Seiten hängen. Teufel, denkt Tom, ›das muß 'ne besondere Gegend sein. Wenn die Knaben hier schon mit mächtigen Schießeisen herumlaufen, haben die Männer sicher Maschinengewehre unter dem Arm! ›Was willst du in Donkeytown, Stranger?‹, faucht der Bengel. Tom verzieht keine Miene. ›Oh, ich bin hierher gekommen, um ungewaschenen Lümmeln beizubringen, wie sie Erwachsene anzureden haben‹, sagte er dann. In den tückischen Augen des Halbwüchsigen funkelt es böse. Mit schnellem Griff reißt er die Waffe aus den Halftern. ›Dann werden dir die Lümmels mit den ungewaschenen Hälsen beibringen, wie sie mit großmäuligen Fremden umgehen‹, faucht er zwischen den gelben Zähnen hervor. An diesen gelben Zähnen erkennt Tom, daß der Kerl schon älter sein muß obwohl sein Gesicht wie das eines Jungen aussieht. Langsam und traurig nickt Tom mit dem Kopf. ›Ja, ja‹, sagt er und läßt das lose Ende des Zügels mit kurzer Handbewegung nach links herübersausen. Das Ende schwingt um die Revolverhand des Bengels und ein kräftiger Ruck läßt ihn im Sattel wanken. Bevor er den linken Colt abdrücken kann, hat Tom, der sich weit zu ihm herüber beugt mit raschem Griff beide Waffen an sich gebracht. Er schleudert die Kanonen weit nach rechts in das hohe Gras und greift sich dann den Burschen – Patsch-patsch, klatsch, patsch-patsch … knallen einige kräftige Maulschellen. Dann reitet Tom wortlos weiter.

Tom Prox: Die große Abrechnung, 1951

Eine erste Spur ergibt sich schnell. »Beim Eintreffen am Tatort am 1.4.1955 gegen 9.40 Uhr wurde der Sohn des Geschädigten Georgi, Bertram, geb. 23.9.1924 in Dresden, wh. Freystraße 4, angetroffen. Dieser teilte mit, daß er den Verdacht auf einen gewissen Jänisch, Pit (19 Jahre, wh. Reinhardtsgrimma Nr. 2, bei Dr. Schuppan), welcher bei seinem Vater beschäftigt ist, hat. Ihm ist ferner bekannt, daß sich der Jänisch vorübergehend bei einer Familie Bolte (Heinrich-Greiff-Straße 14) aufhalten soll. Aufgrund dessen wurde am 1.4.1955 die Bolte, Elisabeth, geb. 7.6.1895 in ihrer Wohnung aufgesucht und über den Verbleib des Jänisch befragt.«

Hanni Bolte ist den Jänischs Nachbarin gewesen, bevor sie ausgebombt wurden. Sie zog Pit aus den Trümmern, sonst wäre er gestorben. Hanni Bolte kennt die Familie und stellte ihr Zimmer zur Verfügung, als Pit in Dresden Arbeit fand. »Die Bolte gibt an, daß sie Jänisch letztmalig am 31.3.1955 in der Zeit von 15 Uhr bis 15.45 Uhr in ihrer Wohnung gesehen hat. Gegen 15.45 Uhr verließ er die Wohnung in Begleitung der Honnert, Nonka. Die Honnert hielt sich in den letzten drei Tagen tagsüber im Zimmer des Jänisch auf. Die Honnert ist die Cousine des Jänisch.

In den Abendstunden des 30.3.1955 brachten die zwei Vorgenannten drei Koffer aus dem Haus, in der Absicht sie zu einer gewissen Frau Kämmerer, wh. Dresden-N. 23, Trachenberger Str., zu bringen, da sie dort die Wohnung beziehen wollten.

Der Bolte ist noch erinnerlich, daß der Jänisch die Honnert aufgefordert hat, ihn mit den Koffern zur Straßenbahn zu begleiten. Seit diesem Zeitpunkt ist der Jänisch und die Honnert nicht mehr gesehen worden. Der Bolte ist aufgefallen, daß der Jänisch bei seinem letzten Aufenthalt in ihrer Wohnung sehr verstört war. Bei seinem Weggehen trug er einen braunen Anzug, einen dunklen

Fischgrätmantel und keine Kopfbedeckung. Er ist ca. 1,70 m groß und hat starkes gewelltes schwarzes Haar. Seine Figur ist stark und stämmig. Ferner ist auffällig, daß er Pickel im Gesicht hat.

Bei der Überprüfung des Zimmers von Jänisch wurde festgestellt, daß außer einem Bügeleisen und seinem Waschzeug nichts von ihm zurückgelassen wurde.

Über die Eltern der Honnert gab die Bolte an, daß sich ihre Mutter in Wernigerode, Johann-Sebastian-Bach-Str. 23, aufhält, während sich der Vater in Frankfurt/Main befinden soll.

Die Bolte gab ferner an, daß die Honnert am Abend des 30.3.1955 eine gewisse Hanni, wh. Am Taubenberg (letztes Haus), aufsuchen wollte.

Weiterhin gibt die Bolte an, daß der Jänisch laufend über den Georgi geschimpft hat. Die eigentlichen Ursachen der Streitigkeiten sind ihr nicht bekannt. Die Bolte wurde aufgefordert, beim Eintreffen des Jänisch oder der Honnert telef. die BDVP zu verständigen.

Am gleichen Tage wurde ermittelt, daß es sich bei der umseitig genannten Kämmerer um die Kämmerer, Theresia, geb. 28.6.1878, Trachenberger Str. 27, handelt. Diese wurde in ihrer Wohnung aufgesucht und nach dem Verbleib des Jänisch bzw. der Honnert befragt. Sie gibt an, daß der genannte Jänisch im Januar 1955 drei bis vier Tage bei ihr gewohnt hat. Seit diesem Zeitpunkt ist der Jänisch dort nicht wieder in Erscheinung getreten. Die Mutter des Jänisch hat bei ihr in der Nacht vom 30.3.1955 zum 31.3.1955 geschlafen und gegen 10 Uhr das Haus verlassen, in der Absicht, einen Zahnarzt und anschließend ihren Sohn aufzusuchen. Anschließend wollte sie gegen 14 Uhr mit dem Autobus nach Reinhardtsgrimma zurückfahren. Nachdem die Vorgenannte das Haus verlassen hatte, erschien ca. 10 Minuten später die Honnert, um die Mutter des Jänisch zu sprechen. Die Honnert bat die Kämmerer um drei Tage Quartier während der Osterfeiertage, da ihre Wirtsleute über die Osterfeiertage Besuch erwarten. Die Kämmerer gab ferner an, daß ihr nichts davon bekannt ist, daß die Honnert oder der Jänisch zu ihr ziehen will. Koffer oder Bekleidungsstücke sind bei ihr nicht abgegeben worden. Da bei der Kämmerer bereits ein Mitmieter wohnt, besteht keine Möglichkeit, eine weitere Person unterzubringen.

Am 1.4.1955 wird die Georgi, Annegret, geb. Hampel, geb, 24.8.1921, wh. Dresden, Freystraße 4, aufgesucht und nach dem Verbleib der Honnert befragt. Sie gibt an, daß die Honnert am 31.3.1955 die Wohnung gegen 6 Uhr verlassen hat und seit diesem Zeitpunkt dort nicht mehr in Erscheinung trat. Zwischen der Jänisch und der Honnert wurde vereinbart, daß diese am 1.4.1955 sich ein anderes Zimmer sucht, weil die Schlafstelle als Behandlungszimmer der Georgi (als Physiotherapeutin) benötigt wird. Es wurde festgestellt, daß die Honnert in den letzten drei Tagen ihre Sachen aus dem Hause brachte. Bei der Überprüfung des Zimmers wurde ebenfalls festgestellt, daß keine Sachen der Honnert vorhanden waren.« Auch Nonka Honnerts Aufbruch war geplant.

All I need in this life of sin, is me and my girlfriend.
Down to ride 'til the very end, it's me and my boyfriend.
Cruisin down the westside - highway
Doing what we like to do - our, way
All I need in this life of sin, is me and my girlfriend.
Down to ride 'til the very end, it's me and my boyfriend.

Beyoncé/Jay-Z: Bonnie & Clyde, 2012

Auch den Verkäuferinnen der Fa. Schlechte ist Pit Jänisch sofort verdächtig. Sie werden zum Verlaufe des gestrigen Arbeitstages vernommen. Es schien alles so wie immer, sagt Kollegin Katharina Probst. »Am 31.3.1955 hatte ich wieder, wie immer von 8 Uhr bis 14 Uhr Dienst im Geschäft. Gegen 10 Uhr verließ der Jänisch das Geschäft, um angeblich seine Schuhe vom Schuhmacher aus Leuben zu holen. Wer dieser Schuhmacher ist, weiß ich nicht. Gegen 11.30 Uhr kam Jänisch zurück und hatte ein Paar braune Schuhe mit. Gegen 12 Uhr kam die Mutter des Jänisch ins Geschäft, um mit dem Georgi zu sprechen. Georgi hatte sie bereits vor ca. 14 Tagen bestellt. Ich hatte den Eindruck, daß eine Aussprache über den Jänisch stattfinden sollte, über seine schlechte Arbeit. Die Aussprache muß ruhig verlaufen sein, da dem Georgi sowie der Mutter des Jänisch keine Erregung anzumerken war. Als die Unterredung stattfand, war Jänisch im Laden und konnte dem Gespräch nicht zuhören. Ich hörte nur, wie der Jänisch vor sich hin sagte ›Muß die gerade heute kommen!‹, wobei sich sein Gesicht blaß verfärbte. Als die Mutter mit dem Georgi ca. 10 Minuten gesprochen hatte, betrat sie wieder das Geschäft und sagte zu ihrem Sohn, ›Ich wollte nur mal sehen, was du verzapft hast!‹ und sprach dann ca. noch 5 Minuten über familiäre Dinge. Anschließend brachte sie zum Ausdruck, daß sie sich noch mit einer Freundin in Dresden-Leuben treffen will und dann mit dem Autobus wieder nach Reinhardtsgrimma zurückfährt. Von der Mutter wurden Jänisch keine Vorhaltungen gemacht, und die gesamte Unterhaltung verlief harmonisch. Jänisch begab sich dann in den Büroraum zu Georgi und zog dann seinen Mantel an und verließ das Geschäft. Jänisch sagte mir nicht, wo er hingeht. Nach ca. 1 ½ Stunde traf er gegen 13.45 Uhr wieder im Geschäft ein. Ich fragte den Jänisch, ob er mit seiner Mutter noch ein Stück weg gewesen ist, worauf er mir sagte, daß er zu Hause gewesen sei und seine Schuhe gewechselt habe, weil er zur Tante Annegret gehen wollte. Annegret ist die Annegret Georgi. Bei meinem Weggehen 14.30 Uhr fiel mir auf, daß der Jänisch laut ›Auf Wiedersehen!‹ mir zurief, was sonst nicht seine Art war.

Bemerken möchte ich noch, daß am gleichen Tage gegen 9 Uhr der Jänisch von dem Georgi aufmerksam gemacht wurde, über die unsachgemäße Ausfüllung eines Kassenzettels. Ich hörte, wie der Georgi mehrmals den Jänisch fragte, ob er seine Erklärungen verstanden hätte, worauf der Jänisch dem Georgi keine Antwort gab. Nachdem in Georgi wiederholt gefragt hatte, ob er es verstanden hat, gab Jänisch nur ein unverständliches Knurren von sich. Georgi erklärte dem Jänisch dann nochmals in aller Ruhe die Ausfüllung der Kassenzettel.

Mir fiel noch auf, daß der Jänisch bei uns sowie in anderen Geschäften sich 50-Pfennig-Münzen geben ließ, und zeigte mir am 31.3.1955 65 Stück 50-Pfennig-Münzen in seiner Geldtasche. Ob der Jänisch etwas gestohlen hat, weiß ich nicht. Mir fiel nur auf, daß er des Öfteren größere Geldbeträge ausgab, was nicht mit seinem Einkommen in Einklang zu bringen war. Jänisch verdiente bei uns brutto 280,– DM.

Auf Grund der Äußerungen und des Benehmens des Jänisch vermute ich mit ziemlicher Sicherheit, daß der Jänisch als Täter in Frage kommen kann.« Weitere Angaben kann Katharina Probst nicht machen, doch fügt sie hinzu: »Als ich gegen 14.30 Uhr das Geschäft verließ, waren der Georgi, Albert, sowie der Verkäufer Jänisch, Pit, anwesend im Geschäft«.

Man fasst zusammen. »Die Ermittlungen ergaben, daß der Jänisch, Pit, am Tattag gegen 16 Uhr in seinem Quartier, Heinrich-Greiff-Straße 19, wohnhaft bei Bolte, gewesen war und dieses nach kurzer Zeit unter Mitnahme seiner sämtlichen Sachen wieder verlassen hatte. Jänisch ist vor etwa 8 Wochen aus Westdeutschland in die DDR zugezogen und seit dieser Zeit bei der Fa. Schlechte tätig. Nach Aussagen der Probst, Katharina, soll der Jänisch nicht zur Zufriedenheit des Georgi gearbeitet haben, was wiederholt Anlaß zu Meinungsverschiedenheiten gab. Georgi äußerte vor einiger Zeit zu der Probst, daß er dem Georgi an die Gurgel gehen könne.

Seit den Abendstunden des 31.3.1955 wird auch die Freundin des Jänisch, Honnert, Nonka, wh. Dresden-A. 46, Freystr. 4, bei Georgi, vermißt. Aufgrund des dringenden Verdachtes, daß Jänisch die Tat begangen und anschließend mit der Honnert flüchtig geworden ist, wurden gegen 11 Uhr die Fahndungsmaßnahmen für beide eingeleitet. Gerichtsaktion wurde angeordnet. MUK befindet sich mit Staatsanwalt und VP-Arzt am Tatort.«

In den Aussagen aller Zeugen sind keine Widersprüche erkennbar. Der Verdacht gegen das Liebespaar erhärtet sich. Auch die Verkäuferin im Lebensmittelgeschäft gegenüber hat Pit Jänisch am Tattag gesehen. Er trug einen großen Koffer. »Dieser war ausgesprochen schön, und ich vermutete, daß er aus dem Westen ist. Ich fragte ihn, ob er verreisen will, worauf er mir sagte: ›Ja.‹ Ich fragte ihn ferner, ob er wieder nach dem Westen will, worauf er mir antwortete: ›Nu freilich!‹ Ich sagte ihm, daß er doch gar nicht erst in die DDR kommen brauchte, wenn er wieder weg will. Er gab mir zur Antwort: ›In der DDR ist sowieso alles scheiße!‹« Gesprächsweise hat die Lebensmittelverkäuferin von der Frau Probst »erfahren, daß der Jänisch frech und stur ist«.

Die Tatsachen liegen klar, der Tatverdacht ist fest begründet. So kann am 5. Mai 1955 die *Sächsische Zeitung* die Mitteilung der Polizei veröffentlichen: Überschrift: »Raubmord in Dresden«. Darunter: »Am 1. April 1955 gegen 8.30 Uhr wurde in den Lagerräumen der Fa. Schlechte, Autozubehör, Dresden-A. 1, Sachsenplatz 4, der Lagerverwalter Georgi, Albert, ermordet aufgefunden worden. Es wurde ein größerer Bargeldbetrag geraubt, wobei es sich um Geschäftsgelder und Privatgelder handelt. Nach den Feststellungen geschah die Tat in den Abendstunden des 31. März.

Im dringenden Tatverdacht steht der im gleichen Geschäft als Verkäufer tätig gewesene Jänisch, Pit, letzter Aufenthalt: Dresden-A. 20, Heinrich-Greif-Str., bei Bolte.

Jänisch hielt sich 5 Jahre in Westdeutschland auf und kehrte im Juli 1954 in die DDR zurück. Seit der Tat ist Jänisch flüchtig, ebenfalls fehlt seit diesem Termin seine Braut, die Honnert, Nonka, letzter Aufenthalt: Dresden-A. 46, Freystr. 4.

Personenbeschreibung des Jänisch: Größe: 1,80 m; Gestalt: sehr kräftig; Gesicht: voll, unreine Haut, volle Lippen; Haar: dunkel, stark wellig, nach hinten gekämmt. Bekleidung: Mantel: dunkelgrau-meliert mit Rundgürtel; braune Hose, schwarzer hochgeschlossener Pullover; braune Schuhe (Slipper); gelbe Handschuhe; ohne Kopfbedeckung.

Personenbeschreibung der Honnert: Größe: 1,65 m; dunkles, buschiges Haar, breites Gesicht, um die Mundpartie auffallende Pickel. Bekleidung: Heller Mantel, Hänger mit Halbgürtel, auffallend große aufgesetzte Manteltaschen, rotkariertes Kleid, helle Halbschuhe mit Kreppsohle, ohne Kopfbedeckung.

Wer kann über die Genannten Angaben machen und wo wurden sie gesehen? Mitteilung hierüber nimmt die Bezirksbehörde der Deutschen Volkspolizei Abt. K – Dresden, Telefon 52071 und jede andere Volkspolizeidienststelle entgegen.«

Ich hab' Stress, ich hab' Streit, meine Welt ist voll Unheil
Glück verläuft sich nicht und wenn, hast du ›nen Wunsch frei
Ich schließ' die Augen und wünsch' mich aus der Gosse weg
Denn nur ein Traum sorgt dafür, dass meine Hoffnung wächst

Fard: Bonnie & Clyde, 2015

»Ich wartete dann, bis Georgi kam. Nachdem er die Werkstatt betreten hatte, verschloß ich von innen die Tür und habe den Riegel mit dem Hammer zugeschlagen. Da dieser Riegel immer sehr schwer ging, gehörte es zur Gewohnheit, den Riegel mit einem Hammer zuzuschlagen. Hierzu wurde immer ein kleiner Hammer benutzt. Wenn mir vorgehalten wird, warum ich zur Tat nicht den kleinen Hammer benutzt habe, muß ich angeben, daß ich den großen Hammer für meine Tat als geeigneter hielt. Nachdem Georgi an mir vorbeigegangen war, habe ich mit dem Hammer einmal auf den Hinterkopf geschlagen. Georgi ließ daraufhin sofort die Geldkassette fallen und er selbst fiel in Richtung der Werkbank und dem Ofen. Georgi verblieb in sitzender Haltung und stöhnte. Geschrien hat er nicht. Obwohl ich jetzt schon den Zugriff zur Geldkassette hatte, wollte ich mein Werk vollenden und schlug dem Georgi zweimal mit dem Hammer auf den Kopf. Daraufhin fiel der Oberkörper nach hinten, worauf ich ihm einen weiteren Schlag mit dem Hammer auf den Kopf versetzte. Insgesamt habe ich viermal mit dem Hammer zugeschlagen. Georgi gab daraufhin kein Lebenszeichen mehr von sich.« Der Mord war vollbracht.

»Nach Begehung der Tat gegen 18 Uhr habe ich sofort den Betrieb verlassen, und bin mit einer Taxe zum Bahnhof gefahren. Dort traf ich die mir bekannte Nonka Honnert. Wir hatten bereits vorher vereinbart, Dresden zu verlassen, und zwar wollte sie nach Frankfurt/Main zu ihrem Vater, und ich wollte über Berlin nachkommen. Die Honnert wußte nichts von der Ausführung der Tat. Bemerken möchte ich noch, daß ich in Dresden nicht polizeilich gemeldet war, und ich erst nach Dippoldiswalde fahren mußte, um mir einen Interzonenpaß zu besorgen, wenn ich mit der Honnert legal nach Westdeutschland wollte. Diesen Weg habe ich nicht eingeschlagen.«

Sie hatten, sagt Nonka Honnert, »an diesem Tag der Flucht ihre Sachen bei der Gepäckaufbewahrung am Hauptbahnhof eingestellt, weil wir wegwollten. Aber wir haben niemanden etwas von unseren Plänen gesagt.« Nonka zweifelt, ob sie richtig handelt, mit Pit neu zu beginnen. Sicher war sich die junge Frau niemals, ob Pit für sie der richtige Mann ist. Im Zusammenleben gab es Streit. Pit hat sie geohrfeigt und geschlagen. Von ihrem Geld kaufte er den neuen Koffer, den sie packte. Jetzt scheint es, ist nichts mehr aufzuhalten.

Pit »schaffte ihre Sachen auf den Hauptbahnhof, weil feststand, daß ich am 31.3. um 18 Uhr mit dem Zug nach Westdeutschland fahren wollte, Pit Jänisch wollte nach Berlin. Wir hatten uns für 18 Uhr auf dem Hauptbahnhof verabredet. Er war sauer auf den Georgi, weil ihn der Alte schon wieder angeschnauzt hatte. Gegen 18.15 Uhr traf ich an der verabredeten Stelle im Vorbau des Hauptbahnhofes ein. Ich wunderte mich, daß Jänisch nicht da war und konnte mir sein Fernbleiben nicht erklären. Etwa gegen 19.15 Uhr kam der Jänisch. Er trug seine Aktentasche bei sich, was sich in dieser befand, ist mir unbekannt. Jänisch war kurz angehalten, und er erklärte, daß er mit dem Georgi Streit gehabt habe. Seinen Äußerungen zufolge war er vom Sachsenplatz mit einem Taxi nach dem Hauptbahnhof gefahren. Jänisch war auffallend wortkarg. Er trug noch die gleichen Bekleidungsstücke wie

Ort der Geldübergabe vor der Flucht: Kuppelhalle des Hauptbahnhofs

Nonka Honnert fährt über Leipzig in den Westen.

am Nachmittag. Nachdem er seinen Koffer in Empfang genommen hatte, begleitete er mich noch bis zur Sperre, wo wir uns verabschiedeten. Seinen Äußerungen zufolge wollte er sich nach Westberlin in das Flüchtlingslager begeben. Mit welchem Zug er dann von Dresden abgefahren ist, entzieht sich meiner Kenntnis.

Als der Jänisch, Pit, am 31.3.1955 gegen 19.15 Uhr auf dem Hbf erschien, fragte ich ihn, warum er erst so spät kommt. Daraufhin gab er zur Antwort, daß noch ein sowjetischer Kunde erschienen sei. Anschließend habe er mit dem Alten (Georgi) Krach gehabt, wobei sich beide geschlagen haben. Dies soll in den Geschäftsräumen der Firma Schlechte gewesen sein. Ob Gegenstände dabei verwendet wurden, hat er mir nicht gesagt. Auch hat er mir nicht gesagt, wie die Schlägerei ausgegangen ist. Ich habe danach gefragt, aber er hat keine Antwort gegeben. Ich sagte ferner, daß er noch Zeit habe, nochmals hinzugehen und sich bei Georgi zu entschuldigen. Daraufhin machte er abweisende Bewegungen und sagte, was geschehen ist, ist geschehen, und sinngemäß, daß nichts mehr zu ändern sei.« Ihr sei nichts Ungewöhnliches am Geliebten aufgefallen, sagt die Honnert, doch sei Jänisch auf das Bahnhofsklo gegangen, um sich zu reinigen. Pit hatte Blutspitzer am rechten Hosenbein entdeckt. Und Pit widerspricht der Freundin: »Ich habe der Honnert gesagt, daß ich den Georgi niedergeschlagen habe. Die Honnert war daraufhin sehr erschrocken.«

Es war ein Raubüberfall.
Ach, sieh mal an, was hier nicht alles so frei rumläuft heutzutage.
Arthur Penn: Bonnie and Clyde. Film, 1967

Dann gibt Pit Nonka Honnert Geld. »Große Ersparnisse hatte Jänisch nicht, er hatte höchstens 30,– bis 50,– M, als wir uns später trennten.« Da irrt Nonka. Er bringt ihr ihren Koffer zum Zug. Sie fährt ab.

»Gegen 20.30 Uhr fuhr der Zug in Richtung Leipzig, womit die Honnert fuhr, und wenige Minuten später, gegen 20.45 Uhr, der D-Zug nach Berlin, den ich benutzte.« Noch hatte Pit die Schlüssel vom Geschäft am Sachsenplatz, er warf sie ins Zugklo. Sie werden später im Gleisbett des Bahnsteigs 17 gefunden. Bertram Georgi kann bestätigen, dass es die seines Vaters sind.

»In Berlin war ich gegen 0.30 Uhr, und zwar kam ich auf dem Ostbahnhof an. Von dort aus bin ich mit der S-Bahn nach den Westsektoren gefahren und habe dort die 1.500,– DM der DNB in Westgeld umgetauscht. Ich erhielt dafür ca. 300,– DM West.«

Der Wechselkurs verdankt seine Existenz der von den Westmächten im Geheimen vorbereiteten und am 20. Juli 1948 überraschend durchgeführten Währungsreform für die westlichen Besatzungszonen. Die sowjetische Besatzungszone gab, um sich gegen die Überschwemmung mit wertlosen Reichsmarkscheinen zu schützen, vier Tage später die sogenannte Kuponmark heraus. An diesem Tage führten die westalliierten Kommandanten das Westgeld auch in Westberlin ein. Damit entstand ne-

ben der legalen Kuponmark ein zweites Zahlungsmittel. Zur gleichen Zeit aber tauchten plötzlich lang entbehrte Waren aller Art auf, die, bisher verschoben oder gehortet, nur gegen Westgeld verkauft wurden. Die auf diese Weise erzeugte Nachfrage nach Westgeld führte zur hemmungslosen Währungsspekulation. Die Deutsche Notenbank der sowjetischen Besatzungszone tauschte der gesamten Berliner Bevölkerung, also auch Westberlinern, je Kopf siebzig Reichsmark im Verhältnis eins zu eins um. Vier Wochen später wurde die Kuponmark in Deutsche Mark umgetauscht im Verhältnis eins zu eins. Auf diese Weise kamen etwa 170 Millionen Mark Deutsche Mark nach Westberlin. Trotz wiederholter Aufforderung gaben die Westmächte der Deutschen Notenbank dieses Geld nicht zurück, auch dann nicht, als sie in ihrer ›Währungsergänzungsverordnung‹ vom 20. März 1949 festgelegt hatten, dass die Westmark als einziges Zahlungsmittel in Westberlin galt. Im Gegenteil, sie schufen in dieser Verordnung die juristische Grundlage für den Wechselkurs und ordneten die Eröffnung amtlicher Wechselstuben an. Die 170 Millionen DM flossen in die Fonds der Wechselstuben. Mit diesem Fonds wurde der Kurs beeinflußt. Der Fond hörte auf zu existieren, als am 15. Oktober 1957 die Banknoten in der DDR umgetauscht wurden. Ob der Kurs steigt oder fällt, die Wechselstuben verdienen immer daran. Seit dem 1. Januar 1952 beträgt ihr Verdienst 3 Prozent vom Mittelkurs. Ein Drittel davon geht an den Westberliner Senat. Der Durchschnittsverdienst einer Wechselstube beträgt monatlich 6.000 Westmark. Allerdings ist das lediglich der offizielle Betrag, der versteuert wird. Der tatsächliche

Gewinn dürfte weit höher sein, denn größere Beträge werden im Hinterzimmer getauscht und gehen nicht durch die Bücher. Der Wechselkurs hat nichts mit dem realen Kaufkraftverhältnis zwischen beiden deutschen Währungen zu tun. Er dient letzten Endes nur der Spekulation, und zwar nicht nur der wirtschaftlichen, sondern vor allem auch auf politischen Gebiet. In Wirklichkeit stehen die Währungen im Verhältnis von 1,– DM-West : 0,9 der Deutschen Notenbank beziehungsweise von 1,– DM-West: 1,5 der Deutschen Notenbank.

Wolfgang Schreyer: Die Banknote, 1955

»Am gleichen Tage, also am 1.4.1955, habe ich Westberlin verlassen und zwar mit dem Flugzeug nach Frankfurt/Main. Die Abreise erfolgte um 17.45 Uhr, die Ankunft in Frankfurt/Main gegen 19.45 Uhr.« Pit Jänisch weiß, dass Nonkas Vater in der Stadt ein Speditionsunternehmen betreibt, sie wollte ja zu ihm. »Am gleichen Tage traf ich die Nonka Honnert«.

Nonka fuhr zunächst nach Leipzig und übernachtete mit dem von Pit erhaltenem Geld im noblen *Hotel Astoria.* »Nur wenig erinnert heute an den Glanz dieses Ortes, der über mehr als 80 Jahre die Elite aus Politik, Wirtschaft und Kultur beherbergte«. Das imposante Gebäude verfällt kontinuierlich.

Nonka wird die Nacht teuer bezahlt haben und fuhr am nächsten Tage weiter Richtung Westen. Ihr Vater weiß nichts vom geplanten Besuch seiner Tochter. Und so trifft Nonka Honnert ihren Vater Kurt nicht an. Kurt Honnert ist selbstständiger Unternehmer und Inhaber der Firma

Allgemeine Land- und Seetransport Gesellschaft, Beethovenplatz 9.

»Noch während ich überlegte, wo ich hingehen soll, erschien der Jänisch, Pit, ohne Gepäck. Als ich ihn fragte, wo er herkommt, erklärte er, von Berlin mit einem Flugzeug nach Frankfurt/Main geflogen zu sein. Da sagte ich zu ihm, auf Grund des vielen Geldes, daß doch mit dem Georgi etwas nicht stimmen kann. Er gab nur zur Antwort, daß mich das nichts angeht. Ich fragte mehrmals, wo er das Geld dafür herhabe, er sagte, daß mich dies gar nichts angehe und ich nicht danach fragen soll. Er trug einen neuen Staubmantel und anstelle der braunen Hosen, welche er noch in Dresden auf dem Hauptbahnhof anhatte, trug er ein paar hellgraue Hosen. Seine Koffer hatte er wie ich auf dem Bahnhof eingestellt. Als ich ihn dann in Frankfurt/Main traf und erfuhr, daß er mit dem Flugzeug gekommen war, sagte ich zu ihm, auf Grund des vielen Geldes, daß doch mit dem Georgi etwas nicht stimmen kann. Er gab nur zur Antwort, daß mich das nichts angeht. Wir übernachteten dann in einem Zimmer bei Privatleuten.« In der *Pension Kaster* musste sie ihren Ausweis zeigen. Sie war volljährig. Das Zimmer kostete 10,00 DM für beide. Die 300,00 DM aus dem Raub sind sehr schnell für Essen, das Zimmer und den Nahverkehr ausgegeben.

Als Nonka ihren Vater endlich spricht, verweigert er ihr die Aufnahme. Zu wirr ihre Reden, zu abgerissen ihre Kleidung. Er verbietet dem Pärchen kategorisch »weiter so umherzuziehen«. Er verweist die Tochter an die Mutter, für eine Nacht noch würde seine Sekretärin Nonka ein Quartier noch geben. Dann ist Schluss! »So habe ich mein Gepäck zur Sekretärin, der Frau Wobst gefahren«.

Die Zweifel an der Flucht und Pit werden in Nonka immer größer und unheimlicher. Und spürbar hat sich der Geliebte in den letzten Tagen verändert. Er war im Besitz von reichlich Bargeld, welches nach ihrer Meinung nicht aus seinem Verdienst stammen konnte. Schnell war das Geld ausgegeben. Der Vater hatte seine Tür verschlossen. Was wollte sie in dieser großen Stadt am Main? Sie kannte niemand. Sie hatte kein Geld, keine Zukunft, nur Pit. Nonka Honnert entschließt sich und fährt zur Mutter nach Wernigerode. Vielleicht wird wieder alles gut.

»Am Dienstag, den 5.4.1955, gegen Mittag, erschien meine Tochter Nonka ganz unerwartet und unangemeldet in meiner Wohnung. Da ich meine Tochter in Dresden glaubte, war ich umso erstaunter, von ihr zu erfahren, daß sie aus Frankfurt/Main von meinem dort getrennt lebenden Mann kommt. Von meiner Tochter erfuhr ich, daß sie deswegen von Dresden nach Westdeutschland gefahren ist, um von dem Jänisch, Pit, fortzukommen, da es dauernd Streitigkeiten gegeben haben soll. Was in Dresden sonst noch vorgefallen ist, hat mir meine Tochter nicht gesagt.« Wie der Vater sah Hertha Honnert die Liaison der Tochter kritisch, zu unstet waren ihr Jänischs Auftreten, seine Jobwechsel und sein Verhalten ihrer Tochter gegenüber.

Längst hat die Volkspolizei die Wohnung der Mutter in Wernigerode unter Beobachtung. »Am 6.4. gegen 20 Uhr wurde der MUK durch die Fahndung der BDVP mitgeteilt, daß die Honnert, Nonka am gleichen Tage gegen 18 Uhr in der Wohnung ihrer Mutter in Wernigerode,

Johann-Sebastian-Bach-Str. 23, festgenommen und dem VPKA Wernigerode zugeführt wurde«. Nonka gibt ihr Wissen um die Tat und Pit Jänisch ohne Widerrede preis und versichert: »Meine Vernehmung von heute morgen, sowie meine jetzt gemachten Aussagen entsprechen der reinen Wahrheit, und ich bin jederzeit in der Lage, dieselben vor Gericht unter Eid auszusagen«. Sie wird in die Untersuchungshaftanstalt nach Dresden überstellt und redet weiter, wiederholt und präzisiert die gemachten Aussagen.

Diese freiwillige Mitarbeit an der Tataufklärung lässt Hertha Honnert eine *Beschwerde gegen den Haftbefehl* ihrer Tochter führen. Das Mädchen ist kaum zwanzig, wurde verführt, wusste nicht, was ihr Freund getan hatte. Mit dem grausamen Mord an Georgi hat Nonka Honnert nichts zu tun, da ist sich die Mutter sicher. Doch ihre Beschwerde wird zurückgewiesen. Denn »nach den bisherigen Ermittlungen liegt zumindest der dringende Verdacht der Begünstigung vor. Die Beschuldigte Honnert ist dringend verdächtig, dem Pit Jänisch, der dringend verdächtig ist, den Geschäftsführer Alfred Georgi getötet zu haben, nach der Ausübung seiner Handlung ihres Vorteils wegen wissentlich Beistand geleistet zu haben, um ihn der Bestrafung zu entziehen (§ 257 StGB). Aus ihrer Vernehmung ergeben sich verschiedene Momente, insbesondere das Verheimlichen des Aufenthaltes des Jänisch, die darauf schließen lassen, daß die Beschuldigte bisher noch nicht die volle Wahrheit gesagt hat. Weitere solche Momente sind ihr enges Verhältnis zu Jänisch und ihre Vereinbarung mit diesem am Tattage. Der Verdacht erstreckt sich auch darauf, daß die Finanzierung ihrer Reise nach Frankfurt/Main und des geplanten Aufenthaltes in Westdeutschland für die Beschuldigte zumindest zum Teil durch Jänisch erfolgt ist bzw. erfolgen sollte. Der Fluchtverdacht bedarf keiner weiteren Begründung, weil das Verbrechen, das den Gegenstand des Verfahrens bildet mit einer Freiheitsentziehung von mehr als 2 Jahren bedroht ist (§ 141 Abs. 1 und Abs. 3 Ziff. 1 StPO).«

Wenn auch die Täterschaft des Pit Jänisch durch Nonkas Aussage bewiesen scheint, der Täter ist nicht in Gewahrsam. »Auf Anweisung des Chefs der BDVP begab sich die MUK gegen 22 Uhr nach Wernigerode, um von da aus weitere Maßnahmen zur Festnahme des Jänisch, Pit, einzuleiten«. Man stellt am 16. April 1955 ein innerdeutsches Amtshilfeersuchen.

Doch bleibt »die örtliche Fahndung in Frankfurt/Main erfolglos«, schreibt der dortige Staatsanwalt Paul Klein. »Es wäre sachdienlich, wenn mitgeteilt würde, auf Grund welcher Tatsache dort bekannt ist, daß sich Jänisch in Frankfurt/Main aufhalten soll. Im Übrigen habe ich die Ausschreibung des Beschuldigten zur Festnahme durch das Bundeskriminalamt in Wiesbaden veranlaßt. Besteht die Möglichkeit, die Honnert nach Frankfurt/Main zu verbringen, damit sie der hiesigen Kriminalpolizei an Ort und Stelle die notwendigen Hinweise gibt und auf diese Weise dazu beiträgt, die Spur des Pit Jänisch zu verfolgen?« Die Möglichkeit besteht nicht.

Die Situation, in der sie steckt, hat das Mädchen Nonka Honnert noch immer nicht begriffen. Aus der Untersuchungshaft schreibt sie am 17. April an die Mutter und die Schwester jenen verhängnisvollen Brief, den ihr die Staatsanwaltschaft später zum Vorwurf machen wird.

»Meine liebe Mutti und Barbara! Habt recht herzlichen Dank für die Sachen u. die Post. Schade, daß wir uns nur kurz sehen konnten. Aber vielleicht komme ich doch bald nach Haus. Mit dem Besorgen klappt es noch nicht, und einsam ist es nicht mehr. Im Allgemeinen bin ich wunschlos glücklich. Was mögt Ihr machen? Ich weiß nicht, ob es sich lohnt, daß Ihr nach Dresden kommt? Vielleicht wäre es besser, wenn Ihr nicht kommt. Paketschein kann ich Euch leider nicht schicken, es gibt keine mehr. Schreibt mir bißel längere Briefe, wenn möglich nen Roman. Auch was Ihr treibt. Wenn ich nach Hause komme, bekomme ich dann meine Geburtstagstorte nach? Hab solchen Appetit darauf. Vielleicht komme ich mit dem Professorentitel nach Hause. Ich studiere nämlich Knastologie und Gitterkunde. Du hast also eine ganz gelehrte Tochter. Alles Gute, es muß ja alles gut werden, gebt nicht zuviel Geld aus und drückt mir die Daumen. Eure Nonka.«

Und aus Frankfurt/Main berichtigt man die Kriminalisten im Osten, dass die zu kontrollierende Pension nicht Kaspar, Quester, Kester oder Caspar heißt: »In dem Schreiben vom 7.4.1955 ist insofern ein Fehler unterlaufen, indem dort von einer Pension Caspar gesprochen wurde und gesagt wurde, daß diese Pension auf der Bockenheimer Landstraße gelegen sei. Aus Ihrem Schreiben vom 20.4. entnehme ich, daß es sich dabei um die Bockenheimer Landstraße handelt. Dieser Fehler ist auf die Angaben der Honnert zurückzuführen. Die Pension hatte die Honnert in ihrer Vernehmung mit Pension Kaster angegeben. Insoweit liegt bei der Mitteilung vom 7.4. an Sie ein Hörfehler vor.« Pit Jänisch ist weiter auf der Flucht.

I hob seit ca. ana wochn überhaupt nix gscheits mehr gessn,
i hob kann Schülling hob kann Euro hob ka Gnerschtl
I bin flocha ois floch
zum Bankomat geh um a Kohle kaunst in mein Foi
komplett fagessn
jo waun i sterm wü don schau I auf mei Konto weu do trifft
mi da Schlog,
i muas wos mochn weu i was so geht's überhaupt ned weida
i drah d linke raub a Bank aus weu mia is sowieso ollas wuascht
i renn duat eine hui die Kohle und don hau i mi übad
Heisa huck mi in Flieger richtung Süden und daun bleib I fia
imma duat

Seiler und Speer: Bonnie & Clyde, 2014

»Ich habe mich dann in Frankfurt/Main bis zu der Abreise der Honnert am 4.4.1955 aufgehalten und habe dann ebenfalls Frankfurt/Main verlassen, mein Geld verbraucht. Und ich mußte aus der Pension ausziehen. Die Honnert war an diesem Tage wieder abgereist und zwar, soweit ich feststellen konnte, auf Anraten ihres Vaters. Ich habe vor ihrer Abreise nicht mit ihr gesprochen, so daß mir das genaue Reiseziel nicht bekannt war.« Nonka »sei wieder in die DDR«, erfuhr Pit von Vaters Sekretärin Wobst. Er kann sich denken, dass Nonka »nach Wernigerode zur Mutter gefahren ist«. Er will zu ihr.

Ich habe noch einen Dollar 80 und du lachst.

Arthur Penn: Bonnie and Clyde. Film, 1967

Pit ist »dann ebenfalls am 4.4.1955 von Frankfurt/Main weg und kam nach Hanau. Von dort aus bin ich über Fulda–Kassel nach dem Harz und zwar nach Braunlage. Ich hatte in einer Herberge in Braunlage Quartier bezogen und wollte dann über die Grenze nach der DDR. Ich wurde dort von der Westpolizei festgenommen und überprüft. Nachdem ich wieder auf freiem Fuß war, habe ich am 8.4.1955 die Grenze bei Braunlage, zwischen Elend und Schierke überschritten und gelangte ohne Kontrolle nach Wernigerode. Dort hatte ich die Absicht, mich zu stellen, aber ich fand den Mut nicht dazu. In Braunlage hatte ich mich mit meinem richtigen Namen ausgegeben. Noch eine Erklärung zu dem Weg von Frankfurt/Main nach Braunlage. Da ich kein Geld mehr besaß, habe ich den Weg von Frankfurt/Main nach Braunlage teils zu Fuß, teils per Anhalter zurückgelegt.«

Sein Ziel ist Wernigerode, denn Pit vermutet, dass Nonka Honnert zur Mutter flüchtete, nachdem Vater Kurt in Frankfurt/Main sie vor die Tür gesetzt hatte. Doch ist die Freundin längst verhaftet. Fieberhaft wird Pit Jänisch gesucht. Er stellt sich selbst, doch unter falschem Namen.

»Auszug aus dem Dauerdienstbuch des VPKA Wernigerode vom 8.4.1955. 21 Uhr: Freiwillig erscheint der Arbeiter Friedrich Bode, und gibt an, daß er sich freiwillig zur französischen Fremdenlegion gemeldet hat. Unterschrift sei bereits erfolgt. Ehe es jedoch zum Abtransport kam, will er geflüchtet sein. Er will in der DDR verbleiben. Verwandte hat er in der DDR nicht Seine Eltern leben angeblich in München. Papiere hat der Bundesgrenzschutz. Bode wurde zur Übernachtung in die frühere Haftanstalt eingewiesen. Das Staatssekretariat für Staatssicherheit (SFS) verständigt. Bode muß erst vom SFS gehört werden, bevor er freigelassen werden kann. Personenfeststellungsverfahren wurde eingeleitet.« Dieser illegale Grenzübertritt wird Friedrich Bode zur Last gelegt. »Ausländer im Sinne der *Rundverordnung* vom 9.6.1951 ist jeder, der eine ausländische Staatsangehörigkeit besitzt, und seinen ständigen Wohnsitz nicht im Gebiet der DDR oder im demokratischen Sektor von Großberlin hat«. Darauf stehen drei Monate Gefängnis. Pit Jänischs Identitätenschwindel scheint erfolgreich.

Dann die Meldung: »Am 22.5.1955 gegen 20 Uhr wurde der MUK durch den OP-Stab der BVP Dresden telef. mitgeteilt, daß der Jänisch, Pit, geb. 26.12.1936 in Lötzen, z. Zt. ohne festen Wohnsitz, in Wernigerode festgenommen worden ist. Jänisch hatte sich dort als Bode, Friedrich, geb. 26.1.1936 in Dresden, wh. Gelsenkirchen, Bergmannsheim, Zeche Dahlbusch, ausgegeben. Ferner trug er zur Verkleidung eine dunkle Hornbrille. Aufgrund dieser Mitteilung begab sich MUK am 23.5.1955 nach Wernigerode. Nach Entgegennahme einiger Protokolle wurde Jänisch nach Dresden überführt und gegen 21.10 Uhr in die UHA II eingeliefert.«

Es meldet die Presse: »Durch die unermüdliche und hervorragende Fahndungsarbeit ist es unserer Volkspolizei vor wenigen Tagen gelungen, den im Gebiete des Brockens umherstreunenden Raubmörder Pit Jänisch zu fassen, der in Gemeinschaft mit seiner Freundin Nonka Honnert am 31. März 1955 den 61-jährigen Geschäftsstellenleiter Alfred Georgi in Dresden ermordete und eine Geldkassette raubte.«

Won't be scared to turn a corner or to open our front door
When you're on the side of justice you ain't nervous of the law.

Don Black: Bonnie & Clyde. The Musical, 2009

In Wernigerode, »bei der Volkspolizei habe ich mich dann als Friedrich Bode aus Dresden ausgegeben. Ich habe dann erzählt, daß ich bereits in der Fremdenlegion war und von dort aus geflüchtet bin. Aus diesem Grunde hätte ich keine ordnungsgemäßen Papiere. Ich wurde daraufhin inhaftiert und in die Untersuchungshaftanstalt eingeliefert. Auch dort wurde ich unter dem Namen Bode geführt. Auf Grund meiner Unruhe und Unsicherheit habe ich dann einem Mithäftling meinen richtigen Namen genannt. Ebenfalls auch bei einer Kontrolle nannte ich unbewußt meinen richtigen Namen. Beim Termin am 20.5.1955 wurde ich durch den Staatsanwalt mit dem richtigen Namen genannt und reagierte darauf.

Während des Verlaufs des Termins habe ich dann versucht, mich wieder aus der Schlinge zu ziehen und gab an, daß ich in Westdeutschland einen KFZ-Diebstahl ausgeführt habe. Ich wurde dann wegen Verletzung der PVO und RVO vom 9.6.1951 zu 3 Monaten Gefängnis verurteilt. Nach Beendigung des Termins wurde ich aus dem Gerichtsgebäude geführt und unternahm einen Fluchtversuch, der aber mißlang. Ich wurde sofort wieder ergriffen und eingeliefert. Bei dem Termin selbst habe ich dann immer noch meinen richtigen Namen verschwiegen und habe mich als Jänisch, Dieter, geb. 22.07.1936 in Elbing ausgegeben. Nach reiflicher Überlegung habe ich dann am 22.5.1955 vor dem Ltr. der Untersuchungshaftanstalt Wernigerode ein Geständnis abgelegt, wo ich meine richtigen Personalien angab und auch die Tat zugab. Die Mutter der Honnert habe ich nicht aufgesucht. Das ist alles, was ich über dem Fluchtweg angeben kann. Ich habe die volle Wahrheit gesagt und nichts verschwiegen. Mit dem Wortlaut des Protolles bin ich einverstanden.«

Ganz egal was passiert, dir gehört mein Herz,
sie können dich sogar ein Leben lang wegsperren,
auch kein Polizist hält dich von mir fern,
ich kann dieses Gefühl einfach nicht erklären,
erklären was ich denk, wenn ich dich hier seh,
wenn du ins Gericht mit den Handschellen gehst,
dieser Blick verrät wie du hoffst und flehst,
ich werd mit dir bis zum Ende gehen!

Bushido: Bonnie & Clyde, 2008

Endlich kann die Zeitung der besorgten Bevölkerung detailgetreu und politisch linientreu von der erfolgreichen Arbeit ihrer Polizei berichten: »Dresdner Raubmörder durch Volkspolizei gefaßt« und setzt unter die Überschrift: »Das Verbrechen erfolgte unter dem Einfluß der Gangsterliteratur«. Dann holt sie zum ideologischen Rundumschlag aus.

»Wie der Mörder selbst aussagt, hatte er schon Tage vorher diesen Raubmord geplant, um mit seiner Freundin Nonka Honnert, die er in seinen Plan einweihte, nach Westdeutschland flüchten zu können. Den 31. März hatte der Mörder wohlweislich gewählt, da an diesem Tage Monatsabschluß war, und er eine größere Summe in der Kassette vermutete. Am Mordtage gegen 18 Uhr befand sich der Mörder mit seinem Opfer allein im Geschäft, das bereits geschlossen war.

Wie üblich gingen die beiden über den Hof in die Werkstatt und der Verbrecher schloß hinter sich die Tür zu Werkstatt. Er schlug – auch das war nichts Außergewöhnliches – mit dem Hammer den Riegel dieser Tür zu. Jedoch nahm er bereits hierzu nicht einen Kleinhammer wie immer, sondern einen fünf Kilo scheren Hammer und benutzte diesen im nächsten Moment um den ahnungslos vor ihm hergehenden Georgi mit einigen Hieben niederzuschlagen und ihm die Kassette zu entwenden. Obwohl der Mörder selbst zugibt, daß bereits nach dem ersten Schlag sein Opfer kampfunfähig niederstürzte, vollendete er den Mord kaltblütig.

Es wird kein Mensch als Mörder geboren, sondern er ist das Produkt seiner Umgebung und seiner Erziehung. Wenn man sich das Leben dieses Raubmörders betrachtet, wie er es mit eigenen Worten schildert, dann muß man wohl zu der Überzeugung kommen, daß nicht zuletzt das Gift, was in die westdeutsche Jugend durch Schundliteratur, Gangsterfilme und Pornografie gespritzt wird, die wahren Ursachen dieser grauenhaften Tat sind.«

Die Vergangenheit wirkt weiter. »Sein Vater war in der Hitlerwehrmacht Oberstleutnant und wurde als Kriegsverbrecher verurteilt. 1950 wurde Pit Jänisch als 13-Jähriger zu seinem Onkel nach Westdeutschland geschickt, wo er die Oberschule besuchen sollte. Bald waren die

Lieblingslektüre des Jungen typische Comics und seine Lieblingsfilme blutrünstige Reißer.

Er verlor die Lust zu lernen, arbeitete bald dort, bald da, geriet in Schulden, kaufte sich für 39 DM West eine Gas-Pistole, um – wie er sagt – damit ›Geld zu verdienen‹. Unter diesem Geldverdienen verstand er z. B. den Überfall auf die Tochter einer Leihbücherei-Inhaberin. Nur auf Grund ihrer Hilferufe ergriff er die Flucht. 1954 entschloß er sich, zur Fremdenlegion zu gehen, wurde jedoch auf dem Bahnhof in Ludwigshafen von der Polizei gestellt und von seinem anscheinend zahlungskräftigen Onkel abgeholt.

Im Juni 1954 siedelte er zu seiner Mutter in die DDR nach Reinhardtsgrimma über. Obwohl ihm nun hier in der DDR jede Möglichkeit geboten wurde, um ein neues, anständiges Leben zu beginnen, trieb es ihn auch hier von einem Ort zum anderen. In Dresden wurde er durch den Sohn des ermordeten Georgi in dessen Familie eingeführt und ab 1. Februar 1955 als Lagerist und Verkäufer der Firma Schlechte eingestellt. Georgi gab ihm zu verstehen, daß er, wenn er sich gut führe, bald dessen Position als Geschäftsstellenleiter einnehmen könne.

Aber auch hier gab es bald durch die unverträgliche Art des Jänisch kleine Reibereien. Zeugen sagen aus, daß er die Drohung äußerte, dem Georgi an den Hals zu gehen. Seiner Freundin gegenüber erklärte er, daß er ihm einmal den Kopf einschlagen werde.

Nach der Tat trafen sich Jänisch und seine Freundin am Dresdner Hauptbahnhof, wo er der Honnert erklärte, der ›Alte sei hin‹, er habe ihn erschlagen. In Leipzig trennten sich beide, um sich in Frankfurt/Main wieder zu treffen. Als das Geld verbraucht war, fuhr die Honnert zu ihrer Mutter zurück, und Jänisch trieb sich, nachdem er sämtliche Ausweise verbrannte hatte, ohne Papiere in Westdeutschland umher.

Unbegreiflicherweise ließ die Westpolizei, die ihn auf der Landstraße ohne Papiere aufgriff, wieder frei, obwohl er seinen Namen Jänisch nannte und auch der Westpolizei die Fahndungsanzeige nach dem Raubmörder bekannt war. Nachdem er längere Zeit über die Grenze hin und her pendelte, wurde er von der Volkspolizei gefaßt, die sehr bald feststellte, daß sein Name Friedrich Bode falsch war, und es sich hier um den gesuchten Raubmörder Jänisch handelte. Der Angeklagte, der keinerlei Reue zeigt, sieht seiner baldigen Bestrafung entgegen.«

Die Täter sind verhaftet und werden alsbald angeklagt. Ideologisch hat man bereits vor dem Prozess Kapital daraus geschlagen.

What was always good enough for you Pa,
Will not satisfy your wayward son,
Jessie James had much more fun,
Building dreams with just a gun.

Don Black: Bonnie & Clyde. The Musical, 2009

Onkel Rudolf und die Westverwandten geben Anneliese Jänisch und ihre Söhne Pit und Jürgen nicht auf. Als der Mörder längst verhaftet ist, erhält Mutter Jänisch ein Schreiben der *Inneren Mission* mit einer Kurgenehmigung für ihren Jürgen: »Ihr Brief vom 7.5.1955 gelangte erst jetzt in unsere Hände. Wir waren durch zwei caritative Organisationen auf die Notlage von Frau Anneliese Jänisch aufmerksam gemacht worden. Ihr Mann soll sich noch in Kriegsgefangenschaft befinden, ihr ältester Sohn asozial sein und der zweite Sohn Jürgen rachitisch und daher erholungsbedürftig sein. Diese Hinweise stammen von einem Onkel des Kriegsgefangenen Herrn Jänisch, Rudolf. Wir wurden gebeten, dafür Sorge zu tragen, daß der Sohn Jürgen zur Kur an die See fahren kann. Wir nehmen an, daß Pit Jänisch der älteste Sohn ist, der uns als asozial geschildert wurde. Sein Aufenthalt ist uns nicht bekannt. Von der Familie Jänisch hat hier niemand vorgesprochen. Der Brief mit den Hinweisen des Onkels Rudolf Jänisch stammt vom 11.3.1955, ist also noch vor dem Tage des Mordes verfaßt.« Ob Jürgen zur Kur ans Meer fahren durfte, erzählt die Akte nicht. Doch Mutter Jänisch wird nach dem Sensationsprozess die DDR verlassen.

Verwirkte Zukunft

Die Verhandlung gegen das Mörderpärchen Nonka Honnert und Pit Jänisch findet am 21., 22. und 23. Juli 1955 im Bezirksgericht Dresden, Münchner Platz, unter riesigem Publikumsinteresse statt. Die Anklageschrift beweist den kaltblütig geplanten Mord.

»In der Deutschen Demokratischen Republik ist das Leben und die Gesundheit sowie auch das Eigentum eines jeden Staatsbürgers durch die Gesetze unseres Arbeiter- und Bauernstaates geschützt.

Unsere Regierung hat für die Jugend der Deutschen Demokratischen Republik alle Voraussetzungen geschaffen, daß sie sich auf beruflichem und gesellschaftlichem Gebiet aus- und weiterbilden kann. Der Beschuldigte Jänisch sowie auch die Beschuldigte Honnert hatten daher die Möglichkeit, ihren Lebensunterhalt ehrlich zu verdienen, sich zu qualifizieren und sich ein höheres Einkommen zu verschaffen.

Die beiden Beschuldigten nutzten aber diese Möglichkeiten nicht, glaubten in Westdeutschland müheloser Geld erwerben zu können und glaubten, daß sie auch in der Deutschen Demokratischen Republik ungestraft durch Betrug, Diebstahl und andere Verbrechen zu einem leichteren und höheren Einkommen gelangen können.«

Nach Tatschilderung und Beschreibung der Flucht fährt der Staatsanwalt im Texte fort: »Insbesondere muß dem Beschuldigten Jänisch die Möglichkeit genommen werden, unsere Gesellschaft weiterhin zu schädigen. Die besondere Gesellschaftsgefährlichkeit ergibt sich nicht nur aus den vorstehend aufgeführten Tatbeständen, die von Jänisch verwirklicht wurden, sondern auch daraus, daß er in Wernigerode, nachdem er als der Jänisch erkannt war, weiterhin vorgab Dieter Jänisch zu heißen, wobei er als Geburtsdatum den 22.6.1936 angab. Nachdem er in Wernigerode wegen illegalen Überschreitens der Demarkationslinie zu 3 Monaten Gefängnis verurteilt worden war, versuchte er bei der Zurückführung in die Haftanstalt zu fliehen, konnte aber nach 200 m durch die Volkspolizei gestellt werden. Hierbei war er gegen einen Volkspolizisten tätlich. In Wernigerode schrieb er mit Seife an die Wand seiner Zelle ›Freiheit‹.«

Da der Fall gesellschaftspolitisch brisant ist, verlangt der Generalstaatsanwalt der DDR Bericht über Prozess und beabsichtigtes Urteil: »Der Beschuldigte Jänisch hat seine Vergangenheit eingehend geschildert. Wenn er auch eine übermäßige Betonung auf den Umstand legt, daß er ohne seinen Vater aufgewachsen ist, mit 13 Jahren nach Westdeutschland kam und dort durch den Einfluß von Schundliteratur und Schundfilmen verdorben worden und schlechter Gesellschaft ausgesetzt gewesen sei, so kann bei der Beurteilung des Subjekts und der subjektiven Seite doch an diesen Umständen nicht vorbeigegangen werden Der Täter war z. Zt. des in Dresden begangenen Mordes 18 ½ Jahre alt.

Im Plädoyer wird daher der Einfluß von Schundliteratur und Schundfilmen sehr eingehend zu unterstreichen und herauszuheben sein.

Ich habe die Absicht, in der Hauptverhandlung gegen Jänisch wegen begangenen Mordes lebenslängliche Zuchthausstrafe zu beantragen, da mit Rücksicht auf die subjektive Seite und mit Rücksicht auf das jugendliche Alter des Täters die Todesstrafe nicht gerechtfertigt ist.

Die Frage, ob die Mitbeschuldigte Honnert wegen Beihilfe oder wegen Begünstigung anzuklagen war, habe ich eingehend geprüft, bin aber nach Würdigung aller Umstände nicht der Überzeugung, daß sich keines dieser Delikte nachweisen läßt. Dagegen ist die hinsichtlich der Honnert angeklagte Nichtanzeige von der Kenntnis eines beabsichtigten Raubes des Jänisch nach meiner Überzeugung unerschütterlich. Hinsichtlich der Honnert werde ich eine Gesamtstrafe von 3 bis 3 ½ Jahren beantragen.«

Die Presse hat vorverurteilt. »Am gestrigen Tag begann vor dem Strafsenat des Bezirksgerichts der Prozeß gegen den Raubmörder Pit Jänisch und seine Geliebte Honnert. Jänisch hatte den Geschäftsführer Georgi von der Firma Schlechte am Sachsenplatz brutal ermordet, um die Kasse zu rauben und mit seiner Freundin nach Westdeutschland zu verschwinden. Jänisch wird außerdem zur Last gelegt, im Jahre 1954 in Wattenscheid versucht zu haben, die Tochter der Inhaberin einer Leihbücherei zu töten, um die Kasse zu rauben.

Mit einer gewissen Stupidität antwortete Jänisch auf alle Fragen. Einen breiten Raum nahm die Vernehmung zu dem bisherigen Leben beider Angeklagten ein. Über die Vergangenheit Jänischs berichteten wir bereits. Die Nonka Honnert, die einen weit intelligenteren Eindruck macht, ist die Kusine des Jänisch. Sie war scheinbar völlig ihrem Freund verfallen.

Landgericht am Münchner Platz: heute Uni und Museum

Zu der Firma Schlechte nach Dresden war Jänisch durch die Fürsprache seiner Mutter gekommen, die mit Frau Georgi befreundet war. Die Familie Georgi kam Jänisch soweit entgegen, daß die nachgefolgte Honnert bei ihr wohnen durfte. Angeblich, weil die Honnert und Jänisch keine Zuzugsgenehmigung erhielten, beschlossen sie bereits Wochen vorher, nach Westdeutschland zu gehen. Jänisch gibt zu, etwa acht Tage vor der Tat die Honnert davon verständigt zu haben, daß er das Geld aus der Kasse mitzunehmen gedenke, wobei es sich notwendig mache, Georgi zu betäuben. Obwohl die 20-jährige Honnert ihm davon abgeraten habe, hat sie nichts Ernstliches unternommen, um diese Tat zu verhindern. Als sie kurz nach dem Mord mit Jänisch auf dem Bahnhof zusammentraf, versuchte sie sinngemäß seine Erregung mit den Worten zu dämpfen: ›Sei doch nicht so aufgeregt, du machst ja die Leute aufmerksam auf dich!‹ Das zeigt, daß auch sie eine ganze Portion Kaltblütigkeit besitzt.

Die unerhörte Frechheit Jänischs spiegelt sich in zwei Tatsachen wider: Trotz des Vorkommnisses in Wattenscheid – dort log er der Polizei vor, er habe das Mädchen nur küssen wollen (!) – erdreistete sich Jänisch nach seiner Übersiedlung in die Deutsche Demokratische Republik, sich zur Volkspolizei zu melden, wo er allerdings abgelehnt wurde. Nachdem wenige Tage nach der Tat die erbeuteten 1.500 DM zerronnen waren, er unter falschen Namen in die DDR zurückkehrte und wegen illegalen Grenzübertritts festgenommen wurde, richtete er ein Schreiben an unsere Regierung. Darin beschwerte sich dieser Raubmörder darüber, daß er hier verhaftet worden sei, wo er doch nur dem Ruf der Regierung der DDR gefolgt sei, um hier ein neues Leben zu beginnen. Er bittet deshalb darum, mit dem nächsten Transport wieder nach Westdeutschland geschafft zu werden!

Zur Tat selbst erklärt Jänisch, er habe lediglich die Absicht gehabt, sein Opfer zu betäuben, kann jedoch keine plausible Erklärung dafür geben, warum er dann statt des kleinen, den fünf Pfund schweren Hammer benutzt hat. Die Verhandlung dauerte bei Redaktionsschluß noch an.«

Parteilinien folgend, sehen die Journalisten die Tatzusammenhänge in gesellschaftspolitischen Dimensionen und wissen: »Nicht allein der Mörder trägt die Schuld«.

Die Verhandlung »gegen den Raubmörder und seine Komplizin Honnert öffnete einen erschreckenden Abgrund menschlicher Schlechtigkeit. Unwillkürlich erhebt sich dabei die Frage: Wie können zwei so junge Menschen schon derart abgebrüht und skrupellos handeln? Pit Jänisch unterlag den gefährlichen Einflüssen von Geschäftemachern, die aus der Vergiftung der Jugend Kapital schlagen. ›Jene Verfasser der Schundschwarten und jene Regisseure der Gangsterfilme, die unsichtbar hinter dieser Anklagebank stehen, sind die Schuldigen‹, erklärte der Staatsanwalt in seinem Plädoyer und beantragte für Jänisch wegen versuchten Mordes in Wattenscheid fünf Jahre Zuchthaus, wegen schweren Diebstahls am Sachsenplatz zwei Jahre Zuchthaus und wegen des vollendeten Mordes lebenslängliches Zuchthaus; für Honnert eine Gesamtstrafe von vier Jahren und drei Monaten Gefängnis. Das Urteil wird heute verkündet.«

All I did was rob a few stores
Justice here don't fit the crime
I've been broken by the Devil
Justice is a waste of time
I won't get to heaven
Why not raise a little Hell?

Don Black: Bonnie & Clyde. The Musical, 2009

Es wird antragsgemäß gerichtet: Am 23. Juli 1955 folgt das *Urteil im Namen des deutschen Volkes.*

»Pit Jänisch wird wegen schweren Raubes und wegen schweren Diebstahls zu einer Gesamtstrafe von 4 Jahren und 3 Monaten Zuchthaus verurteilt. Der Angeklagte wird weiterhin wegen eines vollendeten Mordes zu lebenslanger Zuchthausstrafe verurteilt.

Die Angeklagte Nonka Honnert wird wegen Nichtanzeige eines Verbrechens zu 4 Jahren und 3 Monaten Gefängnis verurteilt.

Die Verhandlung hat das Vorliegen eines vorsätzlichen Mordes in vollem Umfange bestätigt. Im vorliegenden Falle war von der an sich für Mord vorgesehenen Todesstrafe Abstand zu nehmen. Der Senat hatte hierbei zu beachten, daß der Angeklagte zur Zeit der Tat erst 3 Monate über sein 18. Lebensjahr hinaus war. Gegen Jugendliche bis zum 18. Lebensjahr darf keine Todesstrafe ausgesprochen werden. Unsere demokratischen Gerichte in unserem Arbeiter- und Bauerstaat haben aber gegenüber unserer Gesellschaft eine hohe Verantwortung zu erfüllen. Gesetze dürfen in unserem sozialistischen Staat keinesfalls formal angewendet werden.

Wenn der Angeklagte zu einer so entsetzlichen und scheußlichen Tat fähig gewesen ist, so trägt er daran nicht allein die Schuld. Maßgebend für sein Heranreifen zum Kapitalverbrecher war zweifellos seine Erziehung, die der Angeklagte genossen hat und die er schließlich über sich ergehen lassen mußte. Die Hauptverhandlung hat gezeigt, daß der Angeklagte von seiner Mutter nach Westdeutschland verbracht worden ist. Aber nach diesem Zeitpunkt hat sie den Dingen ihren Lauf gelassen und hat sich nicht um ihren Sohn und die Erziehung ihres Sohnes gekümmert.

Durch amerikanische Schundliteratur sowie durch amerikanische Gangsterfilme ist der Angeklagte zu dem herangebildet worden, was er heute ist. Wenn jemand diese unseelische Entwicklung hätte verhindern und unterbinden können – dann seine Mutter! Aber diese hat auch heute, nachdem diese furchtbare Bluttat geschehen ist, noch nicht erkannt, welche falschen Wege sie beschritten hat.

Ein weiteres Moment, wie diese furchtbare Tat hätte verhindert werden können, muß darin erblickt werden, daß auch unsere Staatsbürger in der Deutschen Demokratischen Republik teilweise noch zu wenig aufgeklärt sind und zu wenig bereitwillig sind, unseren Staatsorganen bei der Aufklärung von Verbrechen zu helfen. Auch wird von einem Teil unserer Bürger noch zu wenig Wachsamkeit geübt.

Zum einen hätte die Mitangeklagte Honnert dieses Verbrechen durch ihr Tätigwerden verhindern können. Aber auch andere Personen waren von dem Vorhaben des Jänisch unterrichtet. Der Senat ist der Meinung, daß z.B. auch Zeugin Probst, die laufend von dem Angeklagten abfällige Äußerungen über den Herrn Georgi hörte, unbedingt hätte vorbeugend eingreifen müssen. Sie hatte bereits erkannt, daß der Angeklagte Jänisch als ein Taugenichts aus Westdeutschland in die Deutsche Demokratische Republik gekommen war, aber sie unternahm nichts, um diesen von schädlichen Handlungen fernzuhalten. Auch sie gab keine Warnungen an den gutgläubigen Herrn Georgi.«

Das Verfahren war abzusehen und gesellschaftlich genau so gewollt, trotzdem nutzt Pit Jänischs Anwalt nachfolgend alle Möglichkeiten, die das sozialistische Gesetz ihm bietet und meint, dass »nicht alles Entlastende im Fall Jänisch berücksichtigt« worden sei. »Ich stehe deshalb auf dem Standpunkt, daß das schnelle Wachstum in seinem jugendlichen Alter auf den inneren Organismus nicht fördernd gewesen ist, sowie die Ausbombung mit schädlich auf den Gesundheitszustand eingewirkt hat«. In der Bombennacht rettete ihn Familie Bolte, seine späteren Vermieter, aus dem Luftschutzkeller, in dem Pit verschüttet worden war. Auch sein ruheloses Auf- und Abgehen im Betrieb der Fa. Schlechte lässt auf psychische Defizite schließen. So wird Pit Jänisch zur Begutachtung auf die gerichtspsychiatrische Station der Klinik in Arnsdorf eingewiesen. Von dort erfolgt das Gutachten am 21. Juni 1955.

»Da weder eine Geisteskrankheit noch ein Schwachsinn vorliegt, sondern eine Psychopathie, deren Auswirkungen zu beherrschen nach allgemeiner Auffassung dem Betreffenden zugemutet werden muß, und man auch nicht von einer Unreife sprechen kann, die er tatsächlich hat, ist H. als verantwortlich anzusehen.« Demzufolge kann das gesprochene Urteil nicht gemindert werden.

See honey, there's a place called heaven and a place called hell
A place called prison and a place called jail

Eminem: Bonnie & Clyde, 1997

Die Haftstrafen werden angetreten. Nonka Honnert verbüßt sie in der Justizanstalt Görlitz, Pit Jänisch in Brandenburg. Die Haft hat das Ziel der *»Erziehung zur Einhaltung der allgemeinen gesellschaftlichen Normen und Verhaltensweisen.* Die Gefangenen sollen durch schwere körperliche Arbeit dazu erzogen werden, sich gesellschaftsgemäß zu verhalten. Denn die Erziehung im

Strafvollzug bedeutet, die Erziehung des Strafgefangenen zu einem Menschen mit Kollektivgeist, der in der Lage ist, seine Interessen mit den Interessen der Gesellschaft in Einklang zu bringen und auf die Entwicklung nicht gesellschaftsgemäßer Interessen zu verzichten.« Während Pit als »schwieriger Häftling« gilt, passt sich Nonka den Verhältnissen an.

Schnell nach der Verhaftung tut Nonka Honnert mit Hilfe ihrer Mutter alles, um die Staatsorgane von ihrer Einsicht zu überzeugen. So hatte sie bei der Vorbereitung ihrer Flucht »bei Konsum Spezialhandel einen Vorschuß vom 40,– DM überhöhten Abschlag gefordert und erhalten. Sie habe Arbeitgeber im Glauben gelassen, daß sie ihr Arbeitsverhältnis fortsetzen werde.« 30 DM fordert man jetzt zurück. Mutter Honnert überweist sofort das Doppelte zurück. Es liegen keine tatverstärkenden Gründe wie Alkoholmissbrauch o. Ä. vor. Die Familie ist intakt. In der Haft scheint ihre *Erziehung durch Arbeit* zum sozialistischen Menschen zu gelingen, auch weil ihre Ausbildung zur Schneiderin in das Profil der Gefängniswerkstatt passt. Diesen *guten Weg* möchte sie gern außerhalb der Gefängnismauern fortsetzen. Nonka Honnert stellt das Gnadengesuch am 8. Oktober 1956 und hofft vielleicht, dass der 7. Republikgeburtstag die Entscheidung positiv beeinflusst. Ihre Mutter unterstützt den Antrag und bittet für ihre Tochter um eine bedingte Strafaussetzung.

Begründung: »Durch meine Besuche u. durch die Briefe meiner Tochter habe ich den Eindruck, daß der Zweck der Strafe, die Umerziehung u. Einsicht ihrer Schuld, weitgehend erreicht worden ist. Der Vorwurf, der meiner

Tochter gemacht wurde, daß sie einen stärkeren Einfluß auf Pit Jänisch hätte ausüben müssen, hat auch mich u. all die getroffen, die Einfluß auf die Entwicklung desselben hatten. Sollte man von einem 19-jährigen Mädchen das verlangen, was seine Lehrer, sein Onkel u. auch ich nicht geschafft haben? Zudem können ja leider in diesem Alter sexuelle Bindungen so stark sein, daß sie einer Krankheit gleichen.

Als meine Tochter am 5.4.1955 zu mir kam, hatte sie mich sofort darauf aufmerksam gemacht, daß sie von ihrem Betrieb (Konsum Dresden) eine zu hohe Auszahlung erhalten hätte u. wollte gleich ein entsprechendes Schreiben anfertigen. Durch die Verhaftung ist das unterblieben. Ich habe dann dem Konsum den Betrag von 60,– DM (meine Tochter sprach von 40,– DM) ersetzt u. hätte das sofort getan, wenn mir die Anschrift bekannt gewesen wäre.

Bedenken Sie bitte, was jeder Tag in der Strafvollzugsanstalt bedeutet u. helfen Sie einem jungen Menschen, der in seiner Arbeit beweisen will, daß es ihm ernst mit dem Vorsatz ist, nie wieder etwas Unrechtes zu tun.

Als Mutter u. Genossin verpflichte ich mich, meinen ganzen Einfluß auf meine Tochter geltend zu machen. Ich habe aber auch die feste Überzeugung, daß sie eine so ernste Lehre erhalten hat, daß sie in Zukunft alles daran setzen wird, am Aufbau unseres Staates mitzuhelfen. Das wird meiner Ansicht nach umso mehr geschehen, wenn sie nicht nur die ganze Strenge des Gesetzes zu spüren bekommt, sondern erkennt, daß unser Staat und seine Organe Großmut u. Güte üben.

Von Herzen bitte ich daher, um eine baldig bedingte Strafaussetzung für meine Tochter. Ich bin mir durchaus bewußt, daß dies ein Gnadenakt unserer Regierung ist u. hoffe, daß die Führung und Arbeitsleistung meiner Tochter dem nichts entgegensetzen werden.«

Die Ablehnung des Antrags ist eindeutig. »Die Bevölkerung würde einen Gnadenerweis bei einem so abscheulichen Verbrechen nicht verstehen können. Das Gesuch kann nicht befürwortet werden.« Doch Mutter Honnert kämpft.

»Bitte lassen Sie nicht allein die öffentliche Meinung zum Gradmesser der Beurteilung werden. Die Tat hat ja über die Grenzen unserer Republik hinaus Aufsehen erregt. Wie gern würde ich Verwandten und Bekannten in Westdeutschland beweisen, daß auch in diesem Fall unsere Gerichte einen arbeitswilligen, jungen Menschen helfen, wieder den Weg ins Leben zu finden.«

Auch diesmal wird das Gnadengesuch abschlägig entschieden, doch machen »unser Staat und seine Organe« Hoffnung, dass dies »nach 2/3 der Haft am 20. Dezember 1957« vielleicht geschehen könnte. Die Beamten des Strafvollzuges Görlitz geben Nonka Honnert eine günstige Prognose. »Sie ist ein ruhiger und ordnungsliebender Mensch. Die Hausordnung wird von ihr eingehalten, auch befolgt sie alle Anweisungen des Aufsichtspersonals. Ihm gegenüber verhält sie sich diszipliniert. Zu ihrer Mitgefangenen ist sie verträglich und sorgt für ein gutes Kollektiv. Seit September 1955 arbeitet sie in der Schneiderei, sie hat als Anlernling angefangen und sich dann zur Kontrolle qualifiziert. Ihre Arbeitsdisziplin und ihre

Leistungen sind gut und konnten auf Grund dessen schon mehrere Male prämiert werden. Wie schon aus den vorangegangenen Führungsberichten hervorgeht, zeigt sie eine einwandfreie Führung und hat sich während ihrer ganzen Haftzeit immer gleichbleibend verhalten. Anlaß zu Klagen war nicht vorhanden.

Die Strafgefangene liest die ›Berliner Zeitung‹ und interessiert sich für schöngeistige Literatur. Außerdem beteiligt sie sich an der kulturellen Arbeit und zwar beteiligt sie sich am Chor. Aus ihren Briefen geht hervor, daß sie ihren Fehler bereut und heute nicht verstehen kann, daß sie sich zu so einer Handlungsweise hatte hingeben können. Sie ist dankbar, daß sie hier im Strafvollzug so viel gelernt hat und ihr die Möglichkeit zur Qualifizierung gegeben wurde.

Die Strafgefangene hat erst die reichliche Hälfte ihrer Strafe verbüßt, jedoch ist hier klar zu ersehen, daß eine Umerziehung erreicht wurde. Außerdem beweist sie durch eine gute Einstellung zur Arbeit, daß sie ihren begangenen Fehler wieder gutmachen will. Da anzunehmen ist, daß sie sich nach der Entlassung im Rahmen der Gesetze bewegen wird, ist die Anstaltsleitung der Meinung, daß ihr eine bedingte Strafaussetzung gewährt werden kann.« Und so geschieht es im nächsten Jahr vor dem Weihnachtsfest und Jahreswechsel.

Am 1. Dezember 1957 kann Nonka ihrer Mutter schreiben, dass sie nicht ein drittes Weihnachtsfest im Vollzug verbringt, sie unterschreibt für ihre Zukunft die »Verpflichtung nach der Bewährung 22.12.1960: Ich werde mich des Gnadenerweises des Staatsrates der Deutschen Demokratischen Republik durch ehrliche Arbeit würdig erweisen und verpflichte mich, die Gesetze der Deutschen Demokratischen Republik einzuhalten.«

Denn »die Verurteilte hat von der gegen sie erkannten Freiheitsstrafe 2/3 verbüßt und sich im Strafvollzug diszipliniert verhalten. Nach dem Führungsbericht vollbringt sie gute Arbeitsleistungen und ist deswegen mehrfach ausgezeichnet worden. Sie hat sich von dem Anlernling im Schneidergewerbe zur Kontrolltätigkeit in diesem Beruf qualifiziert. Sie nimmt aktiv am kulturellen Leben im Strafvollzug und an den politischen Tagesereignissen teil. Diese außerordentlich gute Führung der Verurteilten begründet den Erlaß dieses Beschlusses. Dabei ist noch zu berücksichtigen, daß nach dem Urteil des Bezirksgerichtes die Angeklagte in einem Abhängigkeitsverhältnis zu dem Mitverurteilten Jänisch stand. Bei der Verurteilten handelt es sich um einen jungen Menschen, bei dem die kollektive Erziehung im Strafvollzug offensichtlich erfolgreich gewesen ist.« Ein Widerruf ist möglich. Die Bewährung wird auf 3 Jahre festgesetzt.

I'm A Lonesome Fugitive
All Of Me Belongs To You
House Of Memories
Life In Prison
Whatever Happened To Me
Drink Up And Be Somebody
Someone Told My Story

Merle Haggard: The Legend of Bonnie & Clyde, 1968

Pits Mutter, Anneliese Jänisch, ist zwar zu den Verwandten nach Hannover gezogen, doch kümmert sie sich um ihren Sohn auch weiter, besucht ihn in der Haftanstalt in Brandenburg sooft es ihr die DDR-Behörden genehmigen. Der Vater ist aus seiner sowjetischen Kriegsgefangenschaft entlassen. Familiäre Bande hat Pit Jänisch im Osten nur mit den Honnerts, doch zu denen ist längst aller Kontakt abgebrochen.

Zehn Jahre später, am 12. Dezember 1966 wendet auch Mutter Jänisch sich mit einem Gnadengesuch an den Generalstaatsanwalt der DDR und beschäftigt damit die Beamten, denn »aus diesem Grunde wird ein Führungsbericht benötigt, den Sie bitte nach hier übersenden wollen. Im Führungsbericht bitte ich mit darauf einzugehen, ob und inwieweit von Ihrer Seite aus dem Gnadengesuch – Umwandlung lebenslänglicher Zuchthausstrafe in eine auf Zeit bemessene Strafe – zugestimmt wird. Gleichzeitig bitte ich zu veranlassen, daß vom Strafgefangenen Jänisch eine schriftliche Stellungnahme zu seiner Straftat erarbeitet und mit nach hier übersandt wird.« Mutter Jänischs Bitte wird nicht stattgegeben, zumal sie aus Hannover kommt.

Zum 20. Geburtstag *unserer Republik* druckt man Bildbände über den gelungenen sozialistischen Aufbau, gibt eine 5-Mark-Gedenkmünze heraus und hängt Plakate mit einer jungen Frau und dem Spruch *Ich bin 20!* auf. Der Oktoberklub schmettert eine eigens komponierte Hymne *Weiter, höher.* Anlässlich des Republikgeburstags verfügt der Staatsrat der Republik eine Gnadenentscheidung, die lebenslanges Urteil in 15 Jahre Haft wandelt. Kaum ist diese Entscheidung veröffentlicht, nimmt Mutter Jänisch an, dass ihr Sohn im Sommer 1970 wieder in

Freiheit ist. Doch antwortet der Staatsanwalt Frau Anneliese Jänisch, Hannover, Am Kanonenwall 1:

»Werte Frau Jänisch! Aus Ihrem Schreiben vom 9. August ersehe ich, daß Sie bezüglich des Entlassungszeitpunktes Ihres Sohnes einem Irrtum erlegen sind. Pit Jänisch war im Juli 1955 nicht nur wegen Mordes zu lebenslanger Zuchthausstrafe, sondern daneben wegen versuchten Raubes und schweren Diebstahls zu 4 Jahren 3 Monaten Zuchthaus verurteilt worden. Die zuletzt aufgeführte Strafe ist bereits verbüßt. Auf sie erstreckte sich die Gnadenentscheidung des Staatsrates der DDR nicht. Das hat zur Folge, daß gegenwärtig von der gnadenweise ermäßigten 15-jährigen Freiheitsstrafe etwa erst 10 Jahre verbüßt sind. Ob die noch verbleibende Reststrafe voll zu vollstrecken ist, wird maßgeblich vom weiteren Gesamtverhalten Ihres Sohnes im Strafvollzug abhängen. Bei vorbildlicher Führung ist es durchaus möglich, daß in ein bis zwei Jahren Strafaussetzung auf Bewährung beschlossen wird. Sie haben die Möglichkeit, entsprechende Anträge beim Staatsanwalt des Bezirkes Dresden zu stellen.«

Aus Hannover versucht man es alljährlich weiter, den verlorenen Sohn aus der Haft zu holen. Ein erneutes Gnadengesuch erfolgte am 4. Januar 1971, aber »Jänisch hat zum gegenwärtigen Zeitpunkt erst 11 Jahre seiner Strafe verbüßt, so daß vom rein zeitlichem Gesichtspunkt her gesehen als verfrüht abgelehnt werden muß, ein Gnadenverfahren in die Wege zu leiten«.

Die Führungsberichte weisen aus, daß Jänisch sich erst in letzter Zeit positiv entwickelt hat. Im Führungsbericht vom 23.12. heißt es dazu u. a. wie folgt: »Im Verlaufe des

Jahres war festzustellen, daß er sich große Mühe gab, seine Charakterschwächen zu überwinden und ein ausgeglicheneres Wesen an den Tag zu legen. Er äußerte sich, daß er seine Taten und den Fluchtversuch sehr bereue und daraus die richtigen Schlußfolgerungen gezogen habe. Es wird sich notwendig machen, diesen Prozeß der Erziehung noch über einige Jahre zu beobachten, wonach erst geprüft werden kann, ob sich ein echter Wandel vollzogen hat.«

In einem Gespräch »über seinen Arbeitseinsatz nach der Haftentlassung brachte er zum Ausdruck, daß er in einem Antiquitätengeschäft oder in einem Museum Arbeit aufnehmen möchte, wenn er nicht in die BRD entlassen wird«.

»In Briefverbindung steht er mit seinen Eltern in der BRD. Seine Mutter kommt ihn auch hier besuchen. Einen Einfluß auf den Umerziehungsprozeß üben die Eltern wenig aus, da sie fast nur über die Entstehung von alten Münzen schreiben. Hinsichtlich seiner Straftat brachte er zum Ausdruck, daß er die Handlungen bereue. Er vertritt aber auch gleichzeitig die Meinung, daß er damals sehr jung war und seine Handlungen nicht überlegt habe. Im Gegensatz zu seiner Stellungnahme steht seine Meinung zur Wiedergutmachung, indem er es ablehnt, Geld von seinem Eigenverbrauch zur Tilgung seiner Kostenschulden zur Verfügung zu stellen.

Zusammenfassend kann eingeschätzt werden, daß der Umerziehungsprozeß des Strafgefangenen Jänisch noch nicht als abgeschlossen betrachtet werden kann, obwohl es hinsichtlich seiner Einstellung zur Arbeit und zur Einhaltung der Ordnung und Normen keine Beanstandungen gibt. Seine politische Einstellung zeigt aber, daß er keine Bindung an unsere Gesellschaftsordnung findet und sich grundsätzlich für eine spätere Lebensweise in der kapitalistischen Bundesrepublik entschieden hat.« Die Strafaussetzung kann nicht befürwortet werden.

Ein nächster Führungsbericht datiert am 14. Februar 1973: »Der Strafgefangene Jänisch befindet sich seit 1956 in der hiesigen Strafvollzugsanstalt. Hinsichtlich seiner politischen Grundhaltung wird festgestellt, daß er einer klaren Stellungnahme ausweicht und der Forderung nach einer aktiven Mitarbeit in den Veranstaltungen der staatsbürgerlichen Erziehung und Bildung nicht nachgekommen ist. Bei einem Erziehungsgespräch im Jahre 1972 sagte er wörtlich: ›Für mich ist einzig und allein interessant, daß ich hier rauskomme. Wenn ich meine wahre Meinung zum Ausdruck bringe, habe ich nur Nachteile.‹ Seine Zielstellung ist, in die BRD ausgewiesen zu werden. Diesbezüglich hat er schon einen Antrag auf Entlassung aus der Staatsbürgerschaft der DDR gestellt. Seine Eltern, die in Hannover wohnen, bemühen sich, seine Übersiedlung voranzutreiben. Der Strafgefangene renommiert mit seinem Studium von Klassikern, welches er angeblich im Strafvollzug durchgeführt hat. Charakterlich ist er anmaßend, egoistisch und überheblich. Er ist schnell dabei, Beschwerden zu schreiben und verantwortliche Genossen des Strafvollzugs zu verdächtigen bzw. zu beschuldigen. Er stellt sich dann immer als unfehlbar hin. Das kommt zum Ausdruck in einer von ihm geschriebenen Selbsteinschätzung und besonders während der Amnestie, wo er sich unrechtmäßig zurückgestellt fühlte.

Der Genannte hat während seine Haftzeit in der hiesigen StVA in verschiedenen Betrieben gearbeitet. Anfangs hat er fünf Jahre als Näher in der Schneiderei gearbeitet. Die letzten zehn Jahre führte er ausschließlich Büroarbeiten durch. Seit über zwei Jahren ist er in der Gefangenengelderkasse tätig. In allen Arbeitsbereichen war er bestrebt, die ihm zugewiesenen Arbeiten gewissenhaft durchzuführen. Er ist auch bereit, nach der regulären Arbeitszeit noch anfallende Arbeiten zu verrichten, so daß er schon mal mit Prämien ausgezeichnet werden konnte.

Der Strafgefangene Jänisch steht mit seinen Eltern in Verbindung. Bei einem Besuch seiner Mutter in der hiesigen Strafvollzugsanstalt wurde offensichtlich, daß sich der Genannte auf ein späteres Leben in der Bundesrepublik orientiert. Er forderte seine Mutter auf, Vorbereitungen zu treffen, die es ihm ermöglichen sollen, ein Antiquitätengeschäft zu eröffnen. Er hofft seine Lebenspläne unter kapitalistischen Bedingungen in der BRD mit Hilfe seiner ebenfalls bürgerlich eingestellten Verwandten verwirklichen zu können.

Der Genannte bringt immer wieder zum Ausdruck, daß er sein Verbrechen aufrichtig bereue, er aber auch dazu beigetragen habe, einen Teil seiner Schuld wieder gutzumachen. Im Jahre 1963, nach achtjähriger Haftzeit, hatte er unter Ausnutzung seines Arbeitsplatzes einen Fluchtversuch unternommen. 1969 wurde seine lebenslange Freiheitsstrafe in eine zeitlich begrenzte von 15 Jahren umgewandelt.

Zusammenfassend wird eingeschätzt, daß der Umerziehungsprozeß des Strafgefangenen Jänisch in entscheidenden Fragen noch nicht als abgeschlossen betrachtet werden kann. Er hat eines der schwersten Verbrechen begangen und schätzt die Begnadigung im Jahre 1969 noch gar nicht richtig ein. Seine vorgetäuschte fortschrittliche Einstellung deckt sich auf keinen Fall mit seinem egoistischen Charakter und seinen bürgerlichen Ansichten.«

Im Mai 1974 teilt man Anneliese Jänisch in Hannover mit, dass die restliche Strafe ihres Sohnes bis zum 6. Juni 1976 zur Bewährung ausgesetzt wird. Doch »es wird erwartet, daß sich der Verurteilte während der Bewährung verantwortungsbewußt verhält, daß für die Zukunft mit einer gewissenhaften Erfüllung seiner Pflichten gerechnet werden kann. Trägt er diesem Rechnung, wird ihm nach Ablauf der Bewährungszeit der Vollzug des Reststrafe erlassen.« Der Bewährungsbeschluß wird vom 31.5.1974 auf zwei Jahre bis zum 6.6.1976 festgesetzt. Danach erst kann die Ausreise Pit Jänischs erfolgen.

Ein Königreich für die Unendlichkeit,
wie Bonnie und Clyde,
wie Bonnie und Clyde, Baby

Fard: Bonnie & Clyde, 2015

»Als Bonnie Parker und Clyde Barrow am 23. Mai 1934 in Louisiana erschossen wurden, endete eine Gangsterkarriere, die in den USA für Schlagzeilen gesorgt hatte und später zur Legende werden sollte. Anfang der dreißiger Jahre waren sie mordend und raubend durchs Land gezogen, mindestens ein Dutzend Banken sollen sie ausgeraubt, etwa ebenso viele Morde begangen haben. Die Toten trugen Waffen am Leib. Am Sonntag kamen die Waffen unter den Hammer: Parkers Colt brachte 264.000 Dollar, Barrows Waffe 240.000 Dollar. Macht insgesamt umgerechnet rund 390.000 Euro. Nach Angaben von Livingston sind die Waffen nur ein Teil der Dinge, die nach dem Tod der beiden im durchlöcherten Fluchtwagen gefunden wurden. Den Beamten war demnach als eine Art Kompensation erlaubt worden, Gegenstände an sich zu nehmen. Sie blieben jedoch nicht alle in deren Besitz: Eine Silbermünze kam später in den Besitz des Mafiabosses Constantino Big Paulie Castellano. Nach den Angaben von Livingston hielt Big Paulie die Münze für seinen Glückstaler. Er behielt sie nicht, gab sie irgendwann ab und wurde 1985 in New York erschossen. Die Münze wurde für umgerechnet rund 25.000 Euro versteigert. Etwas mehr brachte eine Taschenuhr von Barrow: Jemand ersteigerte sie für umgerechnet etwa 28.000 Euro.«

Spiegel online, 1.10.2012

Quellen

Akten des Staatsarchives Dresden
Tageszeitungen wie Sächsische Neueste Nachrichten (SNN), Sächsische Zeitung (SZ), Die Union, Tägliche Rundschau
Wochen-Magazine wie Zeit im Bild, Zeit, Spiegel, NBI
Claudius, Eduard: Menschen an unserer Seite. Berlin, 1951
Forner, Willy: Dresdner Pitaval. Berlin, 1979
Jenkins, Billy: König der Cowboys. Frankfurt/Main, 1987
Kästner, Erich: Gesammelte Schriften. Zürich, 1975
Klein, Gerhard/Wolfgang Kohlhaase: Leichensache Zernik. Film, 1972
Lenz, Siegfried: So zärtlich war Suleyken. Hamburg, 1955
Loest, Erich: Liebesgeschichten. Leipzig, 1951
Malcolm-Smith, George: Gangster, Puppen und ein Doktor. München, 1952
Mittmann, Wolfgang: Aktion Roland. Berlin, 1999
Pludra, Benno: Sheriff Teddy. Berlin, 1955
Prox, Tom: Gespensterpatrouille. Dreieich, 1976
Prox, Tom: Die große Abrechnung; Tom glaubt nicht an Geister; Der singende Stein, Kabine 126; Das Dorf der Zauberer. Sinzig, 1951
Schnädelbach, Anna: Kriegerwitwen. Frankfurt/Main, 2009
Schreyer, Wolfgang: Die Banknote. Berlin, 1960
Szibik, Heinz: Sozialistischer Strafvollzug. Berlin, 1969
Zweig, Stefan: Novellen. Berlin/Weimar, 1988

Bildnachweis

Seite 8: Henner Kotte; Seite 16: Sächsisches Staatsarchiv Dresden; Seite 17: Henner Kotte; Seite 22: Sächsische Zeitung Dresden vom 28.12.1946; Seite 25: Henner Kotte; Seite 34: Sächsisches Staatsarchiv Dresden; Seite 44: Henner Kotte; Seite 56: Henner Kotte; Seite 76: Sächsische Zeitung Dresden vom 11.02.1947; Seite 81: Henner Kotte; Seite 88: Sächsisches Staatsarchiv Dresden; Seite 89: Archiv Horst Kniebusch; Seite 94: Sächsisches Staatsarchiv Dresden; Seite 96: Archiv Horst Kniebusch; Seite 98: Henner Kotte; Seite 100: Henner Kotte Seite 112: Henner Kotte; Seite 153: Archiv Horst Kniebusch; Seite 178: Henner Kotte (beide); Seite 182: Sächsisches Staatsarchiv Dresden; Seite 188: Sächsisches Staatsarchiv Dresden (beide); Seite 200: Henner Kotte (beide); Seite 222: Henner Kotte